가연

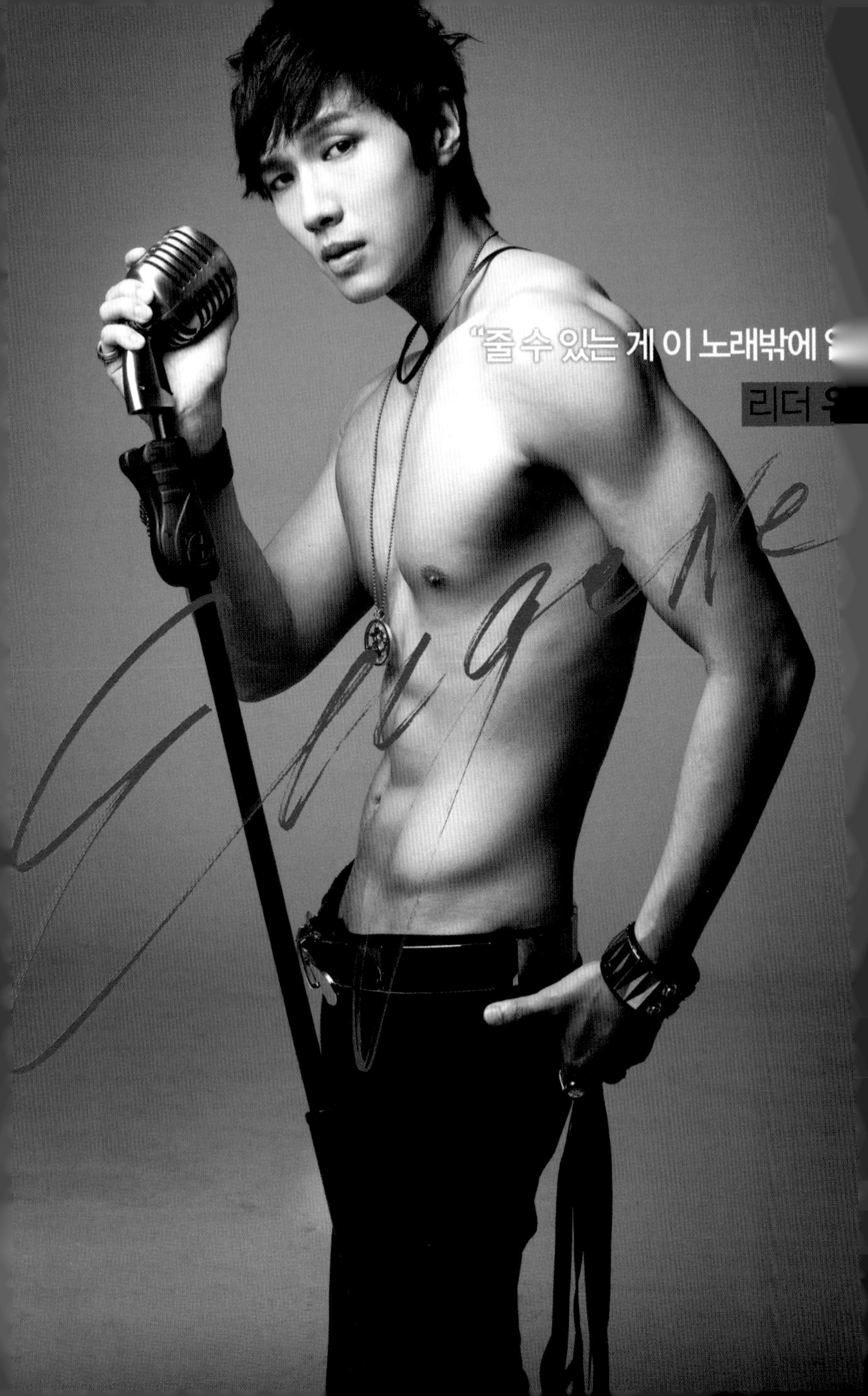
“줄 수 있는 게 이 노래밖에
리더

"몸이 말보다 빠른 댄싱 □

댄스 □

"태진이 발굴하고 금영이 키운 슈퍼 스

보컬 현

"한쿡 말을 랩으로 배웠어.

랩퍼 리키

〈Mr. 칠드런〉 멤버 김지훈, 사고사? 자살?

황지현 기자] 스타들의 연이은 죽음과 사고로 유난히 흉흉해진 2008년 연예계의 끄트머리에, 또 다른 참극이 발생했다.

4인조 남성 그룹 〈Mr. 칠드런〉의 리더 김지훈(25)이 2008년의 마지막을 장식한 지난 31일, 데뷔 첫 무대에서 추락하여 사망한 사건이다.

〈Mr. 칠드런〉은 스타 뮤직에서 지난 두 달간 대규모 티저 광고를 포함해 막대한 공을 기울여 야심차게 선보인 아이돌 그룹으로, 1분이 채 안 되는 실루엣 티저 광고와 일부 음원 노출만으로도 데뷔 전부터 많은 기대와 관심을 불러 모았다. 더구나 첫 데뷔 무대가 매년 말 가요계를 뜨겁게 달구는 〈TV 가요대전〉의 게스트 축하 무대였던 만큼, 다른 그룹들과는 시작부터가 남달랐다고 할 수 있다.

그러나 데뷔 무대의 오프닝 시점에 故김지훈은 무대 공중에 설치된 장치에서 발을 헛디뎌 추락, 병원으로 옮겨졌으나 곧 사망했다. 사고 원인은 와이어 안전장치가 연결되지 않은 상태로 무대에 섰던 것 때문으로 뒤늦게 밝혀졌다.

이번 참극에 대해 스타 뮤직의 사희문 대표는 "가수와 책임자 간 대화 부재와 현장 관리 감독 소홀이 불러온 참사"라는 입장을 표명했다.

그러나 일각에서는 의문이 제기되고 있다. 무대에 서기 전의 안전 체크에서는 故김지훈의 와이어 연결에 문제가 없었으며, 최근 故김지훈이 우울증에 시달려왔다는 것이다. 결정적으로 TV 가요 대전 제작진의 측근에 의하면 사고 직전의 현장 주변 CCTV에, 오○○ PD와 故김지훈이 심하게 다투는 장면이 찍혀 있었다고 한다. 오 PD는 스타 뮤직 소속으로 그간 계속 〈Mr. 칠드런〉을 담당해온 바 있으며, 〈Mr. 칠드런〉은 데뷔 무대를 앞두고 최근 무리한 연습을 지속했던 것으로 알려져 있다.

문제가 된 영상은 현재 공개되지 않았으나 사희문 대표가 이를 두고 "그건 본인들만이 알 일"이라며 정확한 답변을 회피하고 있는 점, 오 PD가 침묵으로 일관하고 있는 점은 이번 참극에 대해 많은 의문을 남기고 있다.

1. 이유 없는 반항

"그만!"

경쾌하게 흘러나오던 음악이 중년 사내의 호통에 뚝 끊겼다.

무대에서 현란한 군무를 뽐내던 다섯 청년들은 저마다 애절한 눈빛으로 심사 위원석의 사내를 바라보았다. 윤기가 흐르는 검은 수트 차림에 매서운 눈빛을 한 사내는, 그럴수록 더 차가운 시선으로 청년들을 노려보았다. 그 바람에 청년들은 고개를 떨구고 무대에서 내려가는 수밖에 없었다. 청년들의 얼굴엔 아쉬운 표정이 역력했다. 그중에는 분을 이기지 못하고 눈물을 흘리는 청년도 있었다.

"다음!"

사내는 무대에서 내려가는 청년들에게는 관심도 두지 않고 다음 스테이지를 기다릴 뿐이었다.

대한민국 가요계의 기둥 중 하나라 불리는 초대형 기획사, 스타 뮤직.

소속 연예인의 면면을 살펴보면 대부분이 앨범마다 히트시키는 탑 스타들이다. TV를 켜면 음악 프로그램뿐 아니라 예능, 드라마에 이르기까지 소속 가수들이 심심찮게 보일 정도로 스타 뮤직의 아성은 이미 연예계 전반에 침투하고 있었다.

그런 만큼 스타 뮤직의 연습생이 되는 일조차 하늘의 별따기나 다름없었다. 지금 이 자리에 있는 이들은 모두 높은 경쟁률을 뚫고 스타 뮤직의 연습생이 된 실력자들이다. 하지만 동기들과의 치열한 경쟁을 뚫고 살아남는 것은 물론, 꿈만 같은 데뷔를 하기 위해서는 그보다 몇 배의 노력이 필요했다.

오늘 열린 최종 선발전은 데뷔를 위한 마지막 관문.

스타 뮤직 내부의 무대는 실제 콘서트 무대를 방불케 할 정도로 화려했다. 강렬한 조명은 연습실의 그것과 천지 차이였고, 무대를 에워싼 카메라들은 연신 플래시를 터뜨렸다. 일부는 연출이었지만, 일부는 이 비공개 선발전을 기록하기 위해 나온 실제 기자들이었다. 누가 될지는 몰라도 미래의 스타의 연습생 시절 사진을 담아두기 위해서였다. 최종 스테이지에 어울리는 화려한 무대였다.

무대에 오르는 연습생들은 하나같이 긴장했다. 이 관문만 넘으면 스타 뮤직의 다른 선배들처럼 탑 스타가 될 수 있다. 무대 위는 이미 자신의 끼와 실력을 100%, 아니 300% 발휘해야 살아남을 수 있는 전장이었다. 그럼에도 불구하고 스테이지를 날카로운 눈빛으로 지켜보는 중년 사내의 표정은 서늘하기 짝이 없었다.

중년 사내는 몇 년 전부터 대한민국 가요계를 지반부터 움직이고 있다고 평가되는 남자, 다름 아닌 스타 뮤직의 대표 사희문이었다. 그는 스타 뮤직에서 제법 유망하다는 신입 아이돌들을 모아놓고 종종 이렇게 엄포를 놓곤 했다.

─ 너희들이 무대 위에서 해야 할 일이 뭐인 것 같아? 노래? 춤? 그런 착각에 빠진 놈들은 당장 여기서 나가. 노래 부르고 싶은 놈은 노래방에 가고, 춤추고 싶은 놈은 클럽에 가면 되겠지.

그가 보기엔 이 말이 무슨 뜻인지를 뼛속 깊이 새기는 놈들만이 데뷔 3년 후에도 가요계에 살아남을 수 있었다. 노래, 춤, 외모, 실력……. 가요계를 안다고 깝죽대는 사람들이 중요한 미덕으로 손꼽는 그런 것들은, 사희문의 관점에선 얄팍한 비닐 포장지에 불과했다.

그리고 그런 사희문의 관점은 지금 이 순간까지 한 번도 틀린 적이 없었다. 그가 지켜보는 놈들은 뜨고, 그의 시선을 끌지 못한 놈들은 이내 사라진다.

이건 스타 뮤직 내의 절대 진리였다.

물론 그가 '찍은 애들'을 모조리 스타로 만드는 힘을 소유하고 있기에 그런 건 결코 아니었다. 더구나 얼마 전 불미스런 사건으로 인해 사희문이 자신의 오른팔, 그것도 '숨겨진 미다스(Midas)의 손'이라 불리는 오구주 PD를 잃은 후로는 더더욱 그랬다.

그래도 그는 건재할 수 있었다. 이 가요계 내에선 어디에도 비할 수 없는 '사희문의 눈'이 여전히 그 자신만의 것이었기 때문이다.

요즘처럼 타격을 입은 스타 뮤직에는, 유통 기한이 최소한 5년은 되는 신선한 재료들이 필요했다. 파닥파닥 살아 숨 쉬며 반짝이는, 그래서 최고로 비싼 물건이 될 아이돌의 재료가.

하지만 그 특유의 눈으로 바라본 오늘의 애송이들 중에는 사희문이 찾는 물건이 하나도 보이지 않았다.

'죄다 흐느적거리는 놈들뿐이군.'

화려한 것은 무대 조명과 무대를 에워싼 카메라가 뿜어내는 강렬한 빛뿐. 사희문의 마음을 움직이는 진정한 빛은 아직까지 나타나지 않았다.

그 사이에 다음 연습생들이 무대로 올라와 각자 드럼, 베이스, 기타를 잡자, 어김없이 플래시가 터졌다. 네 명의 청년은 잔뜩 긴장한 표정이었다. 사희문이 사인을 하자 연주가 시작되었다. 통통 튀는 드럼과 잔잔하게 깔리는 베이스, 분위기를 휘어잡는 기타.

좀 전까지 무대를 오르락내리락했던 아이돌 지망생들과는 시작이 어딘가 달랐다. 방금까지가 서로를 짓누르며 튀려던 무의미한 채색의 난장질이었다면, 이번 전주는 어지러워진 허공을 그레이 톤으로 정리하며 시작하는 단정함이 있었다.

무대를 휘어잡는 화려한 군무도, 그렇다고 악기와 연주자가 선보이는 화려한 퍼포먼스가 있는 것도 아니었다.

'우리 쪽에 이런 애들이 있었던가?'

비슷비슷한 아이돌 지망생들에게 질려가던 사희문은 이 생소한 그룹 지망생들을 앞에 두고 잠시 생각에 잠겼다. 그러고 보니 3년 전쯤 락 밴드가 유행하던 시절에 받았던 연습생인 거 같다.

'들어나 보지.'

그렇게 생각하는 동시에, 그레이 톤으로 정리되던 허공에 가느다랗고 파란 선처럼 부드러운 목소리가 섞여 들었다.

[다가와서 나와 함께 해줘.]

큰 키에 호리호리하고 가는 선을 지닌 보컬이, 외모만큼이나 제법 섬세한 목소리로 노래를 부르고 있었다. 그럭저럭 호소력 있는 목소리. 아마추어 수준이긴 하지만 비교적 괜찮은 무대 장악력. 스타일도 좀 다듬으면 그룹의 리더로 손색이 없었다.

[다가와서 내게 가르쳐줘…….]

희미해지듯 가늘어지는 보컬의 목소리 끄트머리에서, 고동치는 드러밍(Drumming)이 시작되었다. 그와 동시에 베이스 기타가 물결처럼 음의 스펙트럼을 밀어내는가 싶더니, 어느새 다시금 뛰어든 보컬의 목소리가 리듬과 비트를 타고 도약해 올랐다.

사희문의 눈이 점차 가늘어졌다. 3년을 연습생으로 지내온 만큼 실력은 나쁘지 않다. 연주는 말 그대로 그냥 실력이 괜찮은 수준이지만, 저 보컬에겐 실력이라기보다는 사희문이 찾던 그 무언가가 은근히 숨겨져 있을 것도 같았다.

그런데…… 락 밴드라고? 이제 와서?

〈곡명 : 그리워(자작곡)〉

선발전 참가인 목록을 살피는 사희문의 눈썹이 팔(八)자를 그렸다. 우선 선발전에 자작곡 따위를 들고 나온 게 마음에 들지 않았다. 자작곡, 물론 작곡을 할 수 있으면 좋다. 듣기 좋은 자작곡이면 더욱 좋다. 실력파라는 이미지도 세울 수 있고. 하지만 늘 그렇듯 그런 건 중요한 게 아니다.

총체적으로 봤을 땐 긴가민가한 정도. 여태껏 눈에 불을 켜고 찾던 유통기한 5년 이상의 싱싱한 고급 재료는 아닐지 모르지만, 잘 깎아내고 다듬질해보면 그럭저럭 쓸 만할지도 모른다.

오구주 PD가 있었다면 분명 저렇게 긴가민가한 재료도 고민 없이 집어 들었을 것이다. 하지만 지금 사희문이 지니고 있던 '미다스의 손', 오구주는 네팔 어딘가를 떠돌고 있다. 최소한 얼마 전의 사태가 가라앉기까지 앞으로 1~2년 정도는 계속 그러하리라.

하지만 이번엔 저만한 재료조차도 아직 눈에 띄지 않는다.

그래서 사희문은 잠시 생각했다.

깎아볼까, 아니면 버릴까.

고민은 그리 길지 않았다. 결국 사희문은 2절이 시작될 즈음, 결정을 내릴 수 있었다.

최종 선발전이 끝나고 기자들은 철수했다. 객석은 텅 비었고, 화려했던 무대 조명도 빛을 일었다. 마치 콘서트가 끝난 후의 콘서트홀처럼.

〈그리워〉를 불렀던 보컬 유진은 이제부터가 진짜 시작이라고 생각했다. 스타 뮤직의 오디션에 뽑혀 연습생으로 지내오길 3년. 연습생끼리 결성한 밴드 〈이유 없는 반항〉이 최종 선발전에서 뽑히기만 한다면 꿈에도 그리던 데뷔를 할 수 있다. 소속사 대표 사희문은 선발전에 참가한 이들 중 몇몇 연습생들을 텅 빈 무대로 불러들였다. 여성 솔로 하나와 걸 그룹 하나, 그리고 〈이유 없는 반항〉의 멤버들이었다.

'선발전이 끝나고 따로 부른 연습생이라니. 1차 심사 통과, 뭐 그런 걸로 받아들여도 괜찮은 거겠지?'

유진의 입가에 저절로 미소가 피었다. 사희문 대표가 다른 연습생들처럼 '그만'이 아니라, '다음'이라고 말한 것도 어쩐지 좋은 느낌이 들었다. 1절을 다 들어주었다는 점도 유진을 설레게 했다. 실제로 저번 선발전을 통해 데뷔한 선배 가수의 무대 때에도 '다음'이 나왔다고 했다.

더구나 이번엔 이름을 밝히지 않은 정체 모를 남자 하나가 사희문의 옆에 함께 앉아 있기까지 했다. 그랬기에, 아무런 설명 없이 다시 한 번 무대에 서라는 요구를 들었을 때도 한껏 집중해서 임할 수 있었다.

그 덕일까. 이번에는 곡을 마치기도 전에 확실한 평가를 들을 수 있었다. 하지만 그 평가를 '받은' 것은 그룹 〈이유 없는 반항〉이 아니라 사희문이었다.

"이봐, 사대표. 지금 나 불러놓고 이거 들려주려 그런 거야? 장난해? 아니 아니, 뭔가 말하려고 할 필요 없어. 왜 이래? 답 지 않게. 이럴 거면 앞으로 나 부르지 마."

정체 모를 남자의 평가는 그걸로 끝이었고, 남자가 등을 돌리고 사라지는 것과 동시에 사희문도 자리에서 일어서고 말았다.

그리고 다음 날.

"받아라."

사희문의 호출로 불려간 〈이유 없는 반항〉의 멤버들은 종이를 한 장씩 나눠 받았다.

종이의 상단에는, 큼지막하게 '자진 탈퇴서'란 글자가 새겨져 있었다.

2. 꼬이는 인생

2011년, 인천 국제공항의 로비.

유진은 말쑥한 옷차림을 하고 한 손에 큰 깃발을 들고 있었다.

〈是精彩旅行社(원더풀 관광입니다)!!〉

'후우~.'

그 모습을 발견하고 몰려오는 단체 관광객들을 보며 유진은 마음속으로 한숨을 내쉬었다. 자신의 꼴이 놀이동산 인형처럼 우스꽝스럽다고 생각했기 때문이었다. 애당초 유진은 중국어를 할 줄 몰랐다. 아무리 가이드가 일정 펑크를 냈다 해도 그렇지…… 아르바이트생인 유진에게 이런 일을 맡길 줄은 몰랐다. 그것도 한국인도 아니고 중국인 관광객 인솔을 말이다.

어느 틈에 중국인 단체 관광객들이 유진의 주변을 에워쌌다. 유진은 관광객들을 헤치며 앞으로 나섰다.

"따라 오……!"

유진은 손에 든 메모장을 보다가 말문이 막혀버렸다. 이것만 있으면 다 된다면서 준 메모장에는 '따라오라' 는 간단한 중국어조차 적혀 있지 않았다.

'에라 모르겠다!'

이렇게 된 이상 만국 공용어다! 유진은 관광객들에게 손짓을 하며 최대한 혀를 굴렸다.

"Follow me!"

손짓에 반응한 걸까, 영어에 반응한 걸까. 아무튼 관광객들이 소풍 가는 유치원생들처럼 유진의 뒤를 쫓아왔다.

'역시 내가 의외로 영어 발음은 좀 하지.'

내심 뿌듯해하던 유진은 웃는 낯으로 뒤를 돌아보다가 화들짝 놀라고 말았다.

일단 중국인 관광객 한 명이 대열에서 이탈해 전화 통화에 열중하고 있었다. 더 골치가 아픈 건 두어 명의 관광객들이 다른 여행사 가이드들을 쫓아가고 있다는 것이었다. 중국어가 유창한 쪽이 진짜 가이드라고 생각한 모양이다. 심지어 자신들의 짐을 내버려 둔 채 우왕좌왕하는 관광객들도 있었다.

"자자, 통화는 나중에 하시고요! 저기요, 그쪽 아닙니다! 다들 짐은 알아서 챙기세요! 잃어버리면 책임 못 집니다!"

유진은 너무 당황한 나머지 관광객들이 알아먹지도 못할 한국말을 속사포로 내뱉었다. 덕분에 말하기 전이나 후나 별 변화는 없었다.

"끄응."

유진의 입에서 절로 신음이 새어 나왔다. 말이 통하지 않는 이상 방법은 단 한 가지. 유진은 깃발을 든 채, 엉뚱한 곳을 헤매는 관광객을 손수 붙잡아 대열로 몰아넣었다. 모든 관광객들이 한 자리에 모인 것을 확인하자 이번에는 유진이 직접 중국인 관광객들이 팽개치고 간 가방과 트렁크를 챙겨 몽땅 카트에 차곡차곡 실었다.

'어지럽다.'

유진은 어쩐지 현기증까지 났다. 단체라는 이름으로 무장한 관광객을 통제하는 게 이렇게나 힘든 일일 줄이야.

'이제 뭐라고 말해야 하나……'

유진은 중국어가 적힌 메모장을 뒤집었다. 메모장 뒷장에는 다음과 같은 문장이 발음과 함께 적혀 있었다.

"来, 咱们准备上车吧! 去12出口, 把精彩旅游车停在了马路道牙上。(자, 버스로 이동하겠습니다. 12번 출구로 나가시면 바로 앞에 원더풀 관광버스가……)"

한글로 적힌 발음을 적당히 읽었는데 과연 알아듣긴 했을까 미심쩍어지는 순간.

두두두두!

관광객들이 버스를 향해 광란의 질주를 시작했다. 어차피 승객에 비해 좌석은 남는다. 늦게 탄다고 서서 가는 것도 아니구먼, 대체 왜들……!

"어, 어?"

텍사스 소떼처럼 달려가던 관광객들 중 하나가 유진이 몰고 온 카트와 격돌!

'아, 안 돼!'

유진의 바람을 철저히 무시하고 카트가 뒷바퀴를 축 삼아 옆으로 미끄러졌다. 피사의 사탑 뺨치게 위태롭던 가방과 트렁크의 탑이 휘청하더니 순식간에 와르르 무너져 내렸다.

다행히 관광객들은 버스를 향해 돌진하느라 자신들의 짐이 어떤 꼴을 당했는지 신경 쓰지 않는 모양이었다. 유진은 한숨을 내쉬며 얼른 바닥에 떨어진 트렁크들을 쓸어 담아 새로운 탑을 쌓았다. 그리고 버스로 돌아서다가, 주변을 서성이던 짧은 머리칼의 여성과 부딪히고 말았다.

"죄, 죄송합니다."

얼렁뚱땅 사과를 한 유진은, 그 옆에 뒹구는 또 다른 트렁크를 주워 담은 후 관광버스를 향해 카트를 밀었다. 이미 버스에 도착한 관광객들은 재촉하는 눈길로 유진을 바라보고 있었다. 빨리 출발하지 않으면 항의라도 할 것 같았다.

'아, 오늘 일진 왜 이러나?'

유진은 엉망으로 쌓인 트렁크의 산을 보며 다시 한 번 한숨을 내쉬었다.

뒤늦게 복귀한 진짜 가이드와 중간 지점에서 교대, 유진이 드디어 중국인 관광객들로부터 해방된 건 그로부터 약 1시간 후였다. 유창한 중국어로 관광객들과 인사를 나눈 후 인원과 짐을 체크하던 가이드는 유진에게 이런 칭찬을 던졌다.

"야, 넌 수완도 좋다? 한 재산 늘려 왔네."

"네?"

무슨 말인지 눈을 껌뻑거리는 유진을 보고 가이드는 피식 웃었다.

"가방이 하나 남는데?"

"헉, 그럼 이거 어떡해요?"

하지만 유진의 걱정과는 달리 가이드는 태연했다.

"자식, 싱겁긴. 모자라는 게 문제지, 남는 게 문제냐? 그냥 가지든 주인을 찾아주든 맘대로 해. 아무튼 난 일단 숙소로 이동한다."

그리고 결국 잠시 후. 유진은 버스에서 내려진 주인 없는 트렁크를 보며 멍하니 서 있었다.

"허이구. 허이구~."

낼모레가 환갑인 청송은 TV를 틀어놓은 채 멸치를 다듬다 말고 혀를 찼다.

황금 시간대에 방영하는 가요 프로그램에선 아이돌 그룹의 화려한 퍼포먼스가 한창이었다. 비슷한 옷을 입고 배꼽이며 다리를 훤히 드러낸 소녀 아이돌들이 음악에 맞추어 요상한 군무를 추고 있었다. 청송이 보기엔 어디다 눈을 둬야 할지 모를 민망한 안무들이다.

"저 꼬라지 해서 어디 똥이나 싸겠냐? 에이, 요괴 같은 것들."

청송은 혀를 차면서 옆을 힐끔 바라보았다. 손녀, 은서는 넋을 놓고 아이돌의 춤을 보고 있었다. 역시 요괴도 보통 요괴가 아니다. 사랑스러운 일곱 살배기 외손녀마저 물들이다니. 청송은 도저히 참지 못하고 리모컨을 들어 채널을 돌려버렸다.

"할아버지, 나 그거 볼 건데."

"왜? 멸치 줄까?"

청송은 은서의 말에 천연덕스레 멸치 한 줌을 내밀었다.

"그게 아니라 TV."

"은서야, 이 멸치 진짜 맛있다."

"······됐어요."

결국 심통이 난 은서는 볼을 부풀리고서 거실로 나와 버렸다.

거실에선 유진 삼촌이 한창 통화 중이었다. 삼촌이 '누나'라고 하는 걸 보면 통화 상대는 엄마 같았다. 옆에 앉은 은서는 전화기 너머로부터 엄마 목소리가 들리나 안 들리나 귀를 기울이면서 주변을 두리번거렸다.

유진은 그런 은서에게 한번 웃어 보인 후, 고지서의 박물관처럼 변해버린 냉장고를 만지작거리며 물었다.

"그래서 그게 얼마나 밀렸는데?"

유진은 물론이고 누나인 미리도 늘 닥치는 대로 일을 하고 있었지만, 이놈의 고지서들은 지치지도 않고 한 장 두 장씩 냉장고를 뒤덮었다.

[석 달. ……은서 유치원 보내지 말고 내가 가르칠까?]

"딴 건 몰라도 누나 영어 안 되잖아. 요즘 유치원은 영어도 가르쳐준다며."

[하긴.]

영어가 안 되는 건 유진도 마찬가지다. 더구나 공부는 그렇다 치고, 은서 또래의 요즘 아이들 중에 유치원도 안 다니는 애들은 극히 드물다. 유치원도 못 가고 초등학교에 들어갔다간 다른 애들보다 뒤처지고 친구도 없어서 왕따를 당할지도 모르는 일이었다.

"가뜩이나 친구도 없는 애, 보내야지. 모레 알바비 나올 거랑 공과금 살짝 미루면 돼."

유진은 은서가 알아챌까 싶어 소곤소곤 목소리를 낮추며 말했다. 은서는 유진이 들고 온 트렁크를 새로운 장난감으로 임명한 상태였다. 본래 유진은 공항이나 여행사로 다시 가져갈까 했으나, 그랬다간 그 다음 알바가 펑크 날 것 같아서 급한 대로 들고 이동한 것이다.

은서는 통화를 하고 있는 삼촌 몰래 트렁크를 열려고 애를 썼다. 하지만 트렁크에 걸려 있는 자물쇠에는 비밀번호가 설정되어 있었기 때문에, 유진은 은서를 그냥 내버려 두었다.

[에휴. 그나저나 은기 병원비도 내야 되고······.]

돈, 돈, 돈······ 돈이 필요했다. 그놈의 돈, 하늘에서 뚝 떨어지면 얼마나 좋을까? 그렇게 생각한 순간 유진은 트렁크가 떠올랐다. 혹시 트렁크 안에 돈다발이 잔뜩 들어 있거나 하진 않을까? 주인을 찾아주면 그중 10%를 사례금으로 받을 수 있다거나.

"저거 가방 열어볼까?"

[아니. 열지 마.]

미리가 단호하게 잘라 말했다.

"왜? 어차피 찾아주려면 열어봐야 되지 않나?"

[그거 열면 꼬인다. 팔자 바뀔 거야, 너.]

"그래? 그럼 빨리 열어야겠네. 팔자 좀 바꾸게."

미리의 진지한 말에 유진은 쓴웃음을 지었다. 안 그래도 타로카드나 점치기에 일가견이 있는 미리의 직감을 못 믿어서가 아니라, 정말 그렇게 해서나마 이 망할 놈의 팔자를 고치고 싶다는 생각이 들었기 때문이다.

그때였다.

"열렸다!"

유진은 은서의 힘찬 외침에 뒤를 돌아보았다. 무슨 수를 쓴 건지 비밀번호를 풀고 은서가 트렁크를 열었다. 유진이 황급히 소리쳤다.

"은서야! 삼촌이 그거 만지지 말랬지!"

"어? 이건……, 얘가 그냥 열린 건데?"

은서가 동그란 눈을 한층 더 동그랗게 만들며 유진을 바라보았다.

[뭐, 은서? 은서 여태 안 자? 은서 바꿔!]

연이어 핸드폰 밖으로 새어 나오는 미리의 분노 섞인 외침. 그리고 보니 시간이 어느새 밤 10시를 넘겼다.

"……."

유진이 말없이 눈짓하는 것과 동시에, 은서는 갑자기 영혼이 유체 이탈이라도 한 듯 거실 바닥에 풀썩 쓰러져 자는 시늉을 했다. 잔뜩 쫄아서 자는 시늉을 하는 그 모습이 유진의 눈에는 귀엽기만 했다. 유진은 은서의 머리를 쓰다듬으며 어색하게 변명했다.

"아냐, 은서 이제 자. 자고 있어. 어쨌거나 이거 결국 열렸는데 말이야. 어쩌지?"

[하아~, 이미 연 걸 어쩌겠니. 어쨌든 일단 끊어. 나중에 얘기해.]

"어어. 알았어."

유진은 전화를 끊고 트렁크에서 쏟아져 나온 물건들을 조심스레 살폈다. 금세 눈을 뜬 은서 역시 유진의 옆에 쪼그리고 앉아 눈을 초롱초롱 빛내고 있었다.

트렁크 안을 가득 메운 건 대부분이 옷가지였는데, 그중 특히 눈에 띄는 게 하나 있었다.

"이게 뭐더라. 어디 인도 뭐 그런 쪽 옷일 건데……."

"은서가 알아! 네팔 전통 의상, 사리! 히힛."

"……어떻게 알았나?"

"유치원에서 배웠어."

요즘 유치원은 진짜 별걸 다 가르쳐주는구나. 유진은 기가 차다는 표정으로 다시 옷가지를 바라보았다. 듣고 보니 그런 이름이었던 거 같기도 하고.

"흐음."

유진은 슬그머니 어깨에 사리를 걸쳐보았다. 사리를 어깨 위에 걸친 것만으로도 어쩐지 이국적인 느낌이 들었다.

"우와, 삼촌~ 대따 잘 어울린다~. 인도 노래해줘~, 노래~."

유진의 옷이 마음에 들었던지 은서가 모처럼 보챘다.

"기분이다."

디리링.

내친 김에 기분이다 싶어 기타를 들어 줄을 퉁겨보았다.

그 순간, 익숙하고도 묘한 감각이 전신을 유진을 자극했다. 이 소리를 타다 보면, 자신을 옭아매고 있는 모든 사슬에서 자유로워질 것만 같았다. 비록 일시적이지만.

그래, 해방감.

이 해방감을 잊지 못해 유진은 아직도 노래를 포기하지 않고 있었다.

거실에서 들려온 유진의 노랫소리에, 멸치를 까며 TV를 보던 청송이 고개를 설레설레 저었다.

"저거 또 청승 떠네."

연습생 생활인지 뭔지를 하다가 쫓겨난 주제에 아직도 노래를 부르는 아들을 보면 속상한 모양이었다. 하지만 은서는 삼촌의 노래를 들으며 신이 났다. 유진의 음색에 맞추어 춤을 추다가, 트렁크에 있던 옷가지를 이불처럼 펼쳐놓고 그 위를 굴렀다.

"어?"

은서는 옷가지 틈에서 전원이 꺼진 핸드폰 하나를 발견했다. 엄마도 삼촌도 못 가지고 놀게 하는 핸드폰! 은서는 해맑은 미소를 지으며 전원을 켰다.

띠리리리리리!

전원을 켜기가 무섭게 핸드폰이 우웅 우웅 진동하기 시작했다. 은서는 화들짝 놀라 반사적으로 통화 버튼을 누르고 말았다.

"네, 네. 그런데요? ……아, 아뇨! 제가 훔친 건 아닌데. ……사, 삼초온~!"

은서는 이내 삼촌에게 구조 요청 신호를 보냈다. 처음엔 은서가 장난으로 통화하는 척하는 줄 알았던 유진은 그제야 딱딱하게 굳어버렸다.

"삼촌, 좀 바꿔 달래."

"거의 다 온 것 같은데 혹시 안 보이십니까?"

유진은 자그마한 호숫가에서부터 이어지는 오르막길을 힘겹게 오르며 전화 통화를 계속했다. 어젯밤 대뜸 "훔친 게 너냐."라고 묻는 전화를 받은 뒤로는 모든 게 엉망이다. 분명 여자임이 분명한 트렁크 임자가 왠지 아저씨 같은 말투로 으름장을 놓기 시작했기 때문이다.

정황을 설명하고 한참이나 진땀을 뺀 이후에야 유진은 가방 전해줄 약속 장소를 잡을 수 있었다. 그 약속 시간과 장소가 바로 지금, 호숫가와 성벽 길이 어우러진 이곳이다. 관광객 인솔 아르바이트를 하러 나오는 김에 트렁크도 처리하기로 한 것이다.

하지만 오늘따라 길거리에 트렁크 끌고 다니는 사람들이 왜 이리 많은지. 상대 여성은 짧은 머리칼에 선글라스를 끼고 있을 거라는데 도통 찾을 수가 없었다.

[안 보여. 됐고, 일단 정지.]

역시 상대방도 유진이 안 보이는 모양이었다. 그런데 도대체 이 말투는 어디서 배워 온 걸까.

[그대로 뒤로 돌아. 손들어!]

이건 뭐 은행 강도도 아니고, 뭔지 모를 원격 명령에 유진은 그대로 실행해주었다. 그리고 주변을 둘러보니, 한 손에는 핸드폰을 든 채 다른 손으로는 유진을 향해 손짓하는 여성의 모습을 발견할 수 있었다. 짧은 머리에 선글라스, 무뚝뚝한 표정을 보니 아무래도 트렁크의 주인이 맞는 것 같았다. 그러나……

"어, 어라?"

유진이 명령대로 손을 놓는 바람에, 트렁크는 이미 중심을 잃고 비탈길 아래로 질주하는 중이었다.

"으윽!"

굴러가는 트렁크를 보고 유진은 이를 악물며 내리막길을 내달리기 시작했다. 하필 저 놈의 트렁크는 측면에도 바퀴가 달려 있었다. 이런 비탈길에선 썰매나 다름없었다.

유진의 전력 질주를 보고 선글라스의 여성도 뒤따라 달려갔다. 뒤늦게 사태를 파악한 모양이었다.

드르르륵, 드르륵!

덜컹거리며 내달리던 트렁크가 일순간 퉁기더니 성벽의 받침돌을 들이받았다.

퍽!

트렁크는 유려한 형태의 아치를 그리며 하늘을 가로질

러…… 우아하게 호수 속으로 입수했다. 다이빙 심사 위원이 본다면 주저 않고 만점을 줄 정도로 완벽한 입수였다.

한 박자 늦게 도착한 유진과 여성은, 호수를 유영하고 있는 트렁크를 멍한 얼굴로 바라보았다. 그나마 다행이라면 단단히 채워둔 자물쇠가 이번엔 풀리지 않았다는 걸까?

"저기."

유진은 난감한 표정으로 선글라스 여성을 돌아보았다. 그런데 정면으로 바라보니 어디서 본 듯한 얼굴이다. 공항에서 스쳐 지나기도 했겠지만 그 정도 인상이 아니었다. 그보다 훨씬 오래 전에 본 듯한 느낌이었다. 그러고 보면 스타일도 그렇고, 어딘가 연예계에 종사하는 사람 같은 느낌이 들었다. 유진이 한동안 연습생으로 몸담았던 스타 뮤직의 사람들처럼.

한번 그런 생각을 떠올리니 더욱 확신할 수 있었다. 그래, 분명 언젠가 스타 뮤직 내부에서 본 일이 있었던 여자다.

"저기, 혹시……?"

"야, 건져 와."

유진이 반가움을 표시하기도 전에 여성이 툭 내뱉었다.

"네? 제가……요?"

유진은 어리둥절한 표정으로 자신을 가리켰다.

아니, 그보다 저 여자는 반말을 쓰는데 왜 이쪽은 존댓말을 쓰고 있는 걸까 하는 의문이 들었다. 하여간 이 죽일 놈의 예의범절은 몸에 배어서 밖으로 나갈 생각을 않는……

"으으아아아악!!"

구주가 머뭇거리는 유진을 냅다 호수로 밀어버렸다. 예상치 못한 공격에 유진은 균형을 잡아보려고 양팔을 휘둘러댔지만, 보기 좋게 호수에 빠지고 말았다.

"어푸, 어푸푸!"

트렁크를 향해 수영을 하기는커녕 살아남기 위해 필사적으로 팔을 휘둘러댈 뿐.

"쇼하고 있네. ……아닌가?"

이를 지켜보고 있던 여성의 표정이 점차 굳어졌다. 유진의 허우적거림은 갈수록 심각해지고 있었다. 본인이 튀긴 물을 뒤집어쓰는 바람에 눈조차 못 뜨고 있다. 더구나 잠수함처럼 물 밑으로 서서히 가라앉고 있었다.

"사, 살, 어푹! 살려 주세요! 푸허헙?!"

"……이런!"

좀 전까지 팔짱을 끼고 있던 여성은 점퍼와 선글라스를 벗어 던지고 재깍 호수로 뛰어들었다. 동동 떠 있는 트렁크 때문이 아니라 당연히 유진 때문이었다.

트렁크는 최소한 혼자 떠 있을 테니 빠져 죽을 염려는 없지만, 저 허우대만 멀쩡한 놈이 익사라도 하면 골치가 아플 테니까.

3. 참피온 뮤직

유진은 생전 처음 보는 바다에 와 있었다.

아버지 청송과 누나 미리, 그리고 두 조카들. 복장을 보니 여름휴가 중인 것 같은데, 아이들은 신이 나서 유진의 주위를 뛰어다녔다.

"어?"

언제 이런 일이 있었던가? 은서는 건강하니 그렇다 쳐도 은서의 오빠 은기는……. 이렇게 고민하는 순간, 조카들이 유진의 다리를 확 붙들었다.

"삼촌, 노래해줘!"

"노래, 노래!"

은서는 웬일인지 걸 그룹 춤을 추는 시늉을 했다. 늘 심장이 약해 병원 신세였던 은기는 은서 옆에서 혈색이 넘치는 표정으로 기타 퉁기는 흉내를 낸다.

"에잇, 기분이다! 오늘은 특별히 삼촌이 지은 노래를 들려주지."

"와아!"

유진은 기타를 들고 기타 줄을 퉁겼다.

[다가와서 나와 함께 해줘. 다가와서 내게 가르쳐줘…….]

힘 있는 목소리가 울려 퍼지자, 철썩 처얼썩~ 파도 소리도 악기처럼 느껴졌다. 조카들은 눈을 감고 유진의 노래를 감상했다.

"삼촌 멋있다! 나도 삼촌이랑 함께 기타치고 싶어!"

"그래, 욘석아! 함께 치자."

너무도 행복한 순간이어서 꿈이라면 깨지 말았으면 좋겠다고, 유진은 생각했다. 하지만 결국 꿈이었기 때문일까? 해안가에서 나타난 거대한 파도가 조카들을 집어삼켰다. 재난 영화에서나 볼 수 있을 엄청난 해일이었다.

"살려줘요……!"

"살려주세요!"

조카들은 서로를 끌어안은 채였다. 파도에 말려든 유진이 발버둥 쳤다. 수영할 줄은 몰랐지만, 조카들을 살리기 위해서라면 무슨 일이든 해야 했다. 그런 마음으로 은기의 손을 붙들었을 때, 유진의 몸이 물속으로 가라앉았다. 숨이 막혀왔다.

안 돼!

이대로 죽을 수는 없다. 특히 조카가 죽도록 내버려 두지 않겠다.

유진은 다른 쪽 손을 내뻗어, 검은 털을 붙들었다. 왜 바다에 검은 털 공이 떠 있는 것일까? 아무튼 지금은 그런 의문을 품을 겨를이 없었다. 일단 지푸라기라도 붙잡고 살아남아야만 한다.

검은 털 공이 신음하며 유진의 손아귀에서 발버둥을 쳤다. 공 주제에 뭐라고 외치는 거람? 유진은 그렇게 생각하며 필사적으로 그것을 끌어안았다.

그리고 뭔가가 턱을 강타하는 느낌과 함께, 곧이어 잠시간의 어둠이 있었다.

"푸핫!"

유진은 눈을 뜨자마자 숨을 크게 토해냈다. 이제 콧속으로 스며드는 물은 없다. 숨도 쉴 수 있었다. 유진은 흐릿하게 비치는 병원 천장을 보며 한 번 더 숨을 내쉬었다.

'꿈이었구나. 조카들이 무사해서 정말 다행이다.'

대체 왜 그런 악몽을 꾼 건지는 이해할 수 없었다. 무심결에 막상 몸을 일으키려는데 물에 빠진 사람처럼 몸이 무거웠다.

'맞다! 트렁크! 그래, 물에 빠졌지.'

그렇다면 여긴 어딜까?

유진이 누워 있는 곳은 다름 아닌 병원 응급실 침대였다. 익사 직전에 구조대의 도움을 받은 건지도 몰랐다.

유진은 침대에서 일어나 주위를 둘러보았다. 응급실 한가운데 있는 TV에선 야구 중계가 한창이었다.

'또 지네.'

평소 유진이 응원하던 구단이 신나게 깨지는 중이었다. 그리고 옆 침대에 걸터앉은 한 여자가 유진에게 등을 돌린 채 트렁크를 확인하고 있었다. 익숙한 트렁크에 익숙한 뒷모습. 제법 낯이 익다. 뒤통수가 어쩐지, 꿈속에 나온 검은 털 공과 닮아 있었다.

"일어났어?"

인기척을 느낀 여자가 뒤를 돌아보며 물었다.

'아, 저 여자······.'

유진이 분명 만난 적 있는 여자였다. 호숫가나 공항 말고 훨씬 더 전에, 아마도 스타 뮤직에서. 유진은 아직도 비몽사몽인 상태로 애써 기억을 더듬다가 마침내 떠올리고 말았다.

'오구주······, 오 PD?'

그랬다. 스타 뮤직에서 1년 이상 연습생 생활을 거친 사람이라면 모두 기억하고 있을 숨은 실력자. 오 PD라고 불리는 그 여자가 맞는 것 같았다.

'그 사건 이후로 사라졌다고 들었는데······.'

벌써 3년 전. 무슨 사건을 계기로 오구주 PD는 스타 뮤직을 나갔다고 했다. 그 사건 때문에 스타 뮤직의 경영은 한동안 살얼음을 걷는 듯했고, 데뷔의 문턱은 더욱 더 높아져서 연습생들이 대거 해고되었다. 그중 한 사람이 유진이었다.

'스타 뮤직이라……'

그런 대단하신 분이라서 태도가 그랬나? 물건을 찾아준 사람에게 다짜고짜 트렁크를 건져 오라고 명령하질 않나……. 반쯤은 도둑인 줄 착각하고 있어서 그랬다곤 해도 참 마음에 안 드는 여자였다.

유진이 이런 생각을 하고 있는 동안 그녀, 오구주는 껌을 우물거리며 자리에서 몸을 일으켰다. 그녀는 핸드폰을 꺼내 짧게 문자 메시지를 작성해 어딘가로 전송한 후 트렁크를 완전히 잠갔다.

그리곤 멍하니 자신을 바라보고 있는 유진을 곁눈질로 흘끔 바라보았다.

유진은 의식하지 못하고 있었지만, 물속에서 버둥거리던 유진에게 머리카락을 잡힌 구주는 유진의 턱을 있는 힘껏 갈긴 바가 있었다. 방금의 흘끔거림은 유진의 상태와 반응을 가볍게 체크해보기 위한 시선이었다.

유진이 제정신으로 돌아오려면 몇 분 걸릴 것 같았지만, 구주에게는 그때까지 기다려 줄 의무도 의리도 없었다.

".……아, 맞다."

응급실을 빠져 나가려던 구주가 문득 걸음을 멈추고 유진에게로 다가왔다.

"네?"

구주는 아직도 멍하니 생각에 잠긴 유진의 귀를 잡아 당겼다.

"아야! 왜, 왜 이러세요!"

"너 그쪽 귀에 물 찼다더라. 이쪽으로 기울이지 마."

무표정한 얼굴로 말하는 구주를 반사적으로 밀어내고 나니, 숙여졌던 귀 안쪽에서 진짜로 뭔가 뜨끈한 것이 흐르는 게 느껴졌다.

"귀는 소중하니까."

그리고 어깨를 으쓱이더니 잊고 있었다는 듯, 어떤 것을 유진의 손에 쥐어주었다.

"하루 세 번 식후 30분. 나머진 네가 다시 직접 의사한테 물어봐라."

유진은 손에 있는 껌 뭉치를 바라보았다. 귀에 물이 찬 환자들을 위해 의사가 내린 처방인 모양인데……, 이미 포장이 뜯겨 하나가 비어 있었다.

아마 눈앞의 여자가 짝짝 씹어대는 게 이 껌이겠지.

구주는 트렁크를 끌고 응급실을 빠져나왔다. 비용은 이미 다 처리했으니 저 얼빠진 녀석도 불만은 없으리라.

구주는 병원 앞 도로에 서서 차가 나오길 기다렸다. 1분, 2분…… 기다리는 시간이 3분을 넘어서려는 순간, SUV가 구주의 앞에 멈추어 섰다. 차창 안으로 동글동글한 남자의 얼굴이 보였다.

"어딜 빨빨거리다 이제 와?"

"야, 너무 그러지 마라. 나도 일이 있는 몸인데."

3년 만에 만난 스타 뮤직의 옛 동료, 상식은 안경을 고쳐 쓰며 목소리를 깔았다. 하지만 그런 말에 기가 꺾일 구주가 아니었다.

"그래? 그럼 택시 타고 갈게."

트렁크를 끌고 진짜로 택시를 잡으려는 듯 구주는 홱 고개를 돌려버렸다. 구주라면 능히 그러고도 남았다. 당황한 상식이 차 밖으로 튀어나왔다.

"어허, 어허. 일 끝내고 회사 돌아가는 길이야. 안심해라."

상식은 구주의 트렁크를 뺏듯이 뒷좌석에 밀어 넣었다. 그제야 구주는 껌을 우물거리며 조수석에 올랐다.

"다 왔어."

SUV는 도심 한가운데 위치한 대형 빌딩 앞에 섰다. 으리으리한 빌딩의 입구에는 스타 뮤직의 간판이 보란 듯이 걸려 있었다.

"내 기억이랑 좀 다른 거 같은데?"

차에서 내린 구주가 빌딩을 올려다보며 중얼거렸다.

분명 구주가 PD로 활동하던 시절과 건물 위치도 같고, 건물의 크기도 변함없지만 과거엔 지하를 포함해 몇 층만이 스타 뮤직이었다. 그러나 지금은 이 빌딩 전체가 스타 뮤직이 소유한 건물이 되어 있었다.

"너 없는 동안 히트 친 애들이 꽤 있었거든."

구주가 해외를 떠도는 동안 스타 뮤직도 많이 바뀐 모양이다. 구주는 말없이 상식을 따라 빌딩 안으로 들어섰다.

경비가 지키고 있는 1층 로비를 지나 엘리베이터를 탔다. 대표 이사실과 브리핑 룸이 있는 3층에 도착하자, 긴 복도가 드러났다. 복도 양옆에는 연습실이 늘어서 있었고, 벽엔 스타 뮤직 소속 인기 가수들의 브로마이드가 빼곡히 자리를 차지했다. 요즘은 한류 바람이 부는 덕에, 3년 동안 해외를 떠돌던 구주조차 알아볼 만큼 유명한 이들도 있다.

"이거 요새 우리 회사가 추진하는 대형 프로젝트야. 어때?"

상식이 가리킨 건 스타 뮤직 소속 가수의 브로마이드가 아니었다. '슈퍼 드림 오디션'이라 이름 붙은 거대 오디션 홍보 포스터였다.

당신의 꿈을 이루기 위한 바로 그 무대!
슈퍼 드림 오디션!
당신의 꿈을 펼쳐 보이세요!

1등의 영광을 거머쥐면 3개월 안에 음원 공개로 스타트를 끊을 수 있다. 더불어 초호화 앨범 발매, 메이저 방송사 황금 시간대 데뷔 등은 자연스런 수순이었다. 1등 아이돌 그룹은 스타 뮤직의 노하우를 바탕으로 탑 아이돌의 반열에 오를 수 있다고, 포스터는 설명하고 있었다.

"흐응."

구주는 스치듯 훑어보기만 할 뿐 관심이 전혀 없어 보였다. 상식은 얼른 화제를 돌렸다.

"그래도 와보니 그대로구나~, 하는 느낌이지? 네 방도 그대로야. 3년 동안 문 한번 안 열었을걸? 지금쯤 거미줄 팍팍 꼈을 거다. 사람 시켜서 말끔히 청소해줄 테니 그건 걱정 안 해도 돼."

"애들은 왔어?"

하지만 구주는 자신이 쓰던 사무실마저 관심 없었다. 3년 전, '그 사고'가 아니었다면 데뷔했을 애들, 〈Mr. 칠드런(Children)〉을 만나는 게 우선이었다. 그때 데뷔했다면 〈Mr. 칠드런〉 멤버들의 사진이 이 복도 전체를 메우고 있었을 것이다.

"자, 자. 일단 인사부터."

상식은 스타 뮤직의 대표, 사희문의 사무실로 구주를 안내했다.

상식을 따라 사무실 안으로 들어서자 측면의 대형 스크린이 눈에 들어왔다. 맞은편에는 최첨단 빔 프로젝트도 보였다. 성장한 스타 뮤직의 실세를 대변하듯, 대표 사희문의 사무실 역시 최첨단으로 무장한 듯했다.

"대표님, 구주 데리고 왔습니다."

사희문은 구주를 보자마자 자리를 박차고 일어나, 양손을 벌려 그녀를 환대했다.

"이게 누구야! 스타 뮤직 창설의 일등 공신! 미다스의 손, 오구주 수석 PD님 아니신가! 아, 박 PD는 나가 봐도 돼."

"네! ……구주야, 얘기 잘해. 성질 죽이고."

상식은 사희문에게 고개를 숙여 보인 후, 조그만 목소리로 구주에게 신신당부를 했다.

상식이 사무실 밖으로 나가자 안에는 구주와 사희문만 남게 되었다.

'그 사고' 이후로 3년 만이었다.

만일 사희문이 구주에게 '그 애들'이 돌아올 자리를 만들어 주겠다고 약속하지만 않았다면, 구주는 영영 스타 뮤직으로 돌아오지 않았을 것이다. 젊은 유망주를 죽음으로 몰아넣었다는 오명을 묵묵히 뒤집어쓴 채, 3년 동안이나 네팔을 떠돌았던 것도 그런 이유 때문이 아니던가.

구주가 막 운을 떼려던 차에, 사희문이 미리 준비해둔 빔 프로젝트를 작동시켰다. 한쪽 벽면을 차지한 거대한 스크린에서 신인 그룹, 〈원더 보이즈(Wonder Boys)〉의 티저 영상이 흘러나왔다. 리더의 가창력은 보통이었지만 음색, 무대 장악력은 나쁘지 않은 편이었다. 강약이 있는 힘찬 파워, 눈을 떼지 않게 하는 흡인력을 갖춘 팀이었다.

그렇게 생각하고 있노라니 화면 아래에는 〈슈퍼 드림 오디션에서 1위를 차지한 차세대 대표 아이돌!〉이란 문구가 박혀 있었다.

'저 오디션 아직 시작도 안 한 것 아니었나?'

의문은 들었으나 물어봤자 뻔한 일이어서 구주는 그냥 입을 다물었다. 그런 것보다는 지금부터 만날 '애들'이 우선이었다. 약속 시간이 지났을 텐데…… 녀석들의 모습이 보이지 않는다.

"이것들 요즘도 늦게 다니네."

구주는 손목시계를 확인하곤 퉁명스레 중얼거렸다.

그때, 문이 왈칵 열리며 네 사람이 안으로 들어섰다. 구주는 시간을 지키지 않은 녀석들에 대한 짜증과 분노가 1할, 반가움이 9할 담긴 시선으로 그들을 돌아보았다. 모르는 사람이 봤을 때는 그저 무표정한 시선으로 느껴졌겠지만.

"……?"

하지만 문을 열고 들어온 건 구주가 기다리던 〈Mr. 칠드런〉이 아니었다. 청년들은 사희문과 구주의 앞에 일렬로 섰다.

"안녕하십니까! 〈원더~ 보이즈〉입니다!"

네 명의 청소년이 우렁차게 외쳤다. 빔 프로젝트에서 흘러나오고 있는 슈퍼 드림 오디션 1위 예정 아이돌 팀, 〈원더 보이즈〉였다.

사희문의 생각은 뻔했다. 구주가 말없이 쏘아보자 사희문이 별거 아니라는 듯이 툭 내뱉었다.

"오디션 끝나면 쇼 케이스 한 번 돌리고 곧장 밀자. 어차피 오디션은 얘네 우승 박아놓고 가는 거니까. 오디션 진행하다가 괜찮은 애들 얻어 걸리면 2, 3등 줘서 또 기르면 되고."

오디션은 전도유망한 신인을 찾는 무대가 되어야 한다. 하지만 스타 뮤직에서 주최하는 슈퍼 드림 오디션에는 이미 1등으로 내정된 아이돌 팀 〈원더 보이즈〉가 있었다. 스타 뮤직의 오디션은 이미 데뷔를 앞둔 스타 뮤직 연습생에게 경력을 부여하기 위한 하나의 관문이 되어버린 모양이었다.

원칙상으론 절대 괜찮은 일이 아니었지만, 사업상으로는 사실 괜찮은 비책이기도 했다. 사희문은 여러 해 전에도 이런 일을 벌였던 적이 있었다. 언젠가 구주에게 푸념처럼 털어놓은 그의 지론은 이랬다.

― 오디션이 공정해야 한다고? 공정 개념도 모르는 멍청한 것들. 준비시킨 애들보다도 더 괜찮은 놈이 진짜 나오면 우리가 미쳤다고 안 뽑겠어? 어차피 제일 잘 부르는 놈 순서대로 상 주는데 뭐가 불만이야? 나도 내정한 1등이 진짜 1등이 안 되는 반전 오디션 좀 생애 꼭 한번 보고 싶다.

또 그는 그런 식의 오디션을 할 때마다 자신의 눈을 늘 테스트한다고 했다.

― 내가 애들 뽑는 기준, 구주는 알잖아? 난 그냥 애들 보고

'숨은 가격'이랑 '유통기한'이나 뽑는 역할인 거지. 그런데 말이야, 공개 오디션에서 그런 게 먹히겠냐고. '보이는 거랑 내 견적이 다른데, 내 견적대로 뽑아서 기를 거다.' 하면 멍청한 인간들은 오히려 그걸 불공정 오디션이라고 할걸? '문화 사업' 두 단어에서 장식이 어느 거고 진짜가 어느 건지 구분도 못 하는 멍청한 인간들한테는, 어차피 오디션도 데코레이션일 뿐이라고.

보아하니 사희문의 그런 지론은 이번에도 다르지 않을 것이고, 아마 그의 눈 역시 이번에도 틀리진 않을 것이리라. 그렇다는 건 결국 〈원더 보이즈〉를 뛰어넘는 오디션 수상자 같은 게 있을 리 없다는 얘기다.

구주는 한층 더 무거워진 시선으로 〈원더 보이즈〉 멤버들을 훑어보았다.

"야, 귀마개 빼고. 껌 뱉고."

구주에게 지적받은 두 사람이 움찔하더니, 한 명은 이어폰을 빼고 또 한 명은 씹던 껌을 껌 종이에 뱉어 처리했다.

"나가 봐."

"자, 잘 부탁드립니다!"

구주의 명령에 〈원더 보이즈〉가 인사를 올리곤 도망치듯 사무실을 빠져나갔다. 그런 모습을 보고 사희문이 피식 웃었다.

"저것들도 이제 5년 차네. 너 있을 때부터 교복 입고 드나들던 애들인데, 요즘 애들이라 그런지 싸가지는 영 초짜야. 하긴 뭐, 루키 때는 그런 맛도 있어야 하지 않겠어?"

어딘가 신나 보이기까지 하는 사희문과 달리 구주는 점점 차갑게 식어가는 상태였다.

"〈Mr. 칠드런〉 애들 미팅인 줄 알았는데?"

"야야, 걔들 유통기한 지났어. 지금은 그 트렌드 아니야. 너야 네팔에 있었으니 다시 파악하려면 시간이 걸리겠지만."

사희문의 말이 계속될수록 구주의 표정은 더욱 딱딱하게 굳어만 갔다.

"〈Mr. 칠드런〉 때처럼 노가다 뛰라는 말 안 해. 너 없는 동안 회사 형편 많이 폈다. 걔들 때 딱 절반만 뛰어주면 나머진 내가 깔아줄게. 두고 봐라, 너. 애들 바로 1위 먹는다."

"그래서, 〈Mr. 칠드런〉은 아웃이다? 약속이 다르네. 그러지 않기로 하고 내가 떠난 거 아니었나?"

그래, 그랬다.

〈Mr. 칠드런〉을 담당했던 구주가 '사고'에 대한 모든 잘못을 뒤집어쓰고 물러났기에 그 일은 끝내 무마될 수 있었으니까.

그러나 사희문은 답답하다는 듯 한숨을 내쉬었다.

"……후우. 너 떠나고 인마, 나 혼자 뛰면서 그거 복구하는 데 얼마나 고생했는지 알아? 앞에선 기자들 입 틀어막고, 뒤에선 구멍 난 거 돈으로 틀어막고!"

"알아. 아는데, 그건 그 애들 잘못 아니었잖아?"

구주가 노려보자 사희문은 기가 막힌다는 듯 헛웃음을 흘렸다.

"왜 잘못이 아닌데? 정신머리 똑바로 차렸으면 애초에 안일어났을 일 아니야? 네가 아무리 미다스의 손이라도 걔들은 견적 안 나와. 3년 전, 아니 맨 처음에 너 걔들 데뷔시키겠다고 했을 때부터 내가 힘들 거라 그랬잖아. 더구나 이 상황에, 이제 와서? 차라리 다른 깨끗한 애들로 시작하는 게 낫다는 거, 진짜로 몰라?"

구주는 침묵을 지켰다. 진위 여부를 떠나 한번 더럽혀진 이미지는 영원히 낙인처럼 남게 된다는 것은 연예계의 철칙. 그런 건 구주도 모르는 바가 아니었다.

"그래도 위약금은 안 받았다. 걔들이랑은 작년에 전속 계약 해지했으니까 너도 포기해."

사희문은 그렇게 말하며 구주 앞으로 계약서 한 장을 내밀었다.

"싸인해. 난 그래도 아직 네 실력 믿는다. 이사 직함 달아주고 제작 지분도 나눠 줄게."

"……."

구주는 건성으로 계약서를 넘겨보았다. 이사 직함은 나름대로 파격적인 대우였다. 하긴 지금의 스타 뮤직이라면 이사가 몇 명 있어도 이상할 건 없었다. 투자금을 유치하고 실적을 올렸어도 PD 이상의 직함을 달기 힘들었던 예전과는 많이 달라져 있었다.

아니, 어쩌면 구주가 자리를 비운 동안 그만큼 사희문이 구주의 빈자리를 체감했기에 가능한 대우일지도 모른다.

계약서를 다 읽은 구주는 뒷면이 위로 오도록 책상 위에 올려놓았다. 연이어 품에서 펜을 꺼내 들더니 큼지막하게 〈사직서〉라는 글자를 써넣었다. 뭔가 싶어 쳐다보던 사희문의 표정이 썩어들기 시작했다.

"걔들 계약 파기 내용 증명 보내줘. 이제부터 〈Mr. 칠드런〉, 내가 맡는다."

"모르겠냐? 걔들 부도 수표야, 부도 수표! 그거 막으려고 괜히 네 살림 거덜 내지 말고. 오구주, 왜 이래? 오랜만에 와서 요즘 이 바닥 어떻게 돌아가는지 몰라서 그러는 거야? 모양새 좋게 판 짜줄 때……."

"아니, 판은 내가 짜."

구주가 단호히 사희문의 말을 끊었다. 두 사람의 눈에서 불꽃이 튀었다. 사희문이 빠득, 이를 갈며 낮은 목소리로 으르렁거렸다.

"……해보자는 거야?"

"어, 몰랐나봐?"

그 말에 구주는 제법 산뜻하기까지 한 미소를 머금었다.

"난 이미 시작했는데."

구주와 사희문의 시선이 정면에서 격돌했다.

그 길로 사희문의 방을 나선 구주는 예전 자신의 사무실이었던 곳으로 향했다. 문을 열자 예전 그대로인 구주의 사무실이 모습을 드러냈다. 상식의 말대로 물건 하나조차도 내다 버린 것이 없었다.

구주는 천천히 사무실을 뜯어보았다. 3년 전의 사진과 스케줄 표, 보도 자료가 그대로 붙어 있었다. 그 물건들을 보고 있노라니 마치 3년 전으로 돌아간 것 같았다.

당시 구주가 키운 〈Mr. 칠드런〉은 데뷔를 앞두고 있었다. 오랫동안 갈고닦은 만큼 성공할 수 있다는 자신감도 있었다. 댄스와 랩이 특기인 다른 멤버들도 뛰어났지만, 메인 보컬인 지훈에게는 더 뛰어난 것이 있었다. 호소력 짙은 목소리와 가창력, 노래에 대한 사랑이 바로 그것이었다. 게다가 지훈은 몰래 사귀고 있는 연인을 위해서라도 스타가 되고 싶다는 열망을 기르고 있던 참이었다. 그 열망이 얼마나 간절한지를 알고 있었기에, 구주는 지훈이 반드시 성공하리라 믿어 의심치 않았다.

하지만…… 그날 이후 모든 것이 바뀌었다.

"정신 차려, 김지훈! 그깟 연애 좀 하다가 실패했다고 정신 빼고 나자빠져?"

3년 전의 데뷔 당일. 스타 뮤직의 수석 PD였던 구주는 망연히 앉아 있는 지훈의 뺨을 때렸다. 곧 데뷔 무대에 올라야 할 시간인데도, 지훈이 넋을 놓고 널브러져 있었기 때문이었다.

"그래, 네 기분 알아. 알지만…… 지금은 오직 무대만 생각해. 네가 얼마나 꿈꾸고 기다려왔던 무대인지, 그것만 생각하라고."

"잘 모르겠어요. 나도 안 그러고 싶은데…… 그냥 노래하고 싶었는데, 이젠 못 하겠어요."

지훈은 날개 꺾인 새처럼 주저앉았다. 하지만 수천, 수만 번의 연습 끝에 얻어낸 데뷔 무대다. 이대로 주저앉게 할 수 없었다.

구주는 지훈을 독려해서 겨우겨우 대기실에서 끌고 나왔다. 폭발할 듯한 음향과 화려한 조명 아래서 막상 데뷔를 하고 나면, 슬픔을 잊고 앞으로 나아갈 수 있으리라고 생각했다.

하지만 지훈은 그날 결국 극단적인 선택을 했다. 스스로 와이어를 뗀 채 허공으로 발을 디디고 말았던 것이다.

차가운 바닥에 추락해 끝없이 피를 쏟아내는 지훈을 바라보며, 구주는 자신의 영혼 어딘가에서 뭔가가 파삭, 바스러지는 소리를 들었다. 그게 뭔지는 구주 자신도 설명할 수 없었다. 다만 구주가 느낄 수 있는 건 그게 아주 소중한 무언가였다는 것, 그리고 다시는 돌이킬 수 없으리라는 예감뿐이었다.

일이 잠잠해질 때까지 어디 가서 쉬다 오라던 사희문의 말이 아니었어도, 구주는 한동안 마비 상태나 다름없었다. 더구나 구주가 멀쩡해져야 〈Mr. 칠드런〉도 있을 게 아니냐고, 돌아와서 다시 〈Mr. 칠드런〉을 데뷔시키면 되는 거 아니냐고 위로하던 사희문의 말에 구주는 한동안 떠나 있기로 결심을 굳혔다.

그때까지는 구주도 사희문을 믿고 싶었다.

하지만 사희문은 CCTV에 포착된 '구주와 지훈이 말다툼하는 장면'이 문제시되자, '그건 본인들만이 알 일'이라며 은근슬쩍 구주에게 모든 책임을 떠넘겼다. 그래도 구주는 참았다. 구주 역시 지훈의 죽음에 책임을 느끼고 있었던 데다, 사희문이 그렇게 일을 떠넘기면서 보호하려는 대상이 누구인지를 알고 있었기 때문이었다. 지훈을 잘 알고 있는 구주였기에 그 상황에선 입을 다물 수밖에 없었다.

더구나 미처 데뷔하지 못한 〈Mr. 칠드런〉의 나머지 멤버들, 그 아이들만은 꼭 무대 위로 올리고 싶었다. 그래서 구주는 지난 3년 동안 트렁크 하나만 가지고 네팔을 떠돌아 다녔다.

세상이 〈Mr. 칠드런〉을 완전히 잊어버릴 때까지.

그런 만큼 지금 상황에서 사희문을 위해 구주가 스타 뮤직에 남아야 할 이유는 조금도 없었다.

"성격 좀 죽이라니까 진짜 나가게?"

어느새 사무실로 쫓아온 상식이 관자놀이를 짚으며 물었다.

"어."

구주는 여전히 사무실에서 눈을 떼지 못한 채 대꾸했다.

"나가면 대책은?"

"아직."

"그러게 대책도 없이 왜 질러, 지르긴……."

"나 하나 병신 된 걸로 충분해."

구주는 빈 박스 하나를 찾아 필요한 물건들을 담으며 대꾸했다. 그녀의 말에 한참 눈치를 보던 상식이 힘겹게 입을 열었다.

"걔들도 이미 병신 된 지 오래다."

"일단 애들한테 연락해봐."

구주가 박스를 들고 복도로 나섰고, 상식이 그 뒤를 따르며 고개를 저었다.

"자식들, 내 연락은 받지도 않더라. 내가 설마 걔들한테 연락 한번 안 해봤겠냐? 거는 족족 꼬박꼬박 씹힌다."

"연락은 내가 할 테니까, 사무실 좀 알아봐."

"사무실은 왜?"

"몰라서 묻냐?"

"몸도 안 풀고 링에 올라가게? 너 그러다 엄청 쥐어터진다. 사희문, 네가 알던 옛날의 사희문이 아니야, 너. 대한민국 가요계를 들었다 놨다 하는 거물이라고."

구주가 뒤를 확 쏘아보자, 움찔한 상식이 뒷걸음질을 쳤다. 구주의 날카로운 눈빛이 〈Mr. 칠드런〉에 대해서 알면서도 모른 척했던 상식을 비난하고 있었다.

"알았으니까 일 봐."

여기서 일 보라는 건 물론 스타 뮤직 프로듀서로서의 일이 아니라, 자신이 지시한 사무실을 알아보란 소리다.

"어어. 일은 봐, 보는데. 아무래도 나는 여기 뼈를 묻는 게……."

상식이 구질구질한 변명을 늘어놓자 구주는 들을 가치도 없다는 듯 다시 복도를 걸어갔다.

"에휴, 저 왕 싸가지 저거! 너는 다 나쁜데, 그게 제일 나빠!"

상식은 투덜거리면서도 계속 구주의 뒤를 쫓아갔다.

구주는 스타 뮤직에서 들고 나온 물건들을 집에다 재배치했다. 예전 포스터와 보도 자료를 붙이고, 〈Mr. 칠드런〉과 관련된 물건들을 책상 위에 올렸다. 〈2008년 12월 31일 첫 방!〉이라는 문구 외엔 텅 비어 있는 스케줄 보드를 벽에 걸었다. 구주는 그 문구조차 깨끗이 지워버리고 다시 새로 출발할 생각이었다.

첫 출발은 상식이 알려준 주소를 돌아다니며 〈Mr. 칠드런〉의 멤버들을 직접 모으는 일이었다. 〈Mr. 칠드런〉은 본래 메인 보컬인 지훈을 리더로, 서브 보컬이자 댄서인 현이. 춤의 귀재 지오, 랩으로 한글을 배웠다는 래퍼 리키로 이루어진 4인조 팀이었다.

상식의 말에 따르면 모두들 가수와는 관련 없는 삶을 살고 있다고 했다. 지훈이 죽고 모두가 데뷔와 동시에 추락했으니 당연한 일이긴 했다. 게다가 이젠 다들 예전처럼 모든 것을 버리고 꿈을 쫓아다닐 나이가 아니었다.

서브 리더였던 현이만 해도 그새에 벌써 아기 아빠가 되어 있었다. 가수가 되기는커녕, 룸 치우기와 아기 돌보기가 주 업무인 노래방 아저씨 CEO로 변신한 모습이었다.

그래도 구주가 직접 나서보니 일이 예상보다 어렵진 않았다. 처음엔 이제 허리가 아파서 춤도 못 춘다더니만, 우는 아기 기저귀 갈 시간이 되자 얼른 복귀하겠다며 구주의 두 손을 꼭 붙잡은 것이다.

댄스 천재 지오는 클럽 DJ로 활동하고 있었다. 화려한 손놀림과 강렬한 리듬감만은 그대로인 듯했다. 고집 세고 워낙 까칠한 놈이라서 다시 복귀시키는 게 어려울 거라는 상식의 예상이 있었건만, 타이밍을 잘 맞춰 찾아가서 그런지 손쉽게 해결되었다. 클럽에서 손님을 두들겨 패 파출소에 끌려가는 것을 목격하고 꺼내준 덕분이었다. 왜 그랬냐고 물어보니, 지오의 여자 친구였던 서빙 걸을 그 손님이 지분대며 괴롭히기에 두어 대 친 거라고 했다.

마지막으로, 래퍼였던 리키는 친모를 찾기 위해 KBS 아침마당에 출연하려던 걸 방송 현장에서 붙잡았다. 80년대 풍의 헐렁한 하늘색 양복을 걸치고 〈입양아 정임복, 엄마를 찾습니다〉라는 차트를 들고 있던 리키는, 구주가 찾아온 당일 즉시 뒤를 졸졸 따라왔다.

이제 문제는 보컬이었다.

구주는 대학로와 홍대 라이브 무대를 전전하며 새로운 보컬을 찾아다녔다. 출중한 메인 보컬 없이는 팀을 꾸리는 일 자체가 불가능했으니까.

"후우."

하지만 죽은 지훈을 대신할 보컬을 찾는 건 결코 쉬운 일이 아니었다. 사희문의 말처럼, 단순히 보컬리스트로서 실력이 있다 없다 하는 것 자체는 그다지 최우선 사항이 아니었다. 지훈에게는 뭐라 말로 표현할 수 없는 매력이란 게 있었다. 사람들을 끌어들이는 힘, 보컬에겐 그런 게 필요했다.

"하아~. 오구주, 참 피곤하게 산다."

"네가 더 피곤해 보여. 다크 서클 봐라."

구주와 상식은 비좁고 허름한 골목을 거닐고 있었다. 스타뮤직의 빌딩 같은 건 들어설 공간도 없는 후미진 동네였다. 상식이 게슴츠레 한쪽 눈을 까 보이며 투덜거렸다.

"그래. 너 컴백하고부턴 쭉~ 피곤하다."

두 사람이 도착한 곳은 〈참피온〉이란 팻말이 걸린 복싱 체육관이었다. 문을 열자 드러난 공간은 말 그대로 폐허였다. 사각링에는 먼지가 자욱했고, 깨져서 금이 간 거울이 한쪽 벽에 장식되어 있었다. 다른 구석엔 녹슨 트로피들이 아무렇게나 놓인 게 보였다. 심지어 샌드백은 떨어져 바닥을 나뒹굴고 있었다.

끼이이익.

구주가 한 걸음 내딛자, 낡은 목재 마루가 비명을 질렀다.

겉과 속이 다르지 않은 건물이었다.

"나 아는 형님이 늦장가에 급전이 좀 필요하다고 싸게 내놨어. 숙식, 사무, 연습, 죄다 멀티로 가능하고……, 뭣보다 예전엔 여기가 스타의 산실이었다더라. 트로피도 원래 엄청 많았어."

아무래도 삼십 년쯤 전의 이야기를 하고 있는 듯했다.

"그, 그래, 알아. 뭐 네가 가오 없어서 이런 데 찾아 들어오고 싶겠냐? 근데 어차피 사희문 때문에 지금은 어디 가도 안돼. 그리고 이상하게……, 쓸 만한 공간들은 다 계약 전에 주인이 마음 바꾸더라. 무슨 얘긴지 알지?"

"……."

사희문이 손을 썼다는 뜻이었다. 예상 못한 구주의 고집에 사희문도 화가 나긴 많이 났던 모양이다. 상식이 변명하듯 진땀을 흘리며 말하는 동안, 구주는 무심한 표정으로 주위를 찬찬히 돌아보다가 불쑥 입을 열었다.

"오디션 공지 좀 내봐."

"보컬 뽑게?"

〈Mr. 칠드런〉에 보컬이 없다는 건 상식도 뻔히 아는 사실이었다.

"그래, 네가 홍대고 어디고 일일이 찾으러 다닐 거 뭐 있어? 직접 오게 하지 뭐."

세상에는 수많은 가수 지망생들이 있다. 사무실도 생겼으니 이제 오디션을 열어 뽑으면 그만이었다.

그때 끼익, 문이 열리는 소리가 났다.

"어, 왔네, 왔어."

상식의 말에 구주가 입구를 돌아보았다. 그곳에 나타난 것은 모두들 반가운 얼굴들이었다.

"자식들, 이렇게 같이 보는 게 얼마 만이냐!"

상식이 양팔을 활짝 펴며 입구로 들어오는 세 사람을 향해 외쳤다.

"일찍 좀 다녀라."

구주는 예전과 마찬가지로 손목시계를 보며 말했다. 약속보다 10분이나 늦은 시간이었으나, 그렇게 말하는 구주의 입가엔 미미한 미소가 피어 있었다.

"에이~ 박 PD님, 아기 돌잔치 때는 기껏 연락했더니 안 받으시던데요?"

현이가 깍지 낀 양손을 머리 뒤로 돌리며 말했다. 항상 분위기 메이커였던 현이답게 오늘도 싱글벙글했다. 현재의 아내는 현이가 데뷔하기 전부터 사귀던 여자 친구였다. 동거를 시작했다가 아이부터 낳은 거라서, 조만간 호적에 올리고 식도 올려야 한다고 했다.

"정말 할 거예요? 하다 안 되면 또 내빼는 거 아니고요?"

날카로운 표정만큼이나 지오의 말투는 날카로웠다. 거기엔 알 수 없는 카리스마마저 담겨 있었다. 이런 게 바로 지오의 매력이었다. 구주는 무표정하게 팔짱을 끼는 것으로 대답을 대신

했다. 구주 나름대로는 '지금 이게 장난으로 보여?' 라는 뜻의 제 스처였다. 지오도 그것만으로 충분하다는 듯 고개를 끄덕였다.

"Vocal은? 우리 Vocal 있어?"

리키가 미국인 같은 발음으로 한국어를 구사하며 주변을 두리번거렸다. 그런 리키의 모습은 예나 지금이나 똑같이 순수하기 그지없었다. 달리 말하면 여전히 철이 안 든 애라는 뜻이지만.

상식이 가볍게 손뼉을 쳐 분위기를 환기시켰다.

"자자, 여기서 이러지들 말고 앉아서, 앉아서 얘기해. 스타뮤직 사람은 이제 빠져줄 테니까, 〈Mr. 칠드런〉끼리 오붓하게……."

그러면서 은근슬쩍 입구를 향해 걸음을 옮기려는데 구주가 손가락을 튕기며 한마디를 내뱉었다.

"참. 예전에 K-net에서 조연출하던 황용수 있잖아. 걔 다음 개편 때 공중파 입봉한다. 첫 방은 그거!"

놀란 건 상식만이 아니었다. 지오, 현이, 리키도 깜짝 놀라 구주를 바라보았다. 3년 만에 겨우 모였건만, 다음 개편에 첫 방이라고?

"언제 연락했어?"

"안 했어, 이제 해야지."

'쟤는 참. 허름하기 짝이 없는 체육관에 이제 막 사무실을 차리는 주제에, 깡도 좋지.'

상식은 그 생각을 차마 입 밖으로 꺼내진 못하고 입맛을 다셨다. 자신감 넘치는 태도가 좋긴 했지만 상식에게는 결코 좋은 조짐이 아니었다.

"그래, 해보든가. 잘되겠지."

상식은 더 이상 여기 있다간 잘못 엮이겠다는 두려움에 황급히 몸을 돌렸다. 하지만 이번에도 구주의 한마디는 마법처럼 상식을 붙들었다.

"이번 주 내로 미팅 스케줄 잡아놔, 박 대표."

"박 대표? 누구야 그게? 나?"

상식이 검지로 자신을 가리키며 뒤를 돌아보았다. 구주는 짧게 고개를 끄덕였다.

"바쁠까봐 사표는 내가 대신 냈다."

상식이 자기도 모르게 입을 쩍 벌렸다. 사표를 냈다니. 구주가 스타 뮤직 박차고 나온 다음 날부터 사무실 알아보느라 휴가 냈는데, 그 사이에 사표를 발송해버렸단 말인가?!

상식은 양손으로 자신의 머리를 쥐어뜯었다. 지금 돌아가봤자 사희문 성격상 험한 꼴 당하는 것 외에 다른 미래는 없다. 아니, 빌딩 입구에서 경비원에게 쫓겨날 가능성이 더 높았다.

"야……, 미팅 스케줄 잡는 대표 봤냐……?"

체념해버린 상식이 죽어가는 목소리로 항의했다. 하지만 구주는 좀 전에 상식이 한 권유대로 〈Mr. 칠드런〉 멤버들을 데리고 체육관 안쪽의 사무실로 들어가느라, 상식에겐 눈길조차 주지 않고 있었다.

"대표라고 하질 말든가, 저 요물."

상식이 구주의 뒤통수를 노려보며 중얼거렸다. 구주로부터
아무런 반응이 없자, 그제야 슬그머니 상식이 히죽 미소를 지
었다.

"대표, 대표라……. 커, 커흠!"

그러다 문득 지오가 뒤를 돌아보자 괜히 헛기침을 하며 시
선을 돌렸다. 그리고 슬금슬금 구주와 멤버들의 뒤를 따르기
시작했다.

종탁이 운영하는 바는 주말마다 열리는 라이브 무대가 특징
이었다.

밴드 〈이유 없는 반항〉의 실력은 나쁘지 않았다. 최근엔 〈이
유 없는 반항〉의 라이브를 보기 위해 주말마다 찾아오는 단골
이 생길 정도였다. 하긴 지금은 이런 바에서 노래하지만, 유진
은 한때 스타 뮤직에서 데뷔를 앞두고 있던 연습생이었으니까.

종탁은 테이블 위에 펼쳐진 족발과 치킨을 흡입하느라 정신
없는 밴드, 〈이유 없는 반항〉, 그중에서도 리더인 유진을 바라
보며 피식 웃었다. 그렇게 잘리고 나온 뒤에도 또 같은 이름으

로 새 멤버를 하나하나 모아서 밴드질이라니. 어찌 보면 참 질기고 독한 놈이었다.

"웬일로 오늘은 고기를 쏘고 그래? 로또 맞았어, 형?"

"병원 갔다 왔냐? 얼마 못 산대?"

준석과 명하가 번갈아가며 짓궂은 질문을 던졌다. 종탁이 피식 웃었다.

"이것들은 꼭 처먹을 건 다 처먹으면서도, 내가 맨날 굶긴 양 지랄들이지. 굿 뉴스랑 배드 뉴스 중에 뭐부터 들을래?"

"굿."

유진이 닭다리 하나를 길게 뜯으며 대꾸했다. 종탁이 팔짱을 끼며 몸을 뒤로 젖혔다.

"이번 주 토요일에 오디션 잡혔다."

"정말?!"

유진을 비롯한 세 사람이 동시에 종탁을 향해 소리쳤다. 종탁은 날아든 음식 파편을 티슈로 닦아내며 담담히 배드 뉴스를 전해주었다.

"근데 오디션 끝나면 〈이유 없는 반항〉은 프리야."

이번엔 세 사람이 동시에 서로를 바라보며 눈빛을 교환했다. 유진이 대표로 물었다.

"무슨 소리야, 형."

"한국 가요 발전을 위해서도 너희들 같은 보물을 내가 개인 소장한다는 건, 있어서도 안 되는 일이고……."

"뭐가 문젠데! 설마 우리 밥 값 때문에?"

유진이 종탁의 쓸데없는 소리를 끊으며 반문했다. 종탁은 턱을 괴며 심드렁하게 대꾸했다.

"어떻게 알았냐? 그러니까 오디션 잘 봐서 무조건 붙어! 붙어서 족발에 치킨에 탕수육까지 사주는 매니저 만나라. 토요일은 무조건 간다! 그 다음은 너희들이 알아서 하면 되는 거고."

처음엔 강경하게 외치던 종탁의 목소리가 마지막에 이르러선 가늘어졌다. 종탁이 길게 심호흡을 하더니 테이블 아래에서 쇼핑백을 꺼내 올려두었다.

"그리고 이건 오디션 의상! 일단 단가가 안 맞아서 파크 랜드로 쫙 뽑았다. 사이즈 100 통일! 참……, 천생 너넨 몸뚱이까지 팀인데. 퇴직금이라 생각하고 부담 없이 받아둬."

머뭇거리면서 쇼핑백을 열어보니 과연 종탁의 말대로 회색 정장이 담겨 있었다.

유진은 다시 닭다리를 잡으며 홀로 무겁게 한숨을 내쉬었다. 오디션에 참가하는 것은 좋다. 하지만…… 스타 뮤직에서 나온 뒤에도 사람들이 락 밴드를 돌아봐 주지 않는 건 어디든 마찬가지였다. 이번에도 똑같은 꼴이 될까봐 두려웠다.

4. 나랑 하자

　결전의 날, 토요일 아침이 밝았다.

　〈이유 없는 반항〉은 바에서 모여 종탁이 선물로 준 옷을 갖추어 입었다. 오디션을 위해서였다. 종탁의 말처럼 같은 100사이즈를 입었다 해서 체형과 맵시까지 똑같진 않다. 그 옷은 유진에게는 치수를 재어 만든 것처럼 딱 맞아 떨어졌다. 하지만 준석에게는 유난히 헐렁헐렁해서 볼품없어 보였고, 살집이 있는 명하에게는 터질 듯이 팽팽해 보였다.

　멤버들은 불안해하면서도 종탁을 따라 참피온 뮤직의 오디션 장소에 도착했다.

　'여기가…….'

　참피온 뮤직의 오디션은 낡아빠진 건물에서 이루어지고 있었다. 종탁의 설명에 의하면 신생 연예 기획사라고 들었다. 그렇다고 해도 '참피온 뮤직'이라니……, 촌스럽기 그지없는 네이밍 센스다. 아무리 봐도 연예 기획사가 아니라 복싱 체육관이라, 불안감은 갈수록 가중되었다. 이런 기획사의 오디션에서 붙는다고 크게 성공할 수 있을까?

'그것도 일단 붙었을 때의 일이지만.'

유진은 왠지 맥이 빠졌다. 오디션은 건물 내부에 있는 링에서 이루어진다고 들었다. 그나마 미리부터 대기 중인 참가자들이 줄을 서 있는 게 위안이라면 위안이었다. 〈이유 없는 반항〉의 멤버들은 줄 가장 끝에 서서 차례를 기다렸다.

"야, 깃이 구겨졌잖아. 넌 인마, 단추 똑바로 잠그고."

종탁은 코디라도 된 것처럼 계속 멤버들의 의상을 매만졌다. 준석은 귀에 이어폰을 꽂고 마인드 컨트롤을, 명하는 눈을 감고 자신의 음악에 집중했다. 잠시 생각에 잠겨 있던 유진은 조심스럽게 참가자들의 면면을 살펴보았다.

'……어째 좀.'

모르는 사람들에게 이런 말을 하긴 그렇지만, 어째 좀 심하게 후줄근한 느낌이었다. 가수 오디션 현장이라기보다는……
그래, 기인열전 같은 느낌이었다.

목 풀겠다고 캑캑거리다 꽥꽥거리고 나가는 놈이 있질 않나, 얼굴 없는 가수로 시작하겠답시고 복면을 쓰고 노래를 부르는 놈이 있질 않나, 남자 모집이라고 공고 냈는데도 여고생들이 와서 노래 부르고 가질 않나……. 하나같이 가관이었다.

"애들 상태가 죄다 왜 이래?"

오디션 현장에서 심사를 보던 구주가 옆에 앉은 상식의 옆구리를 찔렀다. 그러자 상식은 당연하다는 듯 한숨을 푹 쉬어 댔다.

"쓸 만한 놈들이 미쳤다고 이리로 오겠냐? 같은 조건이면 사희문이한테 가겠지. 슈퍼 드림 오디션, 우리랑 같은 시간대로 잡았단다."

"뭐?"

"더 치사한 건 뭔지 아냐? 다른 데서 딱 한 번이라도 오디션 본 애들은 아예 받지도 않는대요. 그 다른 데가 어디겠냐? 에휴."

같은 시각, 슈퍼 드림 오디션 현장은 예상대로 많은 지원자가 참가하여 성황리에 치러지고 있었다. 참가자들은 이미 우승자가 정해져 있다는 사실도 모른 채, 무대 위에서 자신의 모든 능력을 쏟아내었다.

상식의 말대로였다. 어떤 지망생이라도 참피온 뮤직보다는 스타 뮤직의 오디션을 택할 것이다. 그래서 사희문이 그렇게 시간을 잡은 것이다.

'호랑이는 토끼를 잡을 때에도 최선을 다한다고 하니까.'

스타 뮤직의 사희문이라면 구주가 만든 '참피온 뮤직'이 기를 펴지 못하도록 떡잎부터 자르고도 남을 위인이었다.

"그래도 괜찮은 애들 가끔 있었잖아. 얘랑 얘."

상식이 이미 오디션을 치른 참가자 중 두 사람의 이름에 동그라미를 치며 말했다.

"그러게요, 애들은 좀 낫더라고요."

"오, 천재 보컬 등장?"

심사 위원석에 앉아 있던 현이와 리키가 상식의 말에 장단을 맞추었다. 지오는 말도 안 된다는 듯 코웃음을 칠 뿐, 더는 반박하지 않았다. 그 둘이 그나마 여기 온 참가자 중 제일 실력이 좋았던 건 사실이니까.

하지만 구주는 그 두 사람에게는 아예 관심도 두고 있지 않았다.

그녀에게 〈Mr. 칠드런〉의 보컬 자리는 본래 지훈의 것이었다.

그 자리를 아무에게나 줄 수는 없었다. 끼, 열정, 무대 장악력, 흡인력…… 그 무엇 하나도 빠져서는 안 된다. 지훈이처럼 열정으로 빛나고 끼를 지니고 있는, 그리고 지훈이랑은 다르게 이번엔 독종이어야만 한다. 그래야 버틸 수 있을 테니까. 게다가 자신만의 노래를 가지고 있어야만 하리라.

이렇게 생각하며, 구주는 채점표에 채점이 아닌 낙서를 끼적거렸다.

때마침 참가자의 노래가 끝났을 때, 상식이 질문을 던졌다.

"드림 오디션 안 가고 왜 이리로 왔어요?"

"용의 꼬리가 될 바엔 뱀의 대가리가 되어라! 그게 우리 집 가훈입니다!"

"아, 네."

같은 말이라도 표현하기에 따라 상대방의 기분을 좋게 할 수도 있고, 나쁘게 할 수도 있는 법이다. 이 참가자에게 예의라고는 찾아볼 수 없었다. 심사 위원의 마음도 헤아리지 못하는 주제에 무수한 대중을 팬으로 만든다는 것은 어불성설이다. 상식은 인자한 미소를 지은 채 고개를 끄덕이면서 참가자의 이름에 커다랗게 X표를 했다.

"다음!"

상식의 구호와 함께 다음 참가자가 들어왔다. 똑같은 정장 차림이었지만 단 한 사람을 제외하면 몸에 안 맞는 옷을 입은 것만 같았다.

〈이유 없는 반항〉 멤버들이었다.

안으로 들어오자마자 준석과 명하가 무대인 링으로 올라 악기를 세팅하기 시작했다. 뒤이어 링 위에 올라가던 유진과 심사 위원석에 앉은 구주의 눈이 마주쳤다.

"앗!"

구주를 발견한 유진이 깜짝 놀라 외쳤다.

"당신은 스타 뮤직……!"

유진이 지난번의 만남으로 기억해냈던 구주는 분명 스타 뮤직의 수석 프로듀서였다. 절대로 이런 볼품없는 기획사에서 오디션 심사를 하고 있을 인물이 아니었다. 준석과 명하도 오구주 PD의 이름을 알고 있는 듯 짐짓 놀란 표정을 지었다.

하지만 놀란 유진과 달리 구주는 아주 덤덤한 표정을 짓고 있었다.

"아는 사이야?"

구주에게 상식이 속삭이듯 물었다. 상식은 고개를 갸웃거리며 구주를 바라보았지만, 구주는 여전히 말없이 덤덤한 표정으로 일관했다.

대신 구주는 오디션의 심사 위원답게 〈이유 없는 반항〉에게 질문을 던졌다.

"팀입니까?"

"홍대에서 이유 좀 있는 밴드! 〈이유 없는 반항〉입니다!"

링 위에 올라서서 악기 세팅을 끝낸 두 멤버가 힘차게 소리쳤다. 유진도 덩달아 링에 올라 자세를 잡았다.

"네, 가봅시다."

마이크를 든 유진이 멤버들과 눈빛을 교환하고 발을 굴렀다. 유진의 신호에 맞추어 연주가 시작되었다.

〈이유 없는 반항〉이 고른 곡은 과거 유진이 만들었던 〈그리워〉. 시간이 흐른 만큼 정성스런 편곡이 더해진 상태였다. 살짝 긴장한 드럼이 서서히 링을 데우고, 베이스 기타가 부드럽게 그 위를 정돈하고 나자 유진의 섬세한 목소리가 리듬을 타며 흘러들었다.

[다가와서 나와 함께 해줘.]

허스키한 것 같으면서도 결코 탁하지 않은 부드러운 목소리. 유진이 자신만의 독특한 보이스를 갈고닦으며 바에서 수도 없이 연습한 노래였다.

오랜 시간 지속된 오디션에 체력과 집중력이 떨어진 상식과 〈Mr. 칠드런〉 멤버들이 자세를 고치고 집중하기 시작했다. 드디어 쓸 만한 참가자가 나왔던 것이다.

구주도 채점표 낙서를 그만두고 오디션에 집중했다. 그렇게 잠시 동안 노래에 집중하는가 싶더니 갑자기 한쪽 손을 들었다.

"그만!"

유진과 밴드의 멤버들이 일제히 멈추자, 구주는 유진을 향해 불쑥 악보 한 장을 던져주었다.

"이걸로 해봐."

어느새 말투도 반말로 바뀌어 있었다.

"저더러 이걸로 부르라고요?"

유진이 확인차 물었지만, 구주는 대답해주지 않았다. 하지만 오디션을 보러 왔는데 심사 측에서 악보를 줬다는 게 어떤 의미를 가지고 있는지는 유진도 〈이유 없는 반항〉의 두 멤버도 잘 알고 있었다. 가능성을 엿봤다는 뜻이다.

상식과 〈Mr. 칠드런〉 멤버들의 표정도 달라졌다. 저 악보가 구주에게 있어 어떤 악보인지 잘 알고 있기에 더더욱 그랬다. 상식은 오디션 현장을 녹화 중인 캠코더의 용량과 배터리를 다시 체크해보았다.

유진은 〈이유 없는 반항〉의 멤버들을 번갈아 바라보았다. 준석과 명하는 잽싸게 머리를 맞댄 채 악보를 들여다보며 반주를 시작했다. 경쾌한 드럼과 내달리는 기타! 처음 보는 악보임에도 둘의 반주는 제법 훌륭한 조화를 이루고 있었다.

'좋아, 이대로 가보면 되겠지!'

유진이 그렇게 생각하고 마이크를 들었을 때.

"무반주!"

돌연 구주가 손을 들어 반주를 제지했다.

무반주? 그럼 우린 뭐야?

준석과 명하가 그렇게 말하는 듯한 표정으로 서로 마주 보았다. 구주의 요구는 그것만이 아니었다.

"모든 마디 챙겨서!"

〈Mr. 칠드런〉와 상식의 표정이 미묘하게 변했다. 오구주,

그녀가 누구인가? 타고난 카리스마로 스타 뮤직을 휘어잡던 천재 프로듀서다. 지금의 행동들에 담긴 의미는 이들 모두를 긴장케 했다.

거기까지 읽을 여유는 없었던 것이 유진에겐 차라리 다행인지도 몰랐다. 유진은 어안이 벙벙해진 얼굴로 악보를 받아 들고 심호흡을 한 후, 노래를 부르기 시작했다.

[부드러운 저 파도 소리, 그보다 더 좋은 건 너의 목소리…….]

가느다란 목소리로 노래를 시작한 유진은 금세 리듬을 타고 곡에 몰입하기 시작했다.

[한 발만 더 다가와 나와 함께 달려보자 우리 꿈꾸던 그곳으로]

가사와 리듬이 약동하는 부분에선 유진의 심장도 함께 빠르게 뛰었고, 몽환적으로 부드러워지는 곳에선 유진의 목소리도 한껏 유려해졌다. 처음 부르는 곡이 분명할 텐데도, 유진은 늘 이 곡을 연습해왔다는 듯 한 치의 막힘도 없이 자신만의 음색을 허공에 쏟아냈다.

[포근한 이 바람 소리 나를 찾아주는 익숙한 목소리 꿈처럼 달콤하게 그보다 더 행복하게 네가 있어 난 웃고 있어]

유진은 숨이 넘어갈 듯 말 듯, 호흡이 끊길 듯 말 듯 하면서도 기어코 후렴구 클라이맥스를 넘겨버렸다. 곡의 끝까지 달려간 유진이 질주를 마쳤을 때, 오디션 장 안에는 잠시 침묵이 흘렀다.

"……오호. 쟤 숨이 멈췄다, 야."

"완전 또라이네."

처음으로 입을 연 상식의 말에 현이가 피식 웃었다. 애초에 네 명이서 부르라고 만든 노래고, 코러스까지 다 들어가 있는 악보다. 보통의 호흡으로 부르면 자연스레 못 부르는 마디가 생기는 게 당연지사. 그걸 저 녀석은 숨을 참으면서까지 모조리 불러젖히고 있었다. 최소한 폐활량이 남다른 것만은 분명했다.

사실 상식과 현이의 말대로 유진은 그야말로 실신하기 직전이었다.

"헥헥, 무슨 노래가 사람 잡겠네."

노래를 마친 유진이 숨을 다잡고 나서 투덜거리듯 한 말이었다.

리키는 두 눈을 휘둥그레 뜨고 연신 입으로 '와우'를 연발했다. 옆에서 지오가 째려보지 않았다면 박수라도 칠 기세였다.

"다시!"

그때 모두의 예상을 깨고 돌연 구주가 외쳤다. 〈Mr. 칠드런〉 세 사람의 눈이 휘둥그레졌다. 당황하기는 유진도 마찬가지였다.

'해보자.'

지금 이 여자는 날 시험해보고 있다. 당황스럽다고 해서 여기서 피할 순 없다. 해야 한다.

이성으론 이해할 수 없었지만 유진은 자신의 본능이 그렇게 외치는 것 같았다. 하지만 몇 소절 부르기도 전에 다시 구주가 앙칼진 목소리로 노래를 끊었다.

"다시!"

이건 무슨 뜻일까. 악보는 정확히 읽은 것 같은데 성량이 작았던 것일까. 찰나 고민했던 유진은 좀 더 힘 있게 노래를 시작했다.

"다시!"

또 잘렸다. 그쯤 되자 유진도 오기가 발동했다. 시험이고 나발이고 이 여자에게 지기 싫었다. 심사 위원석에 앉은 상식과 〈Mr. 칠드런〉 멤버들, 유진과 같은 무대에 올라가 있는 〈이유 없는 반항〉 멤버들 모두 지금 상황이 이해가 안 됐다. 그들은 멀뚱한 표정으로 유진과 구주를 바라볼 뿐이었다.

"다시!"

같은 요구가 떨어지자 이번엔 아예 유진의 스타일로 비트를 넣어 락 분위기가 나게 즉석으로 편곡해서 불러버렸다. 이젠 될 대로 되라 싶었다.

"엿 같아."

"……네?"

노래를 부르던 유진은 뒤통수를 한 대 맞은 듯한 느낌을 받으며 반문했다.

"게다가 후졌어."

거침없는 독설에 유진의 미간이 사정없이 구겨졌다. 구주는 가늘게 눈을 뜬 채 말을 이었다.

"근데 나한텐 들리더라? 네 노래가."

"뭐요?"

이 여자가 갑자기 무슨 소리야? 책상 위에 있는 저 병에 물이 아니라 소주가 들어 있었나? 유진은 눈을 동그랗게 뜨고 구주를 바라보았다.

"서툴고, 거칠고, 무식하고! 네 노래엔 오로지 너밖에 없고, 네 소리가 전부야."

'내 소리가 전부라고?'

밴드 리더를 맡고 있는 유진에겐 더없는 모욕이었다. 순간 울컥하긴 했지만 참고 구주의 독설을 끝까지 듣기로 했다.

"너 혼자는 죽어도 힘들어. 근데 나랑 하면 될 거 같기도 하고……."

상식과 〈Mr. 칠드런〉 멤버들은 물론이고 〈이유 없는 반항〉의 멤버들까지 의문을 품고 구주를 바라보았다. 당황한 유진 역시 조심스레 질문을 던졌다.

"왜 자꾸 저한테만 이러세요? 저는 밴드거든요."

"너 나랑 하자."

"……네? 저만요?"

유진이 〈이유 없는 반항〉 멤버들을 살피며 당황스런 기색을 비쳤다. 상식도 유진만큼이나 당황하여 구주를 바라보았다. 명색이 오디션 진행 중인데 대뜸 한 명 찍어서 자기랑 하자고 하다니? 다른 참가자들은 뭐가 되고, 방금 노래 부른 녀석과 같이 온 밴드 녀석들은 뭐가 되고, 무엇보다 이 참피온 뮤직의 박상식 대표 자신은 뭐가 되느냐 말이다.

'저건 애들 교육시킬 때마다 인성, 인성 외쳐놓고 지가 제일 싸가지가 없어, 진짜로.'

결국 구주가 외치는 인성이라는 건 자기한테 잘하라는 뜻이지, 그 이상도 그 이하도 아니었다. 그걸 잘 아는 상식이지만 지금 이 상황은 기가 찰 수밖에 없었다.

'뭐 그래봤자 구주가 찍었는데 싫다는 놈은 또 어디 있겠냐?'

상식은 한숨을 쉬며 상황을 그렇게 예측했다. 하지만 상식의 예상과는 달랐다.

"거절하겠습니다. 전 밴드고 보시다시피 팀이거든요. 죽어도 혼자일 수 없고, 그 뭐냐. 그러니까 우린 영원히 하나라서요."

유진은 구주의 제안을 단칼에 거절했다.

"부디 임자 잘 만나시길 바랍니다."

유진은 이렇게 덧붙이며 꾸벅 인사를 하고서 링에서 내려갔다. 내내 썩은 걸 먹은 듯 표정을 구기고 있던 〈이유 없는 반항〉의 멤버들도 황급히 짐을 챙겨 유진의 뒤를 따라갔다.

유진은 〈이유 없는 반항〉 멤버들과 함께 오디션 장소를 빠져나왔다. 밖에서 노심초사 기다리고 있던 종탁이 환하게 웃으며 그들을 맞이했다.

"야! 어땠냐? 밖에서 들으니까 뭔지 처음 듣는 노래 막 시키고 그러던데."

종탁의 표정을 보니 기대에 가득 차 있는 것이 선히 보였다. 하지만 유진은 그 장단에 맞장구를 쳐줄 기분이 아니었다.

"아, 몰라."

유진이 잔뜩 뿔이 난 목소리로 말하며 종탁을 지나쳐 건물을 빠져나갔다.

"저거 왜 저러냐?"

"그게요……."

준석과 명하는 유진의 뒤를 따라가며 종탁에게 오디션 현장에서 일어난 일을 간단히 전해주었다. 이야기가 끝나자마자 종탁이 고개를 크게 주억거렸다.

"화날 만하네. 화낼 만하고말고."

〈이유 없는 반항〉이 어떤 밴드인가? 지난 3년간 동고동락하며 한 몸처럼 굴러 온 밴드다. 그랬는데 이제 와서 유진 혼자 들어오라고? 〈이유 없는 반항〉이 무슨 생선 반찬도 아니고 누구 마음대로 머리와 꼬리를 나누려고 든단 말인가.

"하지 그랬냐? 너한텐 좋은 기회 같던데."

명하가 앞서 걷고 있는 유진의 옆에 따라붙으며 진득하니 말을 걸었다. 준석도 얼른 맞장구를 쳤다.

"맞아요, 형! 형이라도 이거 하면 확실히 뜨는 거 아닌가?"

"뜨긴 뭘 떠, 인마. 저 여자 믿고 죽어라 고생하다가 마지막에 한 명 뛰어내려서 제대로 바닥에 떨어졌는데!"

준석은 잘 못 알아들을 소리였지만, 유진은 그 일을 알고 있었기에 한 말이었다. 유진과 첫 번째 〈이유 없는 반항〉도 그 피해자 중 하나가 아니던가. 유진은 숨을 몰아쉬며 말을 이었다.

"밴드로 우리가 함께할 수 없는 거면 그게 무슨 의미야. 안 그래?"

3년 전의 그날처럼, 또다시 멤버들과 헤어지고 싶지 않았다. 특히 두 번째 〈이유 없는 반항〉의 멤버인 준석과 명하는 지난 3년간 동고동락한, 친형제와도 같은 존재가 아니던가.

"그래, 항상 마음만은 함께 하마. 오늘 이 몸은 밤기차로 땅끝 마을로 떠난다."

"형?!"

명하의 청천벽력 같은 소리에 유진이 화들짝 놀라 소리쳤다. 하지만 이미 종탁과 준석은 이 사실을 알고 있었던지 덤덤한 표정이었다.

"미안하다, 유진아. 사실 나 꽤 오래 전부터 귀농 준비하고 있었다."

"기타 없는 밴드가 말이 된다고 생각해?!"

"유진이 형, 그럼 빼는 김에 드럼도 빼면……."

이번에는 준석이 덧붙였다.

"뭐? 너는 또 왜!"

"나 오늘 면접 봤어요."

"무슨 면접!"

유진이 여차하면 잡아먹을 기세로 외쳤다. 준석은 머쓱한 표정으로 시선을 피하며 대꾸했다.

"여친이 자꾸 밴드 관두고 취직하래요. 자기 아빠네 회사라고……."

별것 아니라는 듯 웃으면서 말하지만, 준석이 얼마나 가슴이 아플지는 유진이 제일 잘 알고 있었다. 준석은 최고의 드러머가 되겠다며 밤낮으로 연습을 하곤 했다. 명하 역시 삼시세끼 라면만 먹어가며 음악을 해왔다. 성공하지 않으면 고향으로는 돌아가지 않겠다고도 했다. 그토록 음악을 사랑하던 멤버들이었다.

그런데 이제 와서 포기해버린단 말인가.

"종탁이 형! 형이 어떻게 좀 해봐. 이렇게 보낼 순 없잖아?"

유진 혼자만 키우겠다고 나선 구주가 원망스럽기까지 했다.

"지켜주지 못해서 미안하다, 너희들."

종탁이 괜히 우수에 젖은 눈빛으로 먼 산을 바라보았다. 유진은 왠지 종탁을 한 대 때리고 싶다는 충동에 휩싸였지만 가까스로 참아내는 데 성공했다. 유진 역시 준석과 명하를 붙잡을 명분도 방법도 없었던 것이다. 〈이유 없는 반항〉에 미래는 없었으니까.

"……난 병원에 가볼게."

유진은 지끈거리는 머리를 짚으며 조용히 한숨을 내쉬었다.

그날 오후 다섯 시, XX 종합병원의 소아과 병동.

소아과 병동은 내내 조용하다가도 한 번 누군가가 울기 시작하면, 다른 아이들도 따라 울어서 울음바다가 된다.

처음엔 그 소리에 노이로제가 생길 지경이었지만 유진은 이미 익숙해져 있었다.

〈입원비 중간 정산과 수술비 선수납에 대한 안내문〉

유진은 심란한 표정으로 안내문을 읽어 내렸다. 유진이 낮에는 여행사, 커피숍 아르바이트, 밤에는 종탁의 바에서 라이브 콘서트와 대리 운전을 해도, 미리가 사방팔방으로 보험을 팔러 다니고, 밤마다 오컬트 카페에서 점을 쳐주며 일을 해도 돈은 터무니없이 부족했다. 아버지가 운영하는 청송루는 적자나 나지 않으면 다행일 정도였다.

'이번 달도 이 정도 금액은 없을 텐데…….'

차라리 밴드 같은 거 할 시간에 다른 아르바이트를 할 걸 그랬다. 아니면 잠이나 자든가. 불쌍한 조카를 위해 조상님이 꿈속에서 로또 숫자를 불러줄지 누가 알겠는가.

그런 유진의 마음도 모르고, 은서가 다가와 유진의 소맷자락을 쥐었다. 미니 게임기가 지겨워진 모양이었다.

"오늘은 돈 벌러 안 가, 삼촌?"

정신을 차리고 옆을 돌아보니 은서만이 아니라 동생인 은기도 빤히 자신을 들여다보고 있었다.

"응. 오늘은 조카들 얼굴 많이 보려고."

그러자 은서와 은기의 얼굴에 미소가 떠올랐다. 어느덧 일상복이 되어버린 환자복 차림의 은기가 배시시 웃었다.

"삼촌. 나 노래 불러줘."

애교를 부리는 조카들을 보니 유진의 굳은 표정이 사르륵 풀어졌다. 유진은 의자를 당겨 은기 쪽에 몸을 바짝 붙였다.

"자, 그럼 버튼부터 누를까?"

은기가 다가와 유진의 입에 쪽, 뽀뽀를 하자 유진이 양손을 배꼽 앞에 모아 노래를 시작했다.

"밤바라 밤바라 밤바라 바라바라밤~!"

유진이 노래를 시작하자 그에 맞춰 은기도 신이 나선 노래를 따라 부르기 시작했다.

"쯧쯧쯧."

은서는 삼촌과 동생이 애니메이션 주제가를 사이좋게 부르는 것을 보며, 유치하다는 듯 혀를 찼다. 하지만 유진은 이렇게 은기와 함께 노래할 때가 가장 행복하다고 생각했다. 모두 다 포기한다 하더라도 자신만은 락을 하겠다고, 유진은 마음속으로 다짐했다.

– 알아봤는데 일본 애들처럼 프리터 족인가 뭔가 그런 건가 보더라. 아르바이트해서 연명하는 애들 말이야. 근데 너 아냐? 걔 있잖아, 스타 뮤직 연습생 출신이다? 기억하지, 너도? 왜 몇 년 전에 사희문이 락 밴드가 대세라고 뭔가 만든답시고 잠깐 설쳤던 거. 그때 있던 놈인데……

구주는 상식이 해준 말을 머릿속으로 떠올렸다. 당시 '사고'로 인해 어려워진 스타 뮤직이, 연습생들에게 일방적인 계약 해지를 연이어 통보할 때의 얘기 같았다. 구주가 지훈의 일로, 〈Mr. 칠드런〉의 일로 혼이 쏙 빠져 있던 와중의 일이었다.

"그렇단 말이지."

그렇다면 유진은 이미 연습생 시절부터 구주를 알고 있었을 것이다.

구주는 선글라스를 끼고 야구 모자를 깊게 눌러쓴 채 길을 나섰다. 이렇게 된 이상 어떻게든 찰거머리처럼 달라붙어 유진을 설득해보고 말겠다. 구주는 그렇게 다짐했다.

오전 8시. 유진 아버지의 가게, 청송루 앞.

유진이 은서의 손을 잡고 서둘러 집을 나섰다. 아침잠이 많은 미리 대신, 유진은 은서를 유치원까지 데려다 주며 하루 일과를 시작한다.

은서가 유치원 가방을 메고 삼촌을 올려다보았다.

"삼촌~."

"그래, 우리 은서."

유진은 은서에게 헬멧을 씌워준 후 안아서 스쿠터 뒷자리에 앉혀주었다. 유진과 은서를 태운 스쿠터가 골목길을 달리기 시작했다. 그런데 웬 스쿠터 한 대가 유진과 은서의 뒤를 따라오는 것이 아닌가.

"……엥?"

별 생각 없이 백미러로 뒤를 확인한 유진은 깜짝 놀랐다. 헬멧에 고글을 푹 눌러쓴 여성, 즉 오구주가 바싹 쫓아오고 있는 것이 아닌가!

'그 재수 없는 여자잖아?!'

유진은 자기도 모르게 속도를 높였다. 구주에게서 벗어나고 싶었다.

"삼촌, 나 무서워……."

아차, 싶어서 유진은 속도를 낮추었다.

'따라올 테면 따라와 보라지. 저 여자가 무슨 말을 해도 난 눈썹 하나 까딱하지 않을 테다.'

그로부터 다섯 시간 후인 오후 1시, 유진은 커피 전문점에서 평소처럼 아르바이트를 하고 있었다.

점심시간 막바지에 이르자 회사원들이 커피를 사기 위해 매장으로 몰려들었다. 이 시간이 가장 바쁜 시간이었다. 그 덕분에 유진은 주문받으랴 계산하랴 정신이 없었다.

"네, 주문 도와드리겠습니다!"

"에스프레소."

"네, 네에. 에스프레소 한 잔 주문 받았습니다."

손님이 카드를 내밀었다. 유진은 기계적으로 카드를 긁었다.

"서명 부탁드립니다."

그렇게 말하며 손님을 보았을 때. 손님이 있어야 할 자리에 구주가 당연하다는 듯이 서 있었다.

삑—.

기계음과 함께 컴퓨터 화면 위로 구주의 서명이 떠올랐다.

〈나랑 하자〉

'이 여자, 진짜 끈질기네.'

구주를 보고 있노라니 확 열이 올랐다. 하지만 유진은 애써 화를 잠재우고 구주에게 카드와 영수증을 건넸다.

"커피는 옆의 선반에서 받아 가시면 됩니다. 손님."

유진은 이렇듯 친절하게 대꾸하고는 다음 손님을 맞이했다.

오후 9시, 종탁의 바.

〈이유 없는 반항〉의 준석, 명하는 떠났지만 그렇다고 유진까지 음악을 포기한 것은 아니었다. 유진은 무대 위에서 기타를 조율하고 음향 시설을 세팅했다.

"야."

종탁이 다가와 신청곡 메모지를 내밀었다. 메모지를 펼쳐보니 〈얼마면 돼〉라고 쓰여 있었다.

'얼마면 돼? 가수 이름인가, 노래 제목인가?'

"형, 이거 말인데."

자세히 물어보려는데 종탁이 턱짓으로 바 테이블을 가리켰다. 그곳에는 맥주를 마시고 있는 구주가 있었다.

"여어."

구주가 마시던 맥주병을 들며 인사했다. 나름대로는 반가움을 표시하며 회유하려는 것 같긴 한데, 그냥 목각 인형 같은 포즈였다.

'저 여자가 진짜······.'

유진은 손에 있는 신청곡을 구겨버렸다.

새벽 1시 30분, 공용 주차장.

전화를 받고 주차장에 도착한 유진은 주차된 차들을 재빨리 훑어보았다. 전화로 들은 차종과 번호판을 찾으니 곧 발견할 수 있었다.

대리 운전사를 부른 차 주인은 이미 시동을 걸고 조수석에 옮겨 탄 것 같았다. 유진은 얼른 달려가 운전석에 올라탔다.

"어디로 모실……?"

나름대로 공손하게 묻던 유진은 할 말을 잃었다. 조수석 창밖을 보고 있던 차 주인이 고개를 돌리는데, 그게 바로 구주가 아닌가. 유진은 어이없는 표정으로 잠시 구주를 쏘아보다가 물었다.

"……저, 혹시 나 좋아해요? 왜 자꾸 스토킹을 해요?"

대체 뭐란 말인가, 이 여자는.

물론 그녀가 누구인지는 유진도 잘 알고 있었다. 스타 뮤직의 천재 프로듀서, 오구주. 소형 기획사였던 스타 뮤직을 스타의 산실로 끌어 올리는 데 톡톡히 공헌했다는 가요계의 숨은 전설. 지금도 회자되는 원로 아이돌 그룹 중 최고로 꼽히는 이들은 하나같이 스타 뮤직 출신이고, 그 배경엔 오구주가 있었다.

즉, 오구주는 아이돌 전문가다. 3년의 공백이 있었다지만 지금이라고 다를 것 같지는 않았다. 아니, 지금도 아이돌 팀을 기획하고 있었다.

'〈Mr. 칠드런〉이랬나?'

오구주가 키우던 그 문제의 아이돌 그룹 이름이 분명 그랬던 것 같다. 더구나 당시 사고는 〈Mr. 칠드런〉의 기획자인 구주와 리더 간 불협화음 때문에 빚어진 '자살'이라는 게 당시 스타 뮤직 연습생들 사이에 나돌던 소문이었다.

사실인지 어쩐지는 몰라도, 요즘은 유진을 괴롭히는 게 이 여자의 취미로 자리 잡은 게 분명했다.

'참피온 뮤직 좋아하네. 차라리 창피한 뮤직이라 그래라.'

유진이 그런 생각을 하는 동안, 내내 물끄러미 바라보고 있던 구주가 드디어 입을 열었다.

"너, 노래하고 싶지?"

"또 그 얘기예요?"

하긴 그 얘기하려고 여기까지 쫓아온 거겠지.

"가수하고 싶은 거잖아. 안 그래?"

"네, 꿈이에요. 근데 전 밴드할 겁니다. 됐어요?"

비록 〈이유 없는 반항〉의 두 멤버가 떠났지만 유진은 포기하지 않았다. 준석과 명하는 그리 쉽게 밴드를 포기할 인간들이 아니다. 조금 여유를 두고 찾아가면 분명히 다시 돌아오리라. 유진은 그렇게 확신했다.

"꿈? 꿈은 안 이뤄지는데."

구주가 10년쯤 전 대한민국을 강타한 명언을 정면으로 부정했다.

"안 이뤄지는 게 꿈이야, 원래는. 근데 뭐, 너 하는 걸 봐서 나중엔 밴드를 시켜줄 수도 있지."

지금까지 평행선을 달리던 유진과 구주의 의견에서 구주가 먼저 협상안을 제시했다. 밴드를 시켜줄 수도 있다는 구주의 말에 유진은 귀가 솔깃해졌다.

"저 혼자 아이돌 되는 건 됐고요. 밴드, 그리고 꼭 기타 메고 해야 돼요."

"기타?"

밴드에서 보컬이 기타를 메는 거야 흔한 일이긴 하지만 굳이 그 부분을 강조하는 게 이상했다. 유진은 쑥스러운 듯 머리를 긁적였다.

"조카가 꼭 저랑 무대에 서고 싶어해서요. 제가 기타랑 노래를 맡고, 조카가 베이스 치고…… 그게 그 애 꿈이에요."

"흐응……."

구주는 아무래도 상관없다는 듯이 고개를 끄덕였지만, 유진에겐 그게 괜찮다는 뜻으로 보였다.

"지금은 일단 밴드 대신 댄서들 뒤에 세우고, 기타 대신 네 몸으로 연주한다고 생각하면 돼."

어쭈. 결국 이럴 줄 알았다. 결국 아이돌 팀으로 활동하라는 거잖아? 화가 난 유진이 인상을 찌푸리며 대꾸했다.

"결정적으로 전 춤 못 추는데?"

"속성으로 떼게 해줄게."

구주가 어깨를 으쓱하며 말했다.

"됐어요."

유진이 차 문을 열고 아스팔트로 한 발을 내딛자, 구주가 나

직하게 한마디를 덧붙였다.

"여긴 네 자리가 아니야. 네가 있어야 할 곳은 무대야."

무심결에 뒤를 바라봤다가, 유진은 구주의 진지한 눈동자와 시선이 마주쳤다. 일체의 사심도 없이, 마치 우주의 진리를 말해주는 것 같은 눈이었다.

유진이 잠시 할 말을 잃은 순간.

우우우웅ㅡ. 우우우웅ㅡ.

마침 진동으로 해둔 유진의 핸드폰이 울렸다. 유진은 깜짝 놀라며 핸드폰을 받았다.

"어, 누나. 왜? ……뭐?"

전화를 받던 유진의 안색이 이내 새하얗게 질렸다. 유진은 여전히 휴대폰을 붙든 채, 서둘러 다시 운전석으로 올라탔다.

"알았어, 조금만 기다려! 지금 갈게!"

그러곤 전화를 끊더니 구주를 돌아보았다.

"잠깐, 이 차 좀 빌릴게요."

병원에선 떠들지 말아야 하고, 뛰지 말아야 한다. 평소에는 규칙을 잘 지키는 유진이었지만 오늘만큼은 달리지 않을 수 없었다.

유진은 침대를 밀면서, 정신을 잃은 은기의 창백한 얼굴을 걱정스레 바라보았다.

"유진아, 우리 은기 괜찮겠지? 내 아들, 네 조카 은기 괜찮겠지?"

"그럼 괜찮지, 안 괜찮을까! 이상한 소리하고 있어."

침대 반대편에서 미리가 울상을 짓자 유진이 버럭 소리쳤다.

"너무 큰 소리는 내지 말아 주세요, 환자에게 안 좋습니다."

함께 침대를 밀던 간호사가 주의를 주자 유진이 황급히 고개를 끄덕였다.

침대를 중심으로 유진 일행이 사라지고, 구주는 은서와 함께 복도에 덩그러니 남았다.

구주는 일단 의자에 앉으며 물어봤다.

"……동생이야?"

"네. 나는 한은서, 아까 걔는 한은기."

"너네 아빠는?"

"작년에 오토바이 타고 하늘나라 가셨어요. 퀵이었거든요."

구주는 자기가 괜한 말을 꺼냈다는 생각에 입을 다물었다. 은서가 고개를 아래로 떨구며 중얼거렸다.

"동생이요, 많이 아파요. 곧 죽을지도 몰라요. 오늘도 죽을 뻔했구요. 왜 그런 건지 모르겠어요."

은서의 말에 구주가 한참 말을 고르고 고른 끝에 어렵게 입을 열었다.

"……음, 배터리 방전이구나."

은서가 고개를 들며 눈을 동그랗게 떴다.

"배터리?"

"어어, 사람 몸에는 배터리 같은 게 있어. 배터리가 뭔지는 알지?"

"네."

"근데 그게 누구 거는 좀 커서 오래 가고, 누구 거는 좀 작아서 빨리 닳기도 하고, 그렇거든. 네 동생 거는 좀 작은 거 같네."

이 정도면 나쁘지 않게 말을 고른 것 같았다.

"그럼 고칠 수 있어요?"

"응?"

"배터리 말이에요! 크고 오래 가게 고칠 수 있냐고요!"

은서가 울먹거리는 얼굴로 구주를 올려다보았다.

"그래, 그렇겠지."

은서를 바라보는 구주의 표정이 한결 부드럽게 변했다. 신이 아닌 이상 확신할 수 없는 일이고, 확실하지 않은 이야기엔 단언을 하지 않는 구주였지만 지금만큼은 어쩔 수 없었다. 구주의 말을 들은 은서가 그제야 살짝 웃었다.

구주가 머리를 쓰다듬어주자, 은서는 구주의 어깨에 머리를 기대더니 금방 꾸벅꾸벅 졸기 시작했다.

"으으, 나 들어가서 잘래요."

"어디로?"

"은기 침대 옆에 침대 또 있어요."

은서가 배시시 웃더니 종종걸음으로 은기의 병실로 돌아갔다. 침대 옆에 있는 보조 침대를 말하는 모양이다.

병실 입구에 서서 구주는 은서가 이불 속으로 들어가는 걸 확인한 후 몸을 돌렸다.

그때 수납 카운터 쪽에서 원무과 직원과 실랑이 중인 유진과 미리의 모습이 들어왔다.

"이달 말까지 낸다고요! 누가 거저 있겠대?"

"아니, 부탁을 해도 시원찮을 판에……."

미리의 성질에 원무과 직원이 어이없다는 표정을 지었다. 미리는 코웃음을 치며 기세 좋게 손바닥으로 카운터를 내리쳤다.

"알았어요, 병원 원장 불러와요!"

"나 참."

"나 참~? 나 참~? 야, 유진아! 병원 옮겨! 더러워서 진짜!"

"그만해, 누나."

유진이 잔뜩 흥분한 미리를 뜯어 말리면서 목소리를 한껏 낮추어 말했다.

"우리 갈 데도 없잖아."

"오늘까지 수납 안 하시면 진짜 퇴실하셔야 돼요."

역시나 직원에겐 미리의 허세 작전이 통하지 않았다.

"할부, 되죠?"

그 와중에 불쑥 제 3의 인물이 끼어들어 카드를 내밀었다.

구주였다.

"입원비랑 수술비. 24개월로."

유진과 미리가 눈을 둥그렇게 뜨고 바라보는 찰나, 직원은 번개처럼 카드를 받아 긁어버렸다.

"감사합니다! 사인해주세요."

구주는 능청스레 서명을 하더니 직원이 주는 영수증을 다시 유진에게 건네었다.

"지금 뭐 하는 겁니까?"

유진이 얼결에 영수증을 받아 들며 딱딱한 목소리로 묻자, 구주는 가방에서 펜을 하나 꺼냈다.

"자. 여기 밑에다가 사인해."

"네?"

"뭐 해, 사인 안 하고? 24개월 할부니까 너랑 나랑도 24개월 계약. OK?"

"OK!"

구주의 얼토당토않은 제안에 미리가 끼어들어 시원스레 대답했다. 유진이 무슨 소리냐는 듯이 미리를 쏘아보는데 구주가 성큼 앞으로 다가섰다.

"넌 네 조카 수술보다 네 입장이 더 중요해?"

"아니지, 안 중요하지."

이번에도 미리가 고개를 내저으며 진중한 척 대꾸했다. 유진은 그 덕분에 대답할 타이밍을 빼앗기고 말았다. 구주가 유진의 어깨를 다독이면서 악마처럼 속삭였다.

"사인해. 그럼 다 편해져."

"난 벌써 다 편해졌다, 유진아."

미리가 양손을 가슴에 모으며 실로 편안한 미소를 지었다. 하지만 미소 짓는 얼굴로 유진을 보는 눈빛이 은근히 서늘한 걸 보면, 자칫 거부라도 했다간 무시무시한 일이 일어날 것만 같았다.

"……잠깐 따라 나와요."

유진은 구주의 팔을 붙들고 그대로 병원 밖으로 나갔다. 병원 로비를 빠져나오자마자, 유진은 구주를 돌아보며 양손에 허리를 얹었다.

"항상 그렇게 제멋대로입니까? 상대방 입장 같은 건 생각 안 해요?"

구주는 하고 싶은 말은 그게 다냐는 듯이 유진을 빤히 바라보았다.

'제길, 말을 말자.'

이렇게 결론을 내린 유진이 어금니를 꽉 깨물며 고개를 휙 돌렸다.

"24개월 할부니까 나도 할부대로 갚을게요. 은행 이자로."

"아니, 일시불 상환이야. 이자는 복리로 연 20%."

20%면 은행은커녕 웬만한 카드론보다도 더 비싼 이율 아닌가. 유진의 입이 쩍 벌어졌다. 농담인가 싶어 바라보니 구주의

얼굴은 진지하기 짝이 없었다.

"아까 사인 타령도 그렇더니, 혹시 사채 하세요?"

"응. 지금부터 해보려고."

구주가 심드렁하게 답했다.

"돌겠네. 진짜 나한테 왜 이래요?"

유진은 머리를 벅벅 긁으며 투덜거렸다.

"알잖아? 내가 왜 이러는지."

"가수 시켜줄 거예요? 정말 책임질 거냐고요!"

"그건 너 하는 거 봐서."

이건 대화가 아니다. 일방적인 강요다.

더 말을 섞었다간 머리가 어떻게 되어버릴 것 같았다. 유진이 고개를 푹 숙이고 반쯤 체념의 한숨을 내쉬는데, 구주가 불쑥 입을 열었다.

"스타 뮤직."

유진은 고개를 들고 구주를 바라보았다.

"스타 뮤직이랑 붙을 건데."

구주의 말에 유진은 자기도 모르게 딱딱하게 표정이 굳었다.

'알고…… 있었나?'

유진과 스타 뮤직의 관계를 모른다면 굳이 이 타이밍에 스타 뮤직을 언급할 이유가 없다.

"사희문이 널 버린 거 아닌가?"

이 이야기가 나올 이유는 더더욱 없다. 유진은 구주가 자신에 대해 알지 못한다고 생각했다. 하지만 그렇지도 않은 모양이었다.

"사희문이 그랬지? 시대가 너희를 버렸다고. 하지만 사희문은 위험 부담을 안고 너희 밴드를 키우고 싶지 않았던 것뿐이야. 가능성이 있든 말든, 그래서 버린 거야."

결국 사희문은 성공 가능성이 낮다고 판단하여, 정식 무대에 오를 기회조차 앗아간 것이다.

"너도 보여주고 싶잖아. 내가 그렇게 하게 해줄게."

어째서일까. 유진은 구주에게서 시선을 뗄 수 없었다. 마치 마법에 걸리기라도 한 것처럼 구주를 빤히 바라보았다.

"월요일 3시."

구주가 주차장 쪽으로 몸을 돌리며 말했다.

"그때까지 안 오면 그땐 내가 진짜 꺼져줄게."

5. Mr. 칠 드런

참피온 뮤직 사무실에선 세 남자가 한창 운동을 하고 있었다. 적당한 기구는 없었지만 맨몸으로 할 수 있는 운동은 얼마든지 있다. 이 사실을 입증이라도 하려는 듯 지오는 허벅지를 단련하는 스쿼트를, 리키와 현이는 각각 팔 굽혀 펴기와 윗몸일으키기에 매진했다.

데뷔를 목전에 둔 3년 전이라면 또 모를까. 일상생활에 젖어 녹슬어버린 육체에 다시 기름칠을 하는 작업은 결코 만만치 않았다.

"……왜 이렇게 안 와?"

운동 한 세트를 마친 지오가 숨을 고르며 시계를 힐끗 쳐다봤다.

새 보컬이 오기로 한 시간도 이미 40여 분이나 지나버렸다.

팔 굽혀 펴기를 하다 지쳐 바닥에 등을 대고 드러누운 현이가 헐떡이며 엄지를 치켜세웠다.

"안 오면 내가 하지 뭐. 나 노래방하면서 연습 많이 했다."

"그럼 우리 셋이? Trio?"

리키가 낄낄 웃으며 대꾸했다.

"무슨 쌍팔년도 소방차도 아니고! 요즘은 기본이 넷부터거든? 에이, 씨! 나 안 해!"

지오가 괜히 벽을 발로 걷어차더니 정말 출구로 성큼성큼 걸어갔다. 지오가 문을 열려던 순간, 타이밍 좋게 유진이 문을 열고 나타났다. 유진은 한 손에는 선인장 화분, 다른 한 손엔 떡 상자를 들고 있었다.

"아……."

유진은 급히 달려왔는지 숨을 헐떡이며 어색한 표정으로 실내를 둘러보았다. 마침 운동 중이던 세 명의 남자가 유진을 주시하고 있었다.

"안녕하세요."

어색해진 유진이 인사를 했다.

"이 녀석이 우리 Vocal 후보?!"

리키가 노골적으로 놀랐다. 지오, 현이 역시 경악한 표정으로 유진을 응시했다.

'보컬 후보가 온다고 해서 기대했는데…… 설마 정말 이 녀석이었냐!?'

유진을 바라보는 세 사람의 눈빛은 이렇게 말하고 있는 것만 같았다.

2층에 있던 구주와 상식도 문이 열리는 소리를 듣고 아래로 내려왔다. 구주를 발견한 유진이 양손에 든 것들을 내밀었다.

"저기, 이거 사느라고……. 그래도 나름 개업이잖아요. 번창하시라고."

구주는 화분과 떡을 받아 그대로 상식에게 인계해주었다. 유진이 얼른 상식에게 설명을 덧붙였다.

"선인장은 한 달에 한 번만 물주면 된대요. 전자파 예방에도 좋고요."

"고, 고맙다."

상식이 떨떠름한 표정으로 고개를 끄덕였다.

"생각해봤는데 상담 한번 받아보는 건 나쁘지 않을 거 같아서……."

머쓱한 듯 말하는 유진을 쏘아보며 구주가 입을 열었다.

"40분 지각. 넌 4천 번."

"……네?"

딸그락.

구주가 휙 던진 줄넘기가 유진의 발 앞에 떨어졌다. 유진의 옆에 있던 상식이 피식 웃었다.

"첫날부터 지각이라니. 너도 훌륭한 〈Mr. 칠드런〉이다."

"그, 그래요?"

어느새 지오, 리키, 현이는 운동을 시작했다. 유진 역시 어수룩하게 운동 행렬에 동참했다. 그제야 유진은 이들이 하고 있는 운동이 트레이닝인 동시에 지각에 대한 벌칙임을 알 수 있었다.

"성격 뻔히 알면서~. 그러니까 앞으로 다들 늦지 말고. 알았지?"

상식이 박수를 짝짝 쳤다.

"일단 시간 없으니까 소개부터 할게. 이쪽이 원년 멤버 3인방, 저쪽 줄넘기는……."

"너희들은 박힌 돌, 쟤는 굴러 온 돌!"

구주가 상식의 말을 끊으며 간단하게 소개를 끝내버렸다. 상식이 얼른 구주의 말을 이어 받았다.

"그래, 너희들은 다 돌……, 아니, 아이돌! 아이돌이지. 그리고 바로 내가, 에헴!"

상식은 가볍게 헛기침을 하고는 세련된 디자인의 명함 집을 품에서 꺼냈다. 그 안에는 새로 박은 〈참피온 뮤직 대표 이사 박상식〉의 명함이 한가득 담겨 있었다. 하지만 상식에겐 대표 이사의 위엄을 뽐내며 소속 연습생들에게 명함을 나눠 줄 기회가 없었다.

"음악 켜."

구주의 한마디에 상식은 애꿎은 명함만 구기며 음악을 켜러 갔다.

복싱 체육관이었던 건물은 제법 그럴듯한 모습으로 변해갔다. 사각 링은 완연한 무대가 되었고, 벽면을 가득 메운 거울은 안무 연습 공간으로 제격이었다. 복층은 진작 구주의 작업실과 멤버들의 숙소로 바뀐 지 오래였다.

유진, 지오, 리키, 현이 네 사람은 매일같이 샌드백을 두들기고 윗몸 일으키기와 팔 굽혀 펴기, 줄넘기를 병행하여 체력을 단련했다. 비가 오지 않는 날에는 뒷산을 뛰었다. 운동할 때는 구주와 상식이 사비를 털어서 마련한 땀복과 모래주머니를 몸에 걸쳤다. 심지어 타이어를 메고 달리게 할 때도 있었다. 어찌나 혹독한지, 중간에 힘들다고 탈주하려던 현이를 멤버들이 잡아온 적도 있었다.

그렇다고 단순히 기초 체력 다지기에만 힘쓴 건 아니었다. 오구주 표 춤 속성 떼기도 함께 이루어졌다. 유진이 오디션 때 받은 악보, 〈Summer Dream〉의 댄스 버전을 위해서였다.

"이게 모든 댄스의 기본이야. 이것만 하면 그 어떤 춤도 출 수 있고, 이것조차 안 되면 그 어떤 춤도 출 수 없어."

구주의 턱짓에 상식이 말해준 춤의 기본이란, 바로 물구나무 서기였다. 현이, 리키가 오만상을 찌푸린 채로 지오와 함께 물구나무를 섰다. 지오야 원래 숨 쉬듯 춤을 추는 타입이니 그렇다 치고, 두 사람도 요즘은 운동을 한 덕에 그럭저럭 버틸 수 있었다.

유진도 물구나무를 서기 위해 안간힘을 썼다. 물구나무를 서고 버티는 것이 아니라 중심을 잡기 위해서였다. 하지만 몸을 접었다 폈다 하더니 1초를 버티지 못하고 등부터 바닥에 떨어졌다. 슬랩스틱 코미디가 따로 없었다.

"으악!"

지오는 댄스 천재의 자존심으로, 현이는 깡으로 계속 버텨냈지만 리키는 금세 고꾸라지고 말았다. 리키는 쓰러진 자세 그대로 구주를 향해 투덜거렸다.

"Hey, Ma' am. I' m a rapper. 래퍼는 춤 안 춰도 돼~, 나 물구나무 안 돼~."

"그래. 리키 너 래퍼였지."

구주가 다 이해한다는 듯 고개를 끄덕였다. 그리고 잠시 후.

"김밥 천국~, 할매 순대국~, 마포 갈비~, 고 갈비~, I'm hungry~, 당장 먹자, 먹고 죽자~."

리키는 물구나무 선 자세에서 침이 마를 때까지 프리 스타일 랩을 연습해야 했다. 그리고 유진은 그동안에도 계속 자빠졌다.

물구나무도 못 서는 유진이 안무 연습을 제대로 할 수 있을 리가 없었다. 대열 이동 중에 혼자 스텝이 꼬여 엉뚱한 곳으로 가는 것도 모자라 멤버들의 동선을 가로 막아버렸다. 턴을 하며 살인 미소를 지어줘야 하는 클로징 파트에선 혼자 발이 꼬여 바닥에 입을 맞추고 말았다.

마침내 구주의 특명이 떨어졌다.

"한 달 내에 너만큼 만들어놔."

떨어지긴 떨어졌는데 지오에게 떨어졌다. 그러자 지오는 현이에게 쏘아보는 건지 눈짓을 하는 건지 모를 시선을 보냈다. 마지막으로 현이가 다시 유진에게 특명을 내렸다.

"저기서 일단 보름간 리듬감부터 배워."

현이가 유진을 끌고 간 곳은 아침마다 아줌마들이 모여 에어로빅을 하는 동네 공원이었다. 현이가 벤치에 벌렁 누워 아기 보느라 못 잔 잠을 보충하는 동안, 유진은 아줌마들 사이에 끼어 거센 구령과 격렬한 동작에 이리 채이고 저리 채였다. 정말 이렇게 해서 리듬감을 배울 수 있단 말인가. 이런 의문이 들었지만 방법은 그저 열심히 하는 수밖에 없다.

그로부터 보름 후.

유진은 다른 건 몰라도 '따라하는 것을 부끄러워하는 것'만은 확실히 제거하게 되었다. 이대로 나머지 보름은 혼자서 자습하라는 건가 싶었지만, 유진은 지오에게 춤 연습 안 시켜주느냐는 말을 차마 꺼낼 수가 없었다. 왠지 모르게 자신을 볼 때마다 잡아먹을 듯한 표정이어서, 말 붙이는 것조차 꺼려졌기 때문이었다.

그러나 다행인지 불행인지, 링 구석에 쭈그려 앉은 유진이 고심을 할 새도 없이 지오 쪽에서 먼저 유진에게 접근을 해왔다. 유진 앞에 서더니 한 마디 말도 없이 흉흉한 표정으로 동작을 끊어서 보여주기 시작한 것이다. 보고 그대로 따라하라는 뜻인 것 같았다. 유진은 차라리 그게 낫겠다 싶어 내심 안도의 한숨을 쉬며 몸을 일으켰다.

체력을 다지고 춤을 배우는 가운데 노래 연습도 틈틈이 진행되었다.

아무리 춤과 퍼포먼스가 중요하다지만 아이돌이 성공하려면 그것만 가지고는 어림도 없었다. 어차피 춤 잘 추고 퍼포먼스 좋은 그룹은 널렸다. 게다가 음원을 공개했다 하면 MR 제거니 뭐니 해서, 자칭 전문가 네티즌들에 의해 낱낱이 해부당하는 게 요즘 가수다. 최소한 어디 가서 욕먹지 않을 정도의 가창력이 필요했다.

"그래, 괜찮네."

구주의 독려에 신이 난 지오가 더욱 음악에 빠져들었다. 어찌나 심취했는지 자기도 모르게 인상까지 쓰고 있었다.

"지오, 끊지 말고 끝까지 계속 가봐!"

다른 사람한테 파트를 넘기지 말고 끝까지 혼자서 다 불러보라는 뜻이었다. 자신의 파트가 다가오자 노래 부를 준비를 하던 유진이 구주의 외침에 머쓱한 표정으로 뒤로 물러났다. 현이와 리키가 그런 유진을 히죽거리며 바라보았다.

"자, 처음부터 다시 간다."

구주가 지오 파트부터 반주를 또 해주자, 지오는 한차례 숨을 고른 후 다시 노래를 불렀다. 그렇게 자신의 파트가 끝나고 유진의 파트까지 접어들자, 지오는 은연중에 흔들리기 시작했다.

구주가 그걸 눈치채지 못할 리는 없었다. 그녀는 즉각 반주를 멈추고 자리에서 벌떡 일어났다.

"달랑 자기 파트 한 소절만 연습하셨다? 그게 자기 노래를 대하는 가수의 태도야?"

"……."

열창한 것과 잘 부른 건 다른 법이다. 그리고 구주의 귀는 연습을 한 노래와 하지 않은 노래를 정확히 구분할 수 있었다.

"그리고 네가 배우냐? 표정이 왜 그래, 재수 없게? 정지오, 너 저기 벽 보고 있어."

지오는 뭔가 욱하는 게 있었지만 그렇다고 그걸 구주에게 표출하진 않았다. 그냥 묵묵히 구주가 시킨 대로 벽을 향해 걸어갈 뿐이었다.

"아직 노래 미완성이라고 내가 말했지? 랩 파트랑 클라이맥스 말고는 누가 어디를 부를지 하나도 정해진 게 없어. 정신 차려, 다들. 자, 다음!"

구주가 자신을 보며 외치자 유진이 무심결에 멈칫했다. 그 모습에 구주가 냉소를 지었다.

"왜, 너도 네 파트만 할 줄 알아? 정지오한테 스타트 끊어달라고 부탁할까?"

"아뇨! ……괜찮습니다."

유진은 지오와 엇갈리며 앞으로 나아갔다. 엇갈리는 순간, 유진은 가슴이 철렁했다. 지오가 유진을 잡아먹을 듯이 노려보고 있었던 것이다. 말없이 춤을 가르칠 때도 언제나 흉흉했지만, 지금의 눈길엔 그것과는 비교도 안 될 정도로 살기가 담겨 있었다.

'밤길 조심해야겠네. 뭐 그것도 집에 갈 시간이 있을 때 얘기지만.'

〈Mr. 칠드런〉의 원 멤버들은 아직까지도 유진을 받아들이지 못했다. 특히 지오는 유진을 엄청나게 싫어했다.

"부드러운 저……."

딩!

몇 마디 부르기도 전에 구주가 건반을 거칠게 누르며 노래를 끊었다. 다시 부르면 다시 끊고, 다시 부르면 다시 끊고. 유진은 다섯 번을 부르는 동안 '부드러운 저 파도 소리', 이 짧은 구절조차 다 부르지 못했다. 기어코 유진이 관자놀이를 짚으며 한마디 하고 말았다.

"저기요, 이유나 좀 알고 하죠? 내가 무슨 로봇도 아니고."

"로봇이잖아, 너."

"네?"

"너, 노래 부르는 게 쪽팔려?"

"그게 무슨 소립니까?"

이 여자는 가끔 뜬금없는 말로 사람의 자존심을 쿡 찌르는 경향이 있다. 잘 좀 해보려는 사람으로 하여금 저절로 인상을 쓰게 하는 재주가 있단 뜻이다. 노래 부르는 게 쪽팔리면 자신이 왜 여기서 이런 짓을 하고 있겠는가?

"관객이 무서워, 아니면 그게 폼 나 보여? 어디서 나무 막대기처럼 뻣뻣하게 서서 눈 지그시 감고 노래를 불러? 눈 감는 건 죽어서나 하라고."

유진은 그 소리였나 싶어 자기도 모르게 헛웃음을 삼켰다. 어이가 없어지고 그 자리에 분노가 들어섰다.

"저는요, 눈을 감아야 감정이 나오거든요? 노래는 감정 살리는 게 우선 아닌가?"

"그래. 지금처럼만 해."

"뭘요?"

"말대답할 때는 눈 똑바로 뜨고 감정까지 섞어서 잘만 하네. OK?"

촌철살인과도 같은 날카로운 한마디에 유진은 꿀 먹은 벙어리가 되고 말았다.

보글보글보글보글.

가스렌지 위의 큰 냄비 위에서 해물탕이 끓고 있었다. 모처럼 상식이 기분을 낸 덕분에, 새우며 조개가 튼실하게 들어찬

해물탕은 그야말로 푸짐하기 짝이 없었다.

"고것 참 맛나겠다."

기분 낸 만큼 지갑이 가벼워졌지만 맛있게 끓고 있는 해물탕과 그걸 먹으며 좋아할 멤버들의 얼굴을 떠올리니 상식은 저절로 입가에 미소가 피어올랐다.

하지만 그것도 잠시, 자신이 믹서에 집어넣은 재료를 보자 상식의 입가에서 웃음기가 싹 사라졌다. 도라지, 생강, 날달걀, 그 외에 뭔지 알 수 없는 풀뿌리가 널려 있었다. 구주가 적어준 대로 재료를 준비한 결과였다.

위이이잉!

믹서를 작동시켰더니 그것들이 한데 섞여 기묘한 색깔이 되어버렸다. 말이 좋아 기묘지, 상식의 눈엔 이게 먹을 걸로 보이진 않았다.

'저 괴물.'

어디서 이런 걸 생각해낸 걸까. 상식은 구주를 쳐다보며 속으로 중얼거렸다. 더 기겁할 만한 건 이것만큼 기괴한 조합의 주스를 여섯 개나 더 만들어 일주일 단위 식단표를 짜고 있단 점이었다. 이런 걸 매일 먹을 녀석들이 불쌍하게 느껴질 정도였다.

"밥 먹자!"

상식이 해물탕을 식탁으로 옮기며 외치자, 아래층에서 트레이닝을 하던 멤버들이 하나둘 2층으로 올라왔다. 상식은 스포

츠 타월을 나눠 준 후 방금 갈아 만든 주스를 하나씩 멤버들 앞에 놓아주었다.

"뭐예요, 이게."

지오가 타월로 땀을 닦으며 퉁명스레 물었다. 지오가 보기에 최소한 사람이 먹으라고 내놓은 건 아닌 거 같았다.

"그냥 다 약이다 생각하고 쭉들 마셔라. 쭉~."

"약이라고요?"

지오가 미간을 좁히며 되묻자, 구주가 눈을 부라리며 물었다.

"불만 있어?"

"……웨엑!"

주스를 입에 대기가 무섭게 현이가 싱크대로 달려가 구역질을 해댔다. 리키는 두 눈을 질끈 감고 겨우겨우 한 모금씩 삼키고 있었는데 보는 사람이 다 괴로울 지경이었다.

하지만 한 사람만은 달랐다.

"제 입엔 쫙쫙 달라붙는데요?"

유진이 벌써 절반이나 비워버린 잔을 들어 보이며 말했다. 보란 듯이 한 모금 더 마시더니 씩 웃기까지 한다.

"어째 벌써 힘이 나는 거 같기도 하고."

그런 유진에게 질 수 없다는 듯이 지오가 아랫입술을 잘근 깨물더니 주스를 씹어 삼켰다.

"……흡!"

자기도 모르게 역한 소리가 튀어나왔다. 유진이 아니었다면

제 아무리 지오라도 싱크대로 달려갔을지 모른다. 아니, 애초에 이걸 맛있게 마시고 입맛까지 다시는 이유진, 저 녀석이 이상한 거다.

다들 그런 식으로 제각기 앓는 소리를 내는 바람에 머쓱해진 상식이 TV를 켰다.

[무엇보다 우리를 믿고 키워주신 스타 뮤직 사희문 대표님께 이 공을 돌리고 싶습니다. 대표님! 사랑해요!]

TV에 나오는 건 〈원더 보이즈〉의 가요 프로그램 1위 수상 장면이었다.

스타 뮤직의 이름이 나오자 여섯 명의 시선이 순식간에 브라운관에 고정됐다.

[〈원더 보이즈〉 여러분, 축하드리고요. 이걸로 올해의 가수왕을 뽑는 연말 가요 대전 참가자 명단에 〈원더 보이즈〉의 이름이 올라가게 되었습니다.]

[네, 올해 데뷔한 신인 중에선 처음으로 〈원더 보이즈〉가 진출을 확정 지었는데요. 신드롬을 일으키고 있는 〈원더 보이즈〉의 파워가 어디까지 이어질지 기대되네요.]

남녀 MC가 주거니 받거니 〈원더 보이즈〉를 칭찬하느라 여념이 없었다. 이윽고 1위 앵콜 곡으로 그 그룹의 〈Secret〉이 흘러나왔다. 그 모습을 보고 있던 상식이 주먹으로 가슴을 두들기며 호기롭게 말했다.

"너무 부러워하지들 마라! 내가 적어도 3년, 3년 안에 너희들 저 자리에 세울 테니까."

유진과 지오조차 부럽다는 듯이 TV를 바라보고 있었으니 리키와 현이는 또 어땠겠는가? 멤버들의 기를 살리기 위해서라도 대표 이사가 이 정도 허세 정도는 부려줘야 하는 법이다.

"아니. 올해 안이다."

말이 되냐는 듯이 상식을 바라보던 네 사람이, 이번에는 깜짝 놀란 얼굴로 구주를 바라보았다. 상식도 입을 쩍 벌리고 말았다.

하지만 구주의 얼굴에 거짓은 없었다. 그녀는 진심으로 믿고 있는 것이다.

"올해 12월 31일, 너희들도 〈원더 보이즈〉랑 나란히 저기 설 거야. 내가 그렇게 만들어."

"……아, 네에."

유진은 대충 건성으로 고개를 끄덕였다. 그나마 대답이라도 한 건 유진뿐이다. 너무나 비현실적인 발언이었던 것이다. 상식을 비롯해 지오와 리키, 현이는 이미 해물탕에 달려붙어 새우와 조개를 까느라 바빴다. 유진도 이에 질세라 식탁 위의 전쟁에 참전했다.

"후우."

구주도 어쩔 수 없다는 듯, 젓가락을 들었다. 새우탕은 게눈 감추듯 사라져가고 있었다.

모두가 잠든 저녁. 혼자서 사무실로 내려온 유진은 무대 대용으로 쓰고 있는 링 위에 방석을 깔고 앉았다.

'자, 한번 해볼까?'

유진은 구석에 잠들어 있는 기타를 꺼내 들고 방석 위에 앉았다. 주위가 고요하니 모처럼 좋은 곡이 떠올랐다. 유진은 즉흥적으로 기타를 치며 노래를 흥얼거리기 시작했다. 컨디션이 괜찮은지 제법 듣기 좋은 음색이 나왔다.

"호오~, 이건 좀 괜찮은데?"

유진은 주머니에서 MP3를 꺼냈다. 괜찮은 음악이 나왔다 싶으면 녹음한 후 다시 재생. 그걸 다듬어 연주하고 녹음하기를 반복하면서 작곡 작업을 지속했다. 그렇게 한참 동안 작업을 하다 보니 밖이 어슴푸레 밝아졌다.

'이크, 안 되겠다.'

내일 훈련 스케줄을 맞추려면 조금이라도 잠을 자두어야 한다. 그렇지 않으면 오구주, 그 마녀가 어떤 운동을 시킬지 알 수 없다. 그런 생각을 하니 유진은 갑자기 피곤해졌다. 그리고 그대로 링 위에서 깊은 잠에 빠졌다.

유진이 잠들고 1시간이 지났을 때, 구주가 복층에서 내려왔다. 그녀는 지금까지 〈Mr. 칠드런〉의 훈련 스케줄을 조정하고 기획을 짜던 중이었다. 유진이 작곡에 몰두하고 있는 동안에도 그녀는 유진을 보고 있었다.

유진은 몸을 웅크린 채 깊이 잠들어 있었다.

"흐음."

구주는 유진의 옆에 굴러다니는 MP3를 집어 들었다. MP3에는 그런 식으로 유진이 조금씩 작업해둔 곡이 여럿 들어 있었다.

하나씩 곡을 넘기던 구주는 어떤 곡에 이르러 저절로 손이 멈추었다.

다가와서 나와 함께해줘
다가와서 내게 가르쳐줘
너의 눈에 담긴 꿈들을
혼자 걷던 세상의 모든 길이 너로 인해 빛나지
너로 인해 아름다워진 걸

MP3 액정에는 〈그리워〉라는 곡명이 떠 있었다. 구주는 노래를 들으며 물끄러미 유진의 자는 얼굴을 내려다보았다.

남산 길 한편에 위치한 야외무대에서 때 아닌 춤 연습이 이어졌다.

예전부터 구주가 휘하 연습생들을 데리고 종종 오던 곳이었
는데, 3년이 지난 지금도 무대 자체는 건재했다. 구주는 이곳
을 '숲의 무대' 라고 불렀다.

참피온 뮤직의 무대인 링보다 훨씬 넓고 공기가 맑아, 라이
브를 많이 뛰는 아이돌들이 생동감 있는 연습을 하기에도 좋은
곳이었다. 곧 무대에 오를 스타를 만들기에는 이보다 좋은 무
대는 없을 것 같았다. 대신 조명은 쓸 수 없었기 때문에 해가
떨어지고 난 후에는 봉고차 라이트에 의지해야만 한다는 점이
한 가지 단점이랄까.

"대체 언제 끝나는 거야?"

현이가 지친 목소리로 중얼거리며 양옆을 바라보았다. 점심
먹고 시작했던 춤 연습이 밤 8시가 되도록 이어지고 있었다.

"목말라."

"나 배, Hungry."

"……흥."

유진과 리키는 이미 녹초가 되어 있었고, 지오도 꼿꼿이 서
있긴 하지만 손가락으로 밀면 쓰러질 것처럼 힘들어 보였다.

"다시……."

"나 왔다!"

구주의 입에서 저주와도 같은 한마디가 또 튀어나오려는 순
간, 구세주가 나타났다. 상식이 무언가 가득 담긴 쇼핑백을 들
고 언덕 위로 등장한 것이다. 쇼핑백에 찍혀 있는 치킨 집과 피

자 집 마크를 확인한 〈Mr. 칠드런〉 네 사람의 얼굴에 화색이 돌았다.

"밥이다!"

"밥! Pizza!"

리키와 현이는 무대에서 뛰쳐나가고, 유진과 지오도 구주의 눈치를 보며 상식의 주위에 섰다.

하지만…… 쇼핑백 안에 들어 있는 것은 음식이 아니었다.

옷이었다.

"이게 뭐예요?!"

현이가 울상을 지었다.

"하나 입어볼래?"

상식이 네 사람의 욕구를 무시하고 어깨를 으쓱댔다. 자신이 고른 옷…… 사실은 구주의 스타일링이었지만, 아무튼 그게 마음에 드는 모양이었다.

잠시 후, 복고풍 정장을 똑같이 맞춰 입은 네 남자가 무대 위에 섰다. 핏은 제법 괜찮다. 화장은 하지 않았지만 이렇게 세워놓고 보니 제법 아이돌답게 느껴졌다. 그러고 보면 지난 훈련과 담금질 덕분에 이제 멤버들의 몸은 다들 일체의 군더더기도 없이 조각 같은 체형을 갖추고 있었다.

"땀 때문에 끈적거려 죽겠구먼. 무슨 패션쇼 해요, 지금?"

현이가 끔찍하다는 표정으로 자기를 내려다보았다. 구주는 무대에 올라 천천히 한 명씩 위아래로 훑어보며 지나갔고, 상식이 그 뒤를 따랐다. 〈Mr. 칠드런〉 멤버들을 보며 생각에 잠겨 있는 것 같았다.

하지만 〈Mr. 칠드런〉 네 사람에게 구주와 상식의 생각 같은 건 뒷전이었다.

"형, 아니 대표님, 옷 말고 밥은요? 저게 다 옷은 아니죠? 네? 치킨이랑 피자는요?"

유진이 곯은 배를 매만지며 다급한 말투로 물었다.

"아, 진짜 굶겨 죽이려고 그러나."

"Oh, Shit! 랩퍼는 고리땡 노노~!"

지오와 리키도 연이어 불만을 토로했다.

"조금만 기다려봐. 끝나면 맛있는 것……."

상식이 성난 멤버들을 다독이려는 순간, 갑자기 일대가 암흑으로 물들었다.

구주가 봉고차로 다가가 라이트를 꺼버렸던 것이다.

"아."

빛이 사라지자 남산 아래에 펼쳐진 서울의 야경이 한눈에 들어왔다.

빌딩으로 이루어진 숲 사이를 한강이 시원하게 가로지른다. 한강 다리를 따라 점점이 자동차 불빛들이 반짝였다. 여기저기 심어진 교회 십자가는 밤하늘의 별빛을 연상시켰다.

멤버들은 어느새 넋을 잃고 야경을 바라보고 있었다. 불빛 하나하나가 어쩐지 따스하게 느껴져 가슴이 벅차왔다.

"저 아래 보이는 불빛들, 저건 너희들을 바라보는 팬들의 눈빛이다. 너희들이 되어야 할 건 땅 위의 불빛이 아니라 하늘 위의 저것. ……그럼, 마지막 리허설이다. 실전이다 생각하고 다시!"

손짓으로 하늘의 별들을 가리켰던 구주가 가벼운 박수로 주의를 환기시켰다. 지친 멤버들은 툴툴거리면서도 야경에서 기운을 얻었는지 제자리로 돌아갔다. 그런데 문득 유진이 고개를 갸웃거렸다.

"저기 근데, 마지막 리허설이면 그 다음은……?"

"첫 방이지! 너희들 첫 방 몰라?"

상식이 환하게 웃으며 말했다. 네 명의 멤버가 믿기지 않는다는 듯이 서로의 얼굴을 돌아보았다.

"첫 방, 첫 방이다! 데뷔다!"

"해냈다!!"

"야호!"

유진이 가장 먼저 주먹을 불끈 쥐며 외쳤다. 이어서 리키와 현이가 서로 얼싸안으며 환호성을 내질렀다. 유진이 슬쩍 돌아보니 지오도 드물게 입이 귀에 걸려선 히죽 웃고 있었다. 그러다 자신을 바라보는 유진을 발견하곤 헙, 하며 입을 다물었다. 그래도 기분 좋은 건 어쩔 수 없는지 금세 다시 미소가 걸렸다.

마지막 리허설, 이제는 드디어 〈Mr. 칠드런〉이 비상할 때였다.

6. 리허설

현란한 댄스, 호소력 짙은 가창력, 딱딱 맞는 군무, 세련된
퍼포먼스…….

모든 면에서 다듬어질 대로 다듬어진 〈원더 보이즈〉의 리허
설 무대를 보며 〈Mr. 칠드런〉 멤버들은 눈이 휘둥그레졌다.

"애들 때깔이 다르니까 노래도 죽이네. ……야, 그렇게 보지
마라. 틀린 말도 아니잖아."

댄서 현이가 혀를 차며 말했다. 그 말에 지오가 시선을 다시
무대 위로 돌렸다. 인정하기야 싫지만……, 확실히 리허설 중
인 〈원더 보이즈〉는 지오가 보기에도 폼이 났다.

"준비는 됐지?"

상식이 대기실로 들어와 손수 멤버들의 옷맵시를 잡아주
었다.

"오 PD님은요?"

"어, 밖에. 너희들 무대에 올라가는 거 지켜보고 있을 거다. 잘할 수 있지?"

사실 멤버들은 〈원더 보이즈〉의 무대를 보고 긴장하고 있었다. 하지만 유진은 상식을 향해 애써 웃어 보였다.

"그럼요. 이날을 위해 얼마나 연습했는데요."

다른 멤버들도 유진처럼 고개를 끄덕였다.

진짜 무대에 오르기 위해서는 리허설을 잘 마쳐야만 한다. 그가 그토록 바라던 '진짜 무대'였다. 유진은 심장이 쿵쾅쿵쾅 뛰는 것을 느꼈다. 흥분도 되었지만 두렵기도 했다.

"〈Mr. 칠드런〉, 준비해주세요."

방송 관계자의 말과 함께 무대 리허설이 시작되었다.

구주는 객석에 앉아 불안하게 무대를 노려보고 있었다. 〈Mr. 칠드런〉의 리허설 무대를 눈으로 확인하고 싶었다. 첫 데 뷔를 성공적으로 마치기 위해서는 리허설 무대에서 얼마만큼 실력을 발휘하느냐가 중요했다.

리허설 대기 중인 다른 가수들은 물론이고, 소속사 관련자들이 참피온 뮤직 오구주 PD의 아이돌 그룹 〈Mr. 칠드런〉을 구경하기 위해 객석에 모여 앉았다. 이러니저러니 해도 스타 뮤직의 아이돌들을 키워낸 구주의 행보는 여러 사람들에게 주목받고 있었던 것이다.

데뷔곡 〈Summer Dream〉의 반주와 함께 유진이 유려한 목소리로 노래를 시작했다.

지오의 퍼포먼스, 현이의 브레이크 댄스, 리키의 속사포 랩까지 네 사람의 실력은 어느 하나 빠질 것 없이 모두 빼어났다. 예상을 넘어선 스타트에 객석의 관계자들이 수군거리기 시작했다.

'좋아.'

구주는 큰 실수 없이 리허설을 시작한 멤버들을 보며 주먹을 꾹 쥐었다. 이대로만 간다면 데뷔 무대도 문제없다.

구주는 그제야 객석을 돌아보았다. 모인 이들 중 두 사람이 구주의 눈에 띄었다. 한 사람은 스타 뮤직 대표 사희문이었고, 또 다른 한 사람은 그가 데려온 스타 뮤직의 간판 여가수, 미오였다.

미오는 청순하고 단아한 외모에 부드러운 미소, 맑고 깊은 눈빛으로 사람을 사로잡는 마력을 지니고 있었다. 그뿐 아니라 천(千)의 목소리라 일컬어지는 마성의 가창력을 겸비했기에, 데뷔한 지 5년이 넘은 지금에도 스타 뮤직의 간판 자리를 굳건히 지키는 것이 가능했다. 사희문은 미오를 발굴해냈을 때 이렇게 예언했던 적이 있다.

– 쟤는 유통기한 책정 불가다. 사실상 이 업계에선 마녀가 될걸.

사희문이 유일무이하게 극찬을 금치 못했던 초유의 인재,

미오는 현재 사희문과 마찬가지로 유진에게 시선을 집중하고 있었다.

'미오…….'

구주는 어딘가 착잡해하는 시선으로 그런 미오의 모습을 바라보았다. 구주의 머릿속에선 지훈의 절망적인 목소리가 다시금 울려 퍼졌다.

– 오 PD님, 전 어쩌면 좋아요……?

지훈이 죽기 직전에 몰래 사귀던 연인은 바로 미오였다. 지금 이 순간, 미오는 유진을 보고 있는 것이 아니라 유진의 자리에 있었어야 할 지훈을 떠올리는 것이리라. 적어도 구주에겐 그렇게 보였다.

'무대에 집중하자.'

구주는 잡념에 빠지지 않도록 고개를 세차게 저었다.

"어라?"

그때 관객석에 있던 누군가가 〈Mr. 칠드런〉의 무대를 보고 안타까운 소리를 냈다. 고개를 돌리는 순간, 구주는 마음 한구석에 자리 잡고 있던 불안감이 현실로 뒤바뀌는 걸 목격했다.

〈Mr. 칠드런〉의 무대가 망가지기 시작한 것이다.

무대 리허설은 불과 5분도 안 되는 시간이었지만 중압감이 실로 무시무시했다. 여러 사람이 보고 있다는 중압감, 라이브를 실수 없이 소화해야 한다는 중압감. 이 두 가지가 멤버들의 심장을 사정없이 짓눌렀다.

더군다나 힘없는 소속사의 신인인 탓인지, 아니면 사희문이 입김이라도 넣은 건지, 좀 전까진 가만히 있던 무대 세트 팀이 페인트칠과 못질을 시작했다. 군무를 추는 〈Mr. 칠드런〉 멤버들 사이로 슥 지나가는 노골적인 스태프마저 있었다.

문제는 〈Mr. 칠드런〉 멤버들이 이 상황에서 동요하지 않을 만큼 경험이 풍부하지 않다는 점이었다.

"어."

몸에 새겨 넣은 동작을 간신히 소화하고 있던 유진이 당황한 나머지 스텝을 놓치고 말았다. 빠른 템포 속에서 놓친 하나의 스텝은, 물 한 방울이 모여 이루어진 폭포처럼 큰 파장을 불러일으키고 말았다. 멤버들과 위치가 엉키는 건 물론이고, 음정과 박자마저 맞지 않았던 것이다.

"이유진, 여긴 내 자리라고!"

"어? 으응."

"유진, 비키지 않으면 나 앞으로 못 가."

"미안."

"……야, 너!"

"우왓."

현이의 자리로 밀려났다가 리키의 길을 가로막은 데 이어, 당황해서 비키다가 지오와 머리를 부딪칠 뻔한 것이다.

무대가 엉망진창이 되어버린 건 순식간의 일이었다.

"푸하핫!"

당황한 〈Mr. 칠드런〉의 모습에 객석의 사희문이 웃음을 참지 못했다. 사희문만큼은 아니었지만 다른 관계자들의 입가에도 조소가 떠올랐다.

그렇게 엉망진창으로 리허설이 끝났다. 춤과 노래, 둘 다 끔찍할 정도로 처참했다.

그대로 무대에서 내려오는 것이 차라리 나았을 텐데…… 유진이 참지 못하고 멤버들을 향해 불만을 토로했다.

"당황해서 스텝 놓친 건 미안한데……. 너희는 왜 노래 안 하냐? 벙어리야?"

"안무 리허설에 춤은 젖혀두고 존나게 노래만 하니까 자꾸 스텝이 엉키지."

유진의 책망에 지오가 코웃음을 쳤다. 리키가 어색하게 웃으며 두 사람의 사이에 끼어들었다.

"노노, 싸우지 마."

"도대체 몇 번째야? 저 새끼 때문에 자꾸 꼬이잖아."

"정지오, 너 뭐라고 했냐. 새끼?"

솔직히 실수는 실수였기에 사과하고 넘어가려던 유진은, 멤버에게 욕설을 듣자 울컥했다. 그러자 지오가 얼굴에 한껏 비웃음을 머금었다.

"그래! 왜 이 새끼야. 음악 좀 했냐, 네가? 근데 그렇게 노래 잘하는 놈이 스타 뮤직에선 왜 쫓겨났을까?"

"왜 그래? 그만해. 비슷비슷한 처지잖아, 어차피."

현이도 나서서 두 사람을 말렸다. 네 사람이 있는 곳은 아직 무대 위였다. 싸우더라도 여기서 싸우면 안 된다. 유진은 심호흡을 하며 무대 아래로 내려가기 위해 몸을 돌렸다.

"너 잠깐 이리 나와."

"그래, 나이 처먹고 어린놈한테 맞았다고 울지나 마라."

지오는 성큼 유진의 뒤를 따르며 이죽거리다가 중얼거렸다.

"대타 주제에."

"이 새끼가!"

더 이상 참지 못한 유진이 돌아서며 지오의 멱살을 움켜잡았다. 화들짝 놀란 리키와 현이가 각각 지오와 유진을 붙잡아 두 사람을 떼어놓았다.

하지만 화가 난 지오는 리키의 팔을 떨쳐냈다.

"대타면 대타답게 지훈이가 했던 만큼, 딱 그만큼만 해보라고. 별것도 아닌 새끼가 잘난 척은……."

"너 자꾸!"

유진이 참지 못하고 주먹을 내질렀다. 지오가 어렵잖게 주먹을 피하며 유진의 품으로 파고들었다. 그 돌진을 이기지 못한 유진이 넘어지며 지오의 다리를 걸고 넘어졌다.

"아아아악!"

객석의 여자 관계자가 하얗게 질린 채 비명을 내질렀다.

"야. 우리 큰일 났다."

가까스로 두 사람을 뜯어말린 현이가 낮은 목소리로 중얼거렸다.

객석에 앉은 관계자들의 시선이 주먹다짐을 한 〈Mr. 칠드런〉의 멤버들에게 한데 모여 있는 것이 아닌가. 그 가운데엔 네 사람을 잡아먹을 듯이 노려보고 있는 구주의 모습도 있었다.

"놀라워, 굉장해. 역시 칠드런~다운 놈들이라니까."

사회문은 〈Mr. 칠드런〉의 소란스러운 퍼포먼스가 마음에 들었던 듯, 즐겁게 비웃으며 자리를 떠났다.

완벽한 패배였다.

대기실 안의 분위기는 그야말로 살벌 그 자체였다.

유진은 거울 앞에서 터진 입술을 닦고 이빨을 확인했다. 주먹이 제대로 박혔던지 이가 다 흔들리는 것 같았다. 반대편 거울 앞에선 지오가 멍든 눈을 가리려 애를 썼다. 두 사람은 상처 입은 얼굴을 살피다가 거울을 통해 시선이 마주치기라도 하면 서로를 잡아먹을 듯이 으르렁거렸다. 각각 유진과 지오에게 반창고를 붙여주고 있는 현이와 리키가 다 불안할 지경이었다.

쾅!

대기실 문이 거칠게 열리며 구주와 상식이 들어왔다. 구주가 대뜸 말했다.

"짐 싸."

"에이, 짐을 왜 싸."

상식이 구주의 눈치를 살피면서 멤버들에게 다가가 꿀밤을 먹이며 짐짓 호통을 쳤다.

"이 싸움 귀신들아, 그러게 싸우길 왜 싸워? 쥐어 패는 것도 때와 장소가 있지! 링에서 노래 연습 좀 시켰다고 무대에서 싸움질을 하냐?"

"이렇겐 내가 너희들 무대에 안 세워. 아니, 못 세워! 박 대표, 내가 됐다고 할 때까지 방송 잡지 마."

"자, 잡지 마? 진짜?"

상식은 그제야 구주의 말이 빈 말이 아니라는 사실을 알고 깜짝 놀랐다. 상식이 한껏 목소리를 낮추며 구주에게 속삭였다.

"사희문 방해 공작 뚫고 방송 따려고 얼마나 힘들었는지 너도 알잖아! 이번 기회 날리면 다음 방송은 언제가 될지 아무도 모른다고!"

실제로 상식이 방송 관계자를 만나기 위해 약속 장소에 나가면, 꼭 사희문이 자리에 있었다. 사희문 때문에 날려먹은 기회만 해도 몇 차례나 된다. 사희문의 방해만 아니었어도 〈Mr. 칠드런〉은 진작 데뷔했을 것이다.

"첫 방은 캔슬이에요?"

"어어? 우리 텔레비전에 안 나와?"

현이의 질문에 리키가 호들갑을 떨었다. 구주가 차갑게 고개를 저었다.

"너희들은 무대에 설 자격 없어. 무대는 노래나 춤이 아니라 팀이 되어야 서. 지금 너희, 팀이 아니야. 특히 이유진, 너 처음 오디션 때 팀이 어쩌고저쩌고 했지? 근데 그거 주둥이로만 떠든 거였어?"

"아녜요."

유진은 고개를 푹 숙였다. 이번엔 불똥이 지오를 향해 튀었다.

"정지오! 너는 가수 할 마음이 없는 놈이야. 그렇지 않고서야 3년이나 기다린 자기 무대에서 어떻게……."

"내 무대요?"

지오가 구주의 말을 끊으며 비웃었다.

'쟤가 미쳤나?!'

이 상황에 감히 구주의 말을 끊다니!

상식, 리키, 현이가 어쩔 줄을 몰라 지오와 구주를 번갈아 바라보았다. 유진은 여전히 고개를 숙인 채였다.

"말해봐."

"못할 줄 알아요? 전에도 자기 노래 운운하면서 그게 가수냐고 했죠? 하! 〈Summer Dream〉이 어떻게 내 노래입니까?"

"왜들 이래? 이러다 데뷔하기도 전에 해체설부터 난다. 그만들 해."

"아니, 계속 말해!"

"그래요! 누구 때문에 망친 가수 인생, 언제 다시 해보나 배회하며 3년씩이나 기다렸어요! 기다렸는데⋯⋯! 씨발, 또 들러리야!"

마지막에 이르러 지오의 외침에선 슬픔마저 느껴졌다. 리키와 현이도 혀를 차며 시선을 다른 곳으로 돌렸다. 지오만큼은 아니지만 리키와 현이라고 불만이 없는 건 아니었다.

"정지오!"

구주가 버럭 소리를 지르는 순간, 상식이 냉큼 지오의 입을 틀어막으며 그를 대기실 밖으로 끌고 나갔다.

지오와 상식이 사라지자 순식간에 대기실 안이 썰렁해졌다.

구주는 남은 세 사람을 잠시 노려보더니 밖으로 나가 버렸다. 살벌한 공기만이 그 자리에 남았다.

PD실에는 가요 프로그램을 새로 담당한 황 PD와 이번에 승진한 CP, 그리고 스타 뮤직의 대표 사희문이 앉아 있었다. 세 사람은 리허설 무대에서 일어난 〈Mr. 칠드런〉의 주먹다짐 영상을 돌려보고 있었다.

"허어."

다시 봐도 믿기지 않는다는 표정의 황 PD와 이게 도대체 무슨 일이냐는 표정의 CP를 보며 사희문이 조소를 날렸다.

그 타이밍에 덜컥, PD실 문이 열리며 구주가 안으로 들어왔다. 구주는 황PD에게 다가가려다 CP를 발견하곤 인사를 올렸다.

"자, 나머진 나가서 이야기합시다."

"그럽시다, 사대표."

CP는 구주의 인사를 못 본 척하며 사희문과 함께 PD실을 빠져나갔다. 사희문이 구주의 옆을 지나다 잠시 멈추곤 속삭이듯 말했다.

"역시 오구주가 쇼를 좀 알아. 캐릭터 재밌더라? 짐승돌이 따로 없더만."

구주는 차마 뭐라 대꾸할 수 없었다. 〈Mr. 칠드런〉이 사고를 친 것은 사실이었으니까. 얄미운 사희문을 향해 그저 마음속으로 이를 갈 뿐이었다.

두 사람이 나가자 황 PD만이 자리에 남았다. 그는 구주에게 맞은편 자리를 가리켰다.

"거기 앉아라."

구주가 자리에 앉자, 황 PD가 한숨을 내쉬며 팩 소주 하나를 꺼내 입에 물었다.

"너랑 나, 새끼 시절 함께 보낸 친구잖아. 그래서 나 너 재기한다고 할 때, 두 손 모으고 기도했다. 주변에서 탐탁찮게 쳐다보는데도 무시했고, 내 첫 프로그램에 너희 애들 첫 방 넣어줄 수 있게 되어 기뻤했다."

"……."

"그런데 미안하다. 이제 너희 애들은 안 돼."

"무슨 소리야?"

"사대표가, 너희 애들 넣으면 스타 뮤직 애들 다 뺀단다. 공중파에 케이블까지 싹 다! 이게 무슨 말인지 알지? 다른 방송국 가요 프로그램에 밀려 훅 간다는 소리야."

"말이 돼? 그게 무슨 횡포야."

아무리 사희문과 스타 뮤직의 힘이 강대하다지만 어디까지나 칼자루를 쥐고 있는 건 방송국이다. 이런 식의 대처는 상식적으로 말이 안 되는 소리였다.

"명분은 너희 애들이 줬지. 저렇게 무대에서 주먹 휘두르는 친구들이랑 자기 애들을 어떻게 같이 세우냐더라."

황PD가 팩 소주를 테이블 위에 내려치며 구주를 향해 고개를 숙였다.

"그래서 미안하다! 이번에 버티면 죄다 부러진다. 여기까지야."

"……아니, 내가 미안해."

〈Mr. 칠드런〉을 제대로 된 팀으로 만들어주지 못한 것, 유진에게서 지훈을 보고 있었던 것, 지오와 리키, 현이가 소외감을 느끼게 된 것까지……. 갖가지 자책감이 구주를 억눌렀다.

구주는 황 PD의 팩 소주를 빼앗아 단숨에 목구멍 너머로 흘려보냈다. 그렇게 울분을 씹어 삼켰다.

황 PD와 헤어진 구주는 상식을 통해 멤버들을 해산시켰다. 그리고 홀로 남산 길 숲의 무대 주변을 거닐고 있었다.

"……가!"

돌연 구주가 뒤를 쏘아보며 소리쳤다.

"잘못했어요."

거리를 두고 구주의 뒤를 따르던 유진이 기어드는 목소리로 사과했다.

"됐어, 꺼져."

그럼에도 굴하지 않고 한참을 숨바꼭질하듯 따라오던 유진이 어느 순간, 모습을 감추었다.

"끈기도 없는 놈. 병신!"

구주가 유진을 욕하며 벤치에 털썩 주저앉았다. 그때, 구주의 뺨에 시원한 게 와 닿았다.

"헉!"

"누가 병신이에요, 병신은."

놀라 뒤를 돌아보니 유진이 캔 맥주를 든 채 서 있었다.

유진은 구주에게 캔 하나를 건네주곤 자기도 그 옆에 앉아 캔을 땄다. 구주가 보니 유진이 땅에 내려놓은 비닐 봉투 안에 캔 맥주가 가득 담겨 있었다.

구주는 말없이 캔을 따선 시원하게 맥주를 들이켰다. 톡 쏘는 청량감이 목을 타고 넘어가자, 조금이나마 울분이 씻기는 것 같았다.

"왜 그랬어?"

"잘못했어요. 다신 안 싸울게요."

"아니, 왜 음악 포기 안 했냐고."

"……?"

유진이 무슨 소리인가 싶어 바라보자, 구주가 맥주를 한 모금 마시며 말했다.

"스타 뮤직 나가서 관둘 수도 있었잖아? 근데 왜 노래 계속 했냐고."

"글쎄. 왜일까요?"

유진은 도리어 구주에게 반문하며 맥주를 들이켰다. 구주는 벤치에 머리를 기대며 밤하늘을 올려다보았다.

"할 줄 아는 게 없거나, 시켜주는 게 없었나."

"에이, 그건 아니죠. 인물 훤해, 요리 잘해, 말솜씨 좋아, 하려고만 들면 뭔들 못하겠어요?"

유진이 손가락으로 하나씩 꼽아가며 자화자찬을 시작했다. 구주가 같잖다는 시선을 사정없이 유진에게 퍼부었다.

"그래서 하는 게 죄다 알바군."

"그거야 음악에 방해 안 되는 선에서 괜찮은 거 알아보다 그렇게 된 거고."

"차라리 닥치고 마셔."

유진은 새 캔을 따며 불쑥 말했다.

"좋아해요."

"어? 뭘?"

뜬금없는 소리에 구주의 눈이 커지고 말았다. 유진은 계속 바닥을 바라보며 덤덤히 말을 이었다.

"그냥, 노래하는 게 좋아요. 돌아가신 울 엄마도 그랬고, 우리 은기도 그렇고, 내가 노래해주면 진짜 좋아했거든요. 노래할 때만큼은 그냥 진짜 나인 거 같아서⋯⋯. 하핫."

쓸데없는 넋두리란 생각에 유진이 고개를 설레설레 저었다. 그렇게 많이 마신 것도 아닌데 평소에 하지도 않던 말들이 술술 흘러나왔다.

"근데 그쪽은 왜 다시 이거 해요? 은퇴하셨잖아요."

"나 공식적으로 그런 적 없거든?"

구주가 딱딱한 목소리로 말했다. 유진은 그런가, 하며 고개를 끄덕였다.

"아, 또 근데. 〈Summer Dream〉 가사도 그쪽이 쓴 거예요?"

"가사?"

"감정이 안 잡히니까 노래가 잘 안 되잖아요. 가사가 와 닿지 않으면 표현이 안 되고, 그러다 보니 느낌도 잘 안 살고."

"하고 싶은 말이 뭔데?"

유진이 뭔가 빙빙 둘러가는 것 같아서 참다못한 구주가 그의 말을 끊었다. 유진은 쑥스러운 듯 뺨을 긁적이며 물었다.

"그러니까…… 좋아하는 거랑 사랑하는 건 뭐가 달라요?"

"뭐, 같은 거 아닌가."

구주는 고개를 갸웃거리곤 다시 캔을 입가에 갖다 댔다. 이미 비어버린 캔에선 아무것도 나오지 않았다. 구주는 캔을 바닥에 내리며 유진에게 손을 내밀었다. 유진이 캔을 꺼내 구주에게 건넸다.

"그건 아니죠. 그쪽도 연애 별로 못 해봤죠?"

"……내가 외국 나가 살면서 만난 마이클만도 다섯이 넘어. 알지도 못하면서."

"우와. 어디 다녀오셨는데요?"

"흠, 미, 미국 그 비슷한 데?"

사실 구주는 지난 3년 동안 네팔의 맑은 공기와 함께했다.

"그렇구나."

유진이 그런 사실을 알 리 없었다. 최소한 구주의 트렁크에 여권은 없었으니까. 네팔 전통 의상쯤이야 어디서 얻은 거려니 생각해버리면 그만 아닌가.

"그러면 진짜로 그래요?"

"뭐가?"

"키스하면 종소리 같은 게 딸랑딸랑~ 나고 그러나?"

"그걸 믿냐? 순진하긴."

"네. 저는 종소리 나면 믿으려고요."

"그러다가 인생 종 친다."

구주가 피식 웃으며 말하는데 별안간 유진이 다가와 구주에게 입을 맞추었다.

뽀그륵.

하필 그때 생각이 났다. 유진이 수영을 못 하고 물에 가라앉을 때. 구주는 기절한 유진의 입에 자신의 입을 맞대었다. 산소를 공급하기 위해서였는데, 잘 안 됐다. 입술 사이로 산소 거품은 흘러나오고, 물비린내와 함께 식어가는 유진의 입술 감촉만이 남았을 뿐이었다.

곧이어 세상이 어두워지고, 멀지 않은 곳에서 은은한 종소리가 들려왔다.

하지만 종소리가 아니다. 물에 빠진 두 사람을 보고 신고한 학생들 덕분에 한달음에 달려온 구급차 소리였다.

'왜 하필 이런 때에 그 생각을!'

그리고 당황하는 구주에게서 유진은 입술을 떼었다.

"어? 아직 느낌이 안 오는데?"

유진이 고개를 갸웃거리며 몸을 떨어뜨리자, 구주는 자기도 모르게 손에 들고 있던 맥주를 떨어뜨렸다. 아직 새 거나 다름없는 캔에서 맥주가 흘러나왔다.

구주가 가까스로 당황한 기색을 숨기며 인상을 찌푸렸다.

"네가 미쳤구나?"

유진은 대답 없이 빤히 구주를 바라보았다. 구주도 딱히 이런 때에 어떻게 할지 몰라 유진을 바라보고 있을 뿐이었다.

눈을 껌뻑껌뻑하던 유진은, 갑자기 벌떡 일어나서 구주 뒤쪽의 '숲의 무대'로 뛰어 오르더니 노래를 시작했다.

[다가와서 나와 함께해줘
다가와서 내게 가르쳐줘
너의 눈에 담긴 꿈들을
혼자 걷던 세상의 모든 길이 너로 인해 빛나지
너로 인해 아름다워진 걸]

그러더니 금세 배터리가 나간 인형처럼 픽 쓰러져버렸다.

"……웃긴 놈."

구주는 고개를 저으며 무대 위로 올라가 유진을 부축했다. 등 뒤로 유진의 단단한 근육이 느껴졌다.

'열심히 하긴 했네.'

그 덕에 유진은 마른 체구에 비해 제법 묵직했다.

'하기사, 누가 코칭해서 만든 몸인데. 이 정도는 돼야지.'

구주는 혼자 고개를 끄덕이며 목적지도 정하지 않은 채 비틀비틀 유진을 끌어당겼다. 그러다 곧 유진의 무게를 이기지 못하고 자기도 바닥에 쓰러져버렸다. 구주 역시 취한 상태였던 것이다.

"아야야. 어? 쯧쯧, 여기서 뭐 하는 거예요, 지금."

그 충격에 눈을 뜬 유진은 구주를 발견하더니 혀를 차며 그녀를 일으켜 세웠다. 그리곤 구주와 달리 명확한 목적지를 향해 걸어갔다.

"가자, 집으로~!"

유진은 아무런 의문도 없이 구주를 자신의 집으로 데리고 갔다. 이미 취했기에 판단력 같은 건 남아 있을 리가 없었던 것이다. 두 사람은 어깨동무를 한 채 비틀비틀 산을 내려갔다.

7. 데뷔

작은 창문을 통해 내리쬐는 햇살이 구주의 얼굴을 기분 좋게 간질였다. 구주는 한동안 햇살을 만끽하다가 벌떡 일어섰다.

'여긴 어디?'

구주는 당황해서 주변을 두리번거렸다.

생전 처음 보는 장소에 와 있는 것도 당황스러운데 입고 있는 옷도 웬 트레이닝복이었다. 머릿속이 점점 복잡해졌다.

'어제 유진이 녀석과 맥주 마시던 것까지는 기억나는데…….'

기억을 더듬어 올라가던 구주는 유진과의 입맞춤을 떠올리곤 급히 고개를 저었다. 프로듀서가 키우고 있는 연예인과의 스캔들? 그건 절대 있어선 안 될 일이었다. 오구주의 철학과 도무지 맞질 않았다. 구주는 그 일을 기억에서 아예 지우기로 결심했다.

끼익, 문이 열리며 누군가 고개를 슬쩍 들이밀었다. 어디서 많이 본 여자아이였다. 일전에 병원에서 자신의 어깨에 머리를 기대고 졸던 유진의 조카, 은서였다.

"아줌마 일어났어요?"

때마침 구주는 은서의 발밑으로 자신의 티셔츠가 굴러다니는 것을 발견했다.

'헉!'

설마 진짜 만리장성을 쌓은 것은 아니겠지! 절대 그렇지 않을 것이다. 구주는 자신을 믿고 싶은 절박한 마음으로 얼른 티셔츠를 낚아챘다.

"뭐 하세요, 식으면 맛없어요."

"어, 어……?"

은서가 당황하는 구주의 손을 붙잡고 거실로 그녀를 끌어냈다.

"……조, 좋은 아침."

얼떨결에 나와 보니 밥상 앞에 부스스한 차림의 유진이 앉아 있고, 그 옆에 미리가 앉아 있었다. 마지막으로 마당에 나 있는 쪽문을 통해 청송이 청송루 특제 흰 짬뽕을 들고 나타났다.

굳어 있던 구주의 머리가 천천히 돌아가기 시작했다. 우선 유진은 그렇다 치고 그 옆에 앉아 있는 그의 누나와 조카, 그리고 유진의 아버지까지…….

'여기 이유진네 집인 거야?'

구주의 안색이 삽시간에 창백해졌다. 역시 간밤에 무슨 일이 있었던 걸까?

"자, 드십시다. 안색도 안 좋으신데, 이거 한 술 들면 얼큰한 게 좋을 거야."

청송이 손짓을 하며 구주를 불렀다. 민망한 상황이었지만 어른이 부르는데 안 갈 수도 없는 노릇이다.

"국물이라도 좀 떠요."

유진이 구주 쪽으로 짬뽕 그릇을 밀어주었다. 눈치라곤 찾아볼 수 없는 녀석. 구주는 속으로 중얼거리며 짬뽕 국물을 한 숟갈 떠마셨다.

"저, 근데 우리 애랑은 어떻게……?"

청송이 조심스레 물었다. 아무래도 유진이 청송에게 구주에 대해 설명하지 않은 모양이었다. 역시 눈치라곤 찾아볼 수 없는 녀석이다.

"네, 저는 유진이의…… 콜록콜록."

"삼촌 여자 친구 아냐?"

갑자기 사레가 들려 기침을 하는 사이, 은서가 천진하게 되물었다. 모두의 시선이 은서에게 집중되었다.

"둘이 포개져서 잤으니까."

"그게 진짜냐?"

"그럴 리가!"

청송의 질문에 유진과 구주가 약속이라도 한 것처럼 전력으로 고개를 내저었다. 그러나 이미 사태를 수습하긴 힘들어 보였다.

"어흠! 뭐, 둘 다 성인이기도 하고 유진이가 또 날 닮아서 책임감이 없지도 않으니……. 아, 일단 식사부터 합시다. 편히 들어요."

난감해진 구주가 유진을 쏘아보았다. 어떻게 좀 해보라는 뜻이었다.

"저기, 아버지. 사실……."

띠리리리리리리링!

유진이 혀로 입술을 축이며 변명을 늘어놓으려는데 갑자기 자명종이 시끄럽게 울려댔다.

"어, 늦었다! 삼촌, 나 늦었어!"

은서가 자리에서 벌떡 일어나며 외쳤다.

'맞다! 우리도 사무실 가야지!'

깜짝 놀란 유진이 자리에서 벌떡 일어나 방으로 뛰어 들어갔다. 구주 역시 당황해서 방으로 따라 들어갔다. 유진이 옷가지를 주섬주섬 챙기며 구주에게 말했다.

"여기서 옷 갈아입으세요."

"너는?"

"저는 화장실에서 갈아입을 거예요. 아니면 설마 여기서 같이 갈아입자고요?"

"나가."

구주는 가볍게 유진의 등을 떠밀었다. 유진을 내보낸 후, 문을 걸어 잠그고 옷을 갈아입으려던 구주의 움직임이 덜컥 멈췄다.

'가만. 그럼 이게 이유진 옷이란 말이야?'

척 봐도 남자 옷이다. 설마 아버지 옷을 주진 않았을 테니 유진의 것이겠지. 구주는 손바닥으로 얼굴을 덮었다. 최소한 자기 누나 것을 빌려줄 것이지…….

구주가 옷을 갈아입고 밖으로 나왔을 때, 이미 유진과 은서 가 대문 밖으로 나가 스쿠터 앞에 서 있었다. 유진이 구주를 향 해 손짓했다.

"타요!"

"거기 세 명이 탈 수 있어?"

"툭하면 셋이 타니까 걱정 말고."

유진이 스쿠터 뒷좌석을 팡팡 두들겼다. 구주가 뒷좌석에 앉자 유진이 은서를 안아 올려 구주의 뒤에 앉혔다.

"헤헤~."

은서가 뒤에서 구주를 끌어안으며 배시시 웃었다. 은서는 구주가 싫지 않은 모양이었다. 아니, 싫지 않은 정도를 넘어 제 법 좋아하는 것 같았다. 구주는 묵묵히 은서의 손 위에 자신의 손을 살포시 포개었다.

유진이 맨 앞에 앉으며 말했다.

"은서 하는 거 보이시죠? 앞 사람 꽉 잡으셔야 합니다."

"알아."

구주가 마지못해 유진의 허리에 손을 얹었다. 그게 답답했는지 유진이 구주의 양손을 덥석 잡아 자신의 배 쪽으로 끌어당겼다.

"전혀 모르시네. 꽉 잡으라니까요."

"으음."

구주는 엉거주춤하게 고개를 끄덕였다. 유진이 능숙하게 스쿠터를 출발시켰다.

"근데 그 옷……, 내가 입었지?"

"아뇨, 제가 입혀줬는데요."

"뭐?"

구주가 바람 소리에 잘못 들은 건가 싶어 크게 반문했다. 유진은 힐끗 뒤를 바라보더니 다시 시선을 돌리며 대꾸했다.

"벗고 주무시려고 하기에 입혀드려야 할 거 같아서요."

"내……가……?"

구주의 얼굴이 삽시간에 창백해졌다. 거기에 은서가 확인 사살을 가했다.

"삼촌은 벗고 잤잖아."

쾅-. 은서의 한마디는 화산 폭발처럼 거대하게 들려왔다. 아무리 넓은 마음으로 이해해보려 해도 구주는 어젯밤의 자신을 이해할 수 없었다. 왜! 왜 그랬나, 오구주!

"근데 저 처음이에요. 여자랑……."

어중간한 데서 뒷말을 흐리는 유진의 뒤통수를 한 대 후려치고 싶었지만, 구주는 자신이 오토바이에 타고 있음을 자각하고 애써 꾹 참았다.

"나 그렇게 쉬운 여자 아니거든?"

"그럼 뭐, 어려운 여잔가? ……악!"

피식, 웃음을 흘리던 유진이 끝내 짧은 비명을 질렀다. 구주가 유진의 허리를 꼬집은 것이다.

"아, 농담, 농담! 별일 없었다니까요!"

잠시 동안 둘 사이에 어색한 공기가 흘렀다.

다행히 스쿠터는 금방 은서의 유치원에 도착했다.

"고마워, 삼촌!"

유치원 앞에 스쿠터를 세우자 은서가 내리자마자 유진에게 와락 안겼다. 그러다 빙글 돌아서더니 구주를 향해 다가왔다.

"언니도."

양손을 벌린 것을 보니 안아달라는 모양이었다.

"어? 으음, 그래. 다녀와라."

"응!"

은서는 그렇게 구주와도 포옹을 마친 후에야 유치원 안으로 들어갔다. 은서가 유치원 안으로 사라진 후, 유진이 천천히 입을 열었다.

"그럼 어떻게 할까요."

"어떻게 하긴, 출근해야지!"

"타실래요?"

"안 타!"

유진이 뒷좌석을 가리키며 말하자, 구주가 버럭 소리치고는 길가로 성큼성큼 걸어갔다.

냉큼 택시를 잡아타고 사라지는 구주를 멍하니 바라보다가 유진이 자기도 모르게 풋, 웃음을 터뜨렸다.

상식에게 멤버들의 훈련과 휴식을 맡겨두고 구주는 곧장 작업실에 틀어박혔다.

"……네. 네, 알겠습니다. 아니, 괜찮습니다. 다음에 기회가 오면 그때는 잘 부탁드리겠습니다. 네, 들어가세요."

명함첩에서 수십 장의 명함을 꺼내 하나씩 전화해보았지만, 사희문의 방해 공작이 제대로 먹혀들었던 모양이다. 그래도 오기를 가지고 죄다 연락을 취해보았다. 그 결과 지금까지 돌아온 대답은 모두 No.

구주는 펼쳐놓은 PD들의 명함에 차례로 X표를 그렸다.

얼굴엔 근심이 가득 자리 잡았다. 이런 얼굴을 〈Mr. 칠드런〉 멤버들에게 차마 보일 수는 없었다.

구주는 길게 기지개를 켜며 아래층을 내려다보았다. 자율 시간인 건지, 구주가 정신이 없으니까 대충 놔둔 건지 아래층은 각자 일을 보느라 바빴다. 우선 상식부터가 신문지를 깔고 앉아 발톱이나 깎고 있다.

"아빠~, 해봐. 오오, 그렇지~. 아유~, 우리 아들 잘한다!"

현이는 영상 통화로 아들에게 '아빠' 연습을 시키고 있었다. 베란다 쪽에는 리키가 홀로 나가 무언가 쪽지를 보며 중얼거리고 있었다. 하지만 거리가 멀어 무슨 말을 하는 건지는 알 수 없었다.

한편 유진과 지오는 링 위에서 서로 몸을 맞댄 채 물구나무를 서고 있었다. 둘의 모습을 보니 무슨 상황인지 알 거 같았다.

'쉬라고 했는데 먼저 내려가기 싫어서 저러고 있구만.'

유진이 악으로 버텨봤자 지오에게 덤비면 결과야 뻔하다. 지오의 체력은 유진보다 훨씬 위였다. 예상대로 오래지 않아 유진이 허물어졌고, 지오가 승자의 미소를 지으며 유유히 화장실로 사라졌다. 여유로운 척해도 힘든 모습을 보이기 싫었기 때문이겠지. 구주에게는 그 의도가 뻔히 보였다.

'정말, 애들도 아니고.'

구주는 고개를 설레설레 저었다.

─하! 〈Summer Dream〉이 어떻게 내 노래입니까? 누구 때문에 망친 가수 인생, 언제 다시 해보나 배회하며 3년씩이나 기다렸어요! 기다렸는데……! 씨발, 또 들러리야!

마음에 담아두지 않는 척했지만, 지오의 그 불만이 구주의 가슴속에 남아 있었다. 유진을 받아들이게 되면 들러리라는 생각이 사라질까? 리키와 현이도 비슷한 생각을 하고 있을 것이다.

'하지만 그건 내가 할 수 있는 일이 아니야.'

구주의 고집으로 유진이 지훈의 자리를 차지했다고는 하나 멤버들 모두가 유진을 〈Mr. 칠드런〉으로 받아들인 것은 아니었다. 〈Mr. 칠드런〉으로 인정받기 위해 뭔가 해야 한다면, 그건 꼭 유진이 해야만 했다.

'내 상대는 따로 있지.'

구주는 다시 한 번 핸드폰을 붙잡았다.

"엄마, Me 기억 나? 임복이. 코흘리개 막내아들이 가수 됐어. 엄마 찾고 싶어서……. 음, 엄마, 나 기억……."

몇 번을 읽어보아도 이상했다. 한국말을 랩으로 배워 의사소통에는 문제가 없었지만 작문 실력만은 형편없었다. 이렇게 더듬더듬 말해도 엄마가 이해할 수 있을까?

"이산가족이냐?"

"뭐야?"

유진이 베란다로 나오며 묻자 리키가 깜짝 놀라 쪽지를 숨겼다. 예상보다 리키가 과민 반응을 보이자, 유진이 슬쩍 한 걸음 물러섰다.

"엄마 찾는 거야?"

유진은 리키의 사정에 대해 잘 몰랐지만 해외 입양아라는 사실만은 알고 있었다.

"응. 엄마 만날 수 있댔어. 스타 되면, 박 대표가."

"그 멘트는 네가 쓴 거야?"

"이건 꼭 내가 쓰고 싶어서……. 박 대표가 써준다 했는데 싫다 했어."

리키가 사뭇 결연한 의지를 다졌다. 엄마를 찾는 편지만큼은 직접 쓰고 싶다는 마음. 물론 유진이 그런 경험이 있는 건 아니지만 충분히 이해할 수 있었다.

"그런데 한국말 어려워. 글 쓰는 거 너무 어려워."

"그럼 랩으로 해."

유진이 씩 웃으며 말하자 리키가 귀를 쫑긋거렸다. 유진이 리키의 어깨를 가볍게 토닥이며 폼을 잡았다.

"너 잘하는 걸로 하면 되지. 엄마, 나 기억 나, 임복이~."

리듬감이라곤 찾아볼 수 없는 어설픔의 극치! 랩이라 부르기도 민망한 단어의 나열에 리키가 혀를 차며 손가락을 내저었다.

"No~no! 엄마, 나 기억 나, 임복이~."

유진이 했을 때와 달리 쫀득한 느낌이 한껏 살아 있는 랩이 흘러나왔다.

"거봐, 훨씬 낫지? 계속해봐."

유진의 재촉에 신이 난 리키가 메모에 적힌 내용을 계속 랩으로 읊었다.

"Oh, 코흘리개 막내 아들~ 가수 됐어~. 엄마 찾고 싶어서 ~, Yeah~!"

좀 전의 어눌한 느낌은 오간 데 없이 사라졌다. 흥이 난 리키는 두어 차례 더 랩으로 메모를 읽은 후, 유진을 보고 환하게 웃었다.

"유진, 고마워! 이거면 돼!"

"잘되면 좋겠다."

유진이 손바닥을 펴 보이며 말하자, 리키가 크게 고개를 끄덕이며 하이파이브를 했다. 유진의 기분도 절로 좋아졌다.

"앗!"

갑자기 무언가를 본 리키가 웃음을 거두더니 유진에게서 한 걸음 뒤로 물러섰다.

"왜 그래?"

"아냐. 아무것도."

유진은 좀 전까지 지오가 매서운 눈빛으로 리키를 노려보았다는 사실을 알지 못했다.

리허설 무대에서 폭력을 쓴 데다 사희문의 방해 공작을 받은 이상, 〈Mr. 칠드런〉이 설 방송 무대는 없었다. 그래도 열심히 하면 언젠가 데뷔를 할 수 있을 거라고 믿었는데…….

"그래도 이건 아니지."

지오가 의자에 몸을 기댄 채 이를 갈았다. 그 옆에 선 현이의 표정도 별반 다르지 않았다. 유진과 리키는 아직 상황 파악이 되지 않아 어리둥절한 표정이었다.

"유진, 이게 뭐야?"

"〈우리 돼지 먹는 날〉 기념 행사장이라는데……. 축하 공연에 우리 이름도 있네."

유진이 멍한 시선으로 나부끼는 현수막을 보았다. 〈우리 돼지 먹는 날〉 이벤트 현수막에는 각종 행사 일정이 쓰여 있었다. 〈꽃 돼지 아가씨 선발 대회〉라거나, 축하 공연 무대라거나…….

다시 한 번 지오가 불만을 토해냈다.

"말이 돼? 〈Mr. 칠드런〉 이름 걸고 처음 관객 만나는 게 〈꽃 돼지 아가씨 선발 대회〉야?"

"〈꽃 돼지 아가씨 선발 대회〉 아니야, 〈우리 돼지 먹는 날 기념 행사장〉 축하 공연이지. 〈꽃 돼지 아가씨 선발 대회〉는 그

행사의 일환이고, 일환."

"그게 그거잖아요."

상식이 정정해주자 지오가 혀를 차며 고개를 돌렸다. 상식이 지오의 어깨를 토닥였다.

"나중에 토크 쇼 나가서 오늘을 추억할 날이 꼭 올 거다. 자자, 에피소드 만든다 생각하고 열심히들 하자."

"에이, 씨. 가오 떨어지게."

"이거 꼭 해야 돼요?"

현이의 투덜거림에 지오 역시 구주를 돌아보며 물었다. 구주가 선글라스를 벗으며 지오를 노려보았다.

"지금 너희는, 바닥이야. 그리고 바닥은 뛰는 게 아니라 기는 거지. 서둘러."

어차피 여기까지 온 이상 구주가 물러날 리 없었다. 네 멤버는 한숨을 푹 쉬고 행사 대기실로 발걸음을 옮겼다. 어차피 하게 된 무대, 열심히 하는 게 낫긴 했다. 유진은 문득 이 행사가 어떤 행사인지 궁금해졌다.

"안 들어가?"

"구경이나 좀 하려고."

"나도!"

리키가 폴짝 뛰며 유진을 따라 나섰다. 지오가 또 가만히 노려보려는데 현이가 다가와 지오의 눈에 손을 얹었다.

"오늘은 놔둬라, 그냥."

"내가 뭘."

지오가 신경질적으로 현이의 손을 치우며 대기실로 향했다. 현이는 상식과 구주를 향해 어깨를 으쓱여 보이곤 지오를 따라 대기실로 들어갔다.

무대 위에선 〈꽃 돼지 아가씨 선발 대회〉 본심이 한창이었다. 통통하지만 이목구비가 또렷한 아가씨들이 나란히 서서 삼겹살을 굽고 있었다. 노릇노릇하게 익어가는 삼겹살 냄새에 리키와 유진은 저도 모르게 입맛을 다셨다.

흥미롭게 무대를 구경하던 유진의 앞으로 전단지 한 장이 날아와 떨어졌다. 대충 전단지를 훑어보는 유진의 시선을 한 문장이 사로잡았다.

〈돼지고기 3만 원 이상 구입한 고객님을 위한 특별 선물! 신인 댄스 그룹 〈Mr. 칠드런〉 사인 CD 제공!〉

"엥?"

이게 무슨 소린가 싶어 유진이 반사적으로 주변을 두리번거렸다. 멀찍이서 카리스마 넘치는 선글라스 대신 썬 캡을 눌러쓴 채 전단지 배포 중인 구주의 모습이 눈에 들어왔다.

-지금 너희는, 바닥이야. 그리고 바닥은 뛰는 게 아니라 기는 거지. 서둘러.

좀 전 구주가 한 말이 새삼 떠올랐다. 바닥인 건 유진과 〈Mr. 칠드런〉만이 아니었다. 구주도 함께 바닥에 있었고, 그녀는 자기가 말한 대로 최선을 다해 기어가고 있었다.

'……열심히 하자. 이유진. 〈Mr. 칠드런〉 첫 번째 무대, 여기 있는 사람들을 모두 우리 팬으로 만들겠단 각오로 한번 뛰어보자!'

그런 구주를 보며 유진은 이를 악물었다.

"〈Mr. 칠드런〉, 앞으로 많이 사랑해주세요!"

노래가 끝나고 클로징 멘트를 날리는 유진의 마음은 허탈하기 그지없었다. 프로니까 겉으로 티를 내진 않았지만 기운이 쏙 빠져서 주저앉고만 싶었다. 데뷔 무대의 긴장감? 차라리 그런 거였으면 좋겠다.

"자자, 줄 서세요! 아직 고기는 많습니다!"

몰려든 인파로 미어터지는 고기 시식 코너와는 슬플 정도로 대조적인 무대 공연장. 그걸 보고 있노라니 힘이 안 빠질 수가 없었다.

잠시 후, 그런 〈Mr. 칠드런〉 멤버들에게 더욱 슬픈 일이 들이닥쳤다.

"그래도 그렇지, 우리가 짝퉁 가수보다도 못 해?"

사람들은 이미 열광의 도가니에 빠져 연신 '너훈아'를 외치고 있었다. 시식 코너를 기웃거리던 손님들이 이내 객석으로

달려와 목청껏 노래를 따라 부른다. 축제에 어울리는 광경이었
고, 축하 공연이란 이름에 걸맞은 장면이었다.

"이게 현실이지. 보고도 몰라? 억울하면 어떻게…… 너훈아
로 다시 태어나시든가."

현이가 투덜거렸다. 왜 시비인가 싶어 돌아보았지만 씁쓸한
현이의 표정을 보니 받아칠 기운도 사라져버렸다.

폭풍과도 같았던 너훈아의 축하 공연이 끝나고 다시 MC가
무대 위로 올라섰다.

"이야~! 너훈아 씨의 축하 공연 무대, 그야말로 열광의 도가
니였습니다. 〈꽃 돼지 아가씨〉 발표 전에 가라앉을 뻔한 분위
기를 후끈 달아오르게 해주는군요!"

가라앉게 해서 미안하다.

"젠장."

기어코 지오가 욕설을 내뱉으며 애꿎은 바닥을 차더니, 일
어나 어딘가로 가버렸다. 평소라면 그런 지오의 행동을 지적했
을 구주도 이번만큼은 넘어가 주기로 했다. 유진은 다른 멤버
들이 듣지 못하게 목소리를 낮추어 물었다.

"CD는 좀 나갔어요?"

"받아간 사람도 있고, 귀찮다고 그냥 간 사람도 있고……."

공짜 좋아하는 대한민국 사람들이 귀찮아할 정도면, 정말이
지 〈Mr. 칠드런〉의 갈 길은 천만 리가 넘는단 소리였다. 유진
은 괜히 물었단 생각에 공연히 하늘만 올려다보았다.

"……축하드립니다!"

파파파팡! 파팡! 파파팡!

그러는 사이, 꽃 돼지 아가씨가 발표되면서 신나게 축포가 쏘아졌다. 무대 위에는 복스럽게 생긴 아가씨들이 한 명의 아가씨를 향해 축하의 박수를 보내고 있었다.

"어, 저 아가씨네."

발표되는 순간은 놓쳤지만 그래도 본심 구경할 때 본 기억이 있는 아가씨였다. 1일 1돼지고기 하신다던 그분이었다.

"정말 영광으로 생각하구요. 꺅!"

영광으로 생각하구요, 꺅?

수상 소감 한번 독특하다고 생각하는데 리키가 갑자기 호들갑을 떨었다.

"불이다! Fire! Fire!"

유진은 리키의 말에 자리에서 벌떡 일어났다. 무엇이 잘못됐는지, 무대 뒤의 세트가 불타고 있는 것이 아닌가? 삼겹살을 굽던 철판에서 불이 옮겨 붙은 모양이었다. 운 나쁘게도 삼겹살 기름에 범벅이 되어 있던 무대가 화염에 휩싸여 난장판이 되어버리고 말았다.

"사람 살려!"

"침착하게 이쪽으로 들어가세요!"

"비상 통로라도 그렇지, 불구덩이로 들어가라는 놈이 어디 있어!"

무대 위의 아가씨들은 꽃 돼지가 아니라 어느새 멧돼지가 되어 저돌적으로 객석을 향해 뛰어내렸다. 그러나 행사 진행 요원의 어설픈 대응으로, 불길은 이미 객석 쪽으로도 번진 지 오래였다.

"애들아, 튀어!"

불구경하느라 정신없는 멤버들의 등을 상식이 떠밀며 비명을 질렀다. 하지만 사람들이 중구난방으로 날뛰는 통에 빠져나가기도 쉽지 않았다. 다행히 긴급 출동한 소방대원들의 지시로 더 이상의 혼란은 없었다. 가까스로 안전한 곳까지 대피한 후, 구주가 숨을 몰아쉬며 멤버들을 살폈다.

유진, 불구경하고 있다. 현이, 사진 찍고 있다. 리키, 아직도 'Fire~' 외친다. 상식, 혀를 차며 구경한다. ⋯⋯지오는?

"지오는, 지오 어디 있어?"

"형, 아까 중간에 나가면서 대기실에 들어갈 거라고 했는데⋯⋯. 예전 여자 친구랑 전화할 거라고⋯⋯."

현이가 불길에 휩쓸려 무너져 내리는 대기실을 가리키며 더듬더듬 입을 열었다.

촤아악!

유진이 정수기 생수통을 뽑아 들고 자기 몸에 들이부었다.

"야, 너 왜 그러냐?"

"다녀올게요."

유진은 상식에게 비장하게 대꾸한 후, 누가 말릴 새도 없이 화염 속으로 달려갔다. 유진은 적신 손수건으로 입과 코를 가리고, 불길과 무너져 내린 벽을 피해 대기실로 다가갔다.

"정지오! 정지오!"

애타게 지오의 이름을 부르는데 누군가 유진의 어깨에 손을 얹었다.

상식이 자꾸 시계를 들여다보며 중얼거렸다.

"왜 이렇게 오래 걸리지?"

걱정하는 마음이야 알겠지만 5초마다 시계를 보며 그 말을 되풀이하면, 옆에 있는 사람으로서는 미칠 노릇이었다.

"괜찮을 거예요!"

현이는 상식에게 하는 말인지 자기에게 하는 말인지 알 수 없는 말을 했다. 리키는 엄지손톱을 깨물며 발을 동동 굴렀다.

"……."

구주는 굳은 표정으로 불길을 지켜보았다. 소방차에 의해 불길은 더 이상 번지지 않고 있었지만, 그렇다고 완전히 불길이 잡힌 것도 아니었다. 여전히 대기실이 있는 방향은 활활 타오르고 있었다.

"어, 불났네?"

"그래, 불 크게 났지! 이제 알았냐. 새끼야! 그래서 지금…… 딸꾹."

고개를 끄덕이며 소리치던 상식이, 말을 건 사람의 얼굴을 확인하곤 딸꾹질을 시작했다. 여자 친구에게 전화를 하고 온 지오가 감탄이 담긴 표정으로 불구경을 하고 있었다.

"야, 야. 인마. 딸꾹. 지금 유진이가, 딸꾹. 너 구한다고 저기, 딸꾹. 들어갔는데……? 네, 딸꾹. 네가 지금 여기 있으면, 딸꾹. 안 되는 건데?"

황당하기는 구주를 비롯한 리키와 현이도, 그리고 상식의 말을 들은 지오도 마찬가지였다. 지오가 귀를 후빈 후 다시 물었다.

"누가 뭘 한다고 저길 들어갔다고요?"

"유진이가 너 구하겠다면서……, 딸꾹."

"뻥 치지 마요, 그 새……, 걔가 왜 날……."

"기다려! 나올 거야!"

구주가 지오의 말을 끊으며 단호하게 외쳤다. 그 말에 모두가 다시 불을 향해 시선을 돌렸다. 하나같이 복잡한 표정이었지만, 특히 지오의 표정이 가장 복잡했다.

'날 구하겠다고 들어갔다고?'

지오가 빠득, 이를 갈았다. 단순한 영웅심으로 뛰어들 만한 곳이 아니었다.

꽈아앙!

거대한 폭발음과 함께 무대 기둥이 무너져 내렸다. 요란한 굉음과 함께 덩달아 사람들의 비명 소리도 커졌다. 리키도 거기 편승해 비명을 내지르느라 정신이 없었다.

"아이고, 내 딸! 이리 갈려고 꽃 돼지 아가씨가 된 거냐!"

멀지 않은 쪽에선 한 아주머니가 구조대원을 붙들고 통곡했다.

"사람 나온다! 사람!"

사람! 구경꾼들이 술렁이는 소리에 구주가 황급히 그쪽으로 달려갔다. 상식과 지오를 비롯한 멤버도 그 뒤를 따랐다.

모세의 기적처럼 갈라진 구경꾼 사이로 실신 직전의 꽃 돼지 아가씨를 부축한 유진이 걸어 나오고 있었다. 불기둥을 뒤로한 채 걸어 나오는 그 모습은 B급 헐리우드 영화 주인공이라도 된 듯한 장면이었다.

"멋지다!"

"대박이다, 대박!"

구경꾼들로부터 박수갈채가 터져 나왔다. 여기저기서 사람들이 스마트폰으로 사진과 동영상을 찍어댔다. 유진은 힘겹게 구조대원에게 꽃 돼지 아가씨를 넘겨주었다.

"고, 고마워요."

꽃 돼지 아가씨는 조금 얼굴이 그을었을 뿐 멀쩡해 보였다. 하지만 유진의 얼굴은 근심으로 가득 차 있었다. 유진은 인파 속에서 구주를 발견하고는 금방이라도 울 듯한 얼굴로 말했다.

"PD님, 지오 못 찾았어요. 한번만 더 갔다 올게요!"

"유진아, 잠깐, 잠깐만……!"

상식이 달려 나가려는 유진을 막지 않았다면 다시 불길 속으로 들어갔을 것이다.

"유진!"

리키가 그런 유진을 붙잡았다. 그제야 유진은 현이와 상식 뒤에 있는 지오를 발견할 수 있었다. 지오는 황당한 얼굴로 유진을 바라보고 있었다.

"다행이다."

금방이라도 울음을 터뜨릴 것 같던 유진의 얼굴에 안도감이 떠올랐다. 그것도 잠시뿐.

"아 이 병신아, 너 타 죽은 줄 알고 깜짝 놀랐잖아!"

유진은 길길이 화를 내기 시작했다. 그 모습을 멍하니 보고 있던 지오는 웬일인지 말없이 머쓱한 얼굴로 뒷머리만 긁적였다.

참피온 뮤직 사무실 TV에선 6시에 방송되는 지역 방송 프로그램이 한창이었다. 화재 현장의 자료 화면은 유진의 인터뷰로 이어졌다.

– 저는 동료를 찾으러 들어갔을 뿐이에요. 동료는 찾지 못했지만 곤란에 빠진 사람을 두고 올 수는 없으니까요……. 근데 이 인터뷰 꼭 해야 해요?

자막으론 〈후암동 불타지 않는 남자! 용감한 시민!〉과 같은 자막이 흐르고 있었다.

TV에서 그러든 말든 구주의 얼굴은 차갑게 굳어 있었다.

"이유진."

"네, 다시는 안 그러겠습니다."

구주의 낮은 목소리에 유진이 대뜸 대답했다. 화재 사건 이후 구주는 유진에게 잔뜩 화가 나 있었다.

"너희는 〈Mr. 칠드런〉이야. 한 사람에게라도 문제가 생기면 〈Mr. 칠드런〉이 아니게 돼. 알아?"

"넵."

지오를 구하기 위해서긴 했지만 멤버들과 구주에게 걱정을 끼치고 말았다. 결과적으로 한 사람을 구해서 다행이기는 했지만…….

"구주야, 그만하자. 유진이도 무사하고, 지오도 멀쩡하니까 다 좋은 거야."

상식이 고기를 구우며 구주와 유진을 달랬다.

불판 위에는 행사 뛰고 받은 고기와 유진에게 별도로 선물된 고기가 자글자글 익어가고 있었다. 같은 삼겹살이었지만 누가 봐도 후자의 육질이 더 좋아 보였다.

머쓱해진 현이가 분위기 전환을 위해 유진의 옆구리를 쿡 찔렀다.

"그래도 실물보다 화면발이 좀 낫네."

"자식아, 저 숯검정 얼굴을 보고 그게 할 소리냐? 그래도 TV 데뷔는 유진이 네가 1등이다. 그치?"

상식이 현이를 나무라더니 유진을 향해 상냥하게 말했다. 유진은 그저 씩 웃어넘기고는 고기를 향해 젓가락을 내밀었다. 하지만 상식이 유진의 젓가락을 집게로 막았다.

"야. 먹는 건 좋은데 핏기나 좀 가시면 먹어라. 응? 새로 올린 지 얼마 되지도 않았다."

"너무 맛있어서."

유진은 빈 젓가락을 입에 물며 싱긋 웃었다.

"난 포크보단 비프~. 담엔 그러면 안 돼? 아야! 현, 왜 그래? 아야!"

현이가 칭얼거리는 리키의 머리를 다시 한 번 쥐어박았다. 유진은 그 모습을 보고 웃다가 소주병을 들었다. 그리고 잔에 소주를 따르려는데 지오가 거칠게 병을 빼앗았다.

"자작하면 옆 사람 3년 재수 없는 거 몰라? 하여간 멍청하긴!"

그러더니 투덜대며 유진의 잔에 술을 따랐다.

'장족의 발전이군.'

그런 모습을 보며 구주가 피식 웃었다. 이유진도 슬슬 〈Mr. 칠드런〉이 되어가고 있다는 증거였다.

"자, 자. 내 잔 받아라."

상식이 현이와 리키, 구주에게 술을 따라주었다.

"우리 박 대표도."

상식의 잔은 구주가 직접 채워주었다. 구주로부터 '우리 박 대표'라는 말을 듣자 상식의 입이 귀에 걸렸다.

"앞으로 이유진이 사고 치면 정지오가, 정지오가 꼴통 짓 하면 이유진이 아웃이야. 가차 없이."

"PD님!"

"뭐예요, 그게? 얘랑 나랑 뭐라고 그런 연좌제를!"

구주의 뜬금없는 발언에 지오와 유진이 강하게 반발했다.

"그냥 받아들이고 잔이나 들어. 건배하자. 대표 이사인 내가 선창하지."

상식이 두 사람의 반발을 가볍게 묵살하며 잔을 들었다.

구주와 현이, 리키가 잔을 들자 하는 수 없이 유진과 지오도 잔을 들었다. 상식이 커흠, 목을 가다듬은 후 외쳤다.

"위하여!"

"위하여~!"

상식의 그야말로 상식적인 멘트! 그래도 모두가 기분 좋게 따라 외치며 잔을 부딪쳤다. 참피온 뮤직의 여섯 식구가 단숨에 잔을 비우자마자 현이가 입가를 슥 닦으며 물었다.

"근데 형, 뭘 위해요?"

"응? 음, 그러니까……. 우리 모두의 꿈을……?"

상식이 어물거리며 대답했다.

그 말에 〈Mr. 칠드런〉의 멤버들은 벽에 걸린 보드 판을 바라보았다. 보드 판 한쪽엔 커다랗게 〈12月 31日!〉이라고 쓰여 있었다.

까득!

구주가 새 소주병을 깐 후, 멤버들의 잔을 채워주었다. 유진이 구주의, 지오가 상식의 잔을 채웠다. 구주가 잔을 들며 선언했다.

"가요 대전과 참피온을 위하여."

"위하여!"

잔을 부딪치는 유진과 〈Mr. 칠드런〉 멤버들에게선 좀 전과 달리 비장함이 느껴졌다.

8. 희망을 꿈꾸는 무대

　은기가 누워 있는 이동식 침대가 복도를 지났다. 복도의 끝에는 수술실이라고 적힌 문이 있었다. 유진과 미리, 청송이 은기에게 바싹 붙어 있었다.

　"기분은 어때?"

　"그럭저럭……. 근데 삼촌 언제 TV에 나와? 나온다고 약속했잖아."

　"응? 그, 그렇지. 나올 건데……."

　조카의 질문에 유진은 식은땀을 흘렸다.

　그 돼지고기 행사장 축하 공연 외에도 무대는 몇 번 뛰었다. 놀이동산 행사 무대라든가, 어디 고등학교 축제라든가. 지방 대공원의 동물원 재개장 기념행사는 그중 최고였다. 비는 오지, 마이크는 유선이라 꼬이지, 관객은 사람이 아니라 동물이지, 봉고차가 고장 나는 바람에 뒤에서 밀던 상식이 낙오하지…….

아니, 아무튼 여러 번 무대는 가졌지만 방송국은 들어가지 못했다. 하지만 수술을 앞둔 은기에게 차마 그렇게 말할 순 없었다.

"언제?"

은기가 눈을 반짝였다.

"은기 수술 잘 받고 나오면 그때 보여줄게!"

"정말? 알았어! 그럼 금방 끝낼게."

유진과 맞잡은 은기의 손에 꼭 힘이 들어갔다. 유진은 은기의 손등을 토닥여주며 뒤로 물러섰다. 이윽고 은기의 침대가 수술실로 들어갔다.

구주는 조금 떨어진 곳에서 그들을 바라보고 있었다.

은기의 수술은 유진이 참피온 뮤직과 계약하게 된 계기이기도 하고, 자신이 수술비를 지불하기도 한 입장이라 더 마음에 걸렸다. 무엇보다 지금 구주의 손을 잡고 있는 은서가 자기를 애타게 찾는다니 오지 않을 수 없었다.

"언니! 이번엔 의사 선생님이 다시는 고장 안 나는 배터리로 넣어주신대요."

"오래 가는 걸로?"

"네!"

은서가 환하게 웃으며 고개를 끄덕였다. 구주는 은서의 머리를 부드럽게 쓰다듬어주었다.

"은서야!"

은서는 구주에게 손을 흔들어 보인 후, 수술실 앞에 있는 미리에게 뛰어갔다. 그렇게 은서를 보내고 구주는 천천히 로비로 걸어 나왔다.

로비 입구쯤에 도달하니 어디선가 귀에 익은 선율이 들려왔다.

'······엘리제를 위하여?'

로비 한쪽에 사람들이 둥글게 모여 있었다. 소리의 출처는 그 원의 안쪽에 있는 피아노였다.

〈환우들을 위한 작은 음악 공연, 클래식 피아노 '엘리제를 위하여'〉

구주는 피아노 옆에 세워진 현수막을 발견했다.

"왜 꼭 이런 데선 엘리제만 위할까? 난 〈원더 보이즈〉가 좋은데."

"나도!"

니트 모자를 눌러쓴 두 소녀 환자가 자기들끼리 소곤거렸다. 구주는 소녀들의 대화에 귀를 기울였다.

"아아~, 오빠들 공연 딱 한 번만 보면 소원이 없겠다."

"머리 좀 자라면 우리 보러 갈래?"

그 말에 소녀가 친구의 모자를 벗겨보았다. 한창 멋 부리기 좋아할 십 대 후반의 나이였지만 소녀의 머리는 거의 민머리에 가까웠다.

"우와, 그새 많이 자랐는데? 너 야한 생각……."

"야아~."

거기까지 말한 두 소녀가 서로를 마주 보며 히죽 웃었다.

"나 다음 주 수술 잡혔어."

"그래? 그럼 차라리 내가 오빠들 오라고 할까?"

"오란다고 오겠냐?"

그러더니 또 뭐가 우스운지 둘이 마주 보며 웃었다. 구주는 둘의 대화를 곱씹으며 홀로 생각에 잠겼다. 그때, 유진이 다가와 구주의 어깨를 톡톡 두들겼다.

"뭐 하러 왔어요?"

"어, 뭐……. 은기는?"

구주의 반문에 유진은 애써 미소를 지었다.

"수술실 들어갔어요. 의사 선생님 말씀이 걱정할 거 없대요. 괜찮아질 거래요."

"잘됐네. 그건 그렇고, 너 노래하고 싶다고 했지?"

"네? 갑자기 무슨……."

"흠. 오라는데 가주지, 뭐."

뜬금없는 구주의 말에 유진은 고개를 갸웃거렸다.

유진은 마른침을 꿀꺽 삼켰다. 정말이지 생각도 못 했던 무대였다.

"무대 위에선 무조건 즐기는 거야. 너희가 즐겨야 관객들도 즐기고 행복해져. OK?"

"OK!"

구주의 선창에 따라 〈Mr. 칠드런〉 멤버가 힘차게 답하곤 무대로 발을 디뎠다. 객석에 미리 자리한 상식은 잔뜩 긴장한 얼굴이었다. 모르긴 몰라도 〈Mr. 칠드런〉 멤버들의 얼굴도 상식과 그리 다르진 않을 것이다.

설마하니 병원 강당에서 공연을 하게 될 줄이야! 그나마 은기가 입원한 병원이 아니라서 은기와 은서, 미리와 청송이 보지 않는 게 다행이었다.

객석에는 상식 외에도 휠체어를 탄 환자와 그 보호자, 비번인 간호사 몇 명이 듬성듬성 자리를 채우고 있었다.

둥두둥!

스피커를 통해 MR 전주가 흘러나오고, 그에 맞춰 멤버들의 춤이 시작되었다. 몇 번 무대에서 합을 맞춘 덕에 유진의 품새도 제법 그럴듯해져 다른 멤버를 방해하는 일은 없었다.

"……흐~아암."

그러나 관객들의 반응은 썰렁함의 극치였다. 심지어 기계음이 튀는 바람에 귀를 틀어막는 환자들도 있었다.

"부드러운……."

우우우우웅―. 픽!

첫 소절을 부르려는 순간, 이상한 하울링과 함께 뭔가 터지는 소리가 났다. MR 전주가 멈추었고, 마이크도 동작을 멈추었다. 멤버들은 어정쩡한 자세로 멈춰 섰다.

'헉! 이를 어쩌지?'

유진은 당황하며 관객들의 반응을 살핀 후, 무대 뒤편의 구주를 바라보았다. 구주가 벌떡 일어나 음향 기사를 독촉했다. 그러나 돌아온 대답은 절망적이었다.

"이거 시간 좀 걸리겠는데……."

음향 기사는 어깨를 으쓱이며 건성으로 장비를 살폈지만, 수리에 대한 의욕이라고는 찾아볼 수 없는 태도였다.

"뭐야, 왜 저래?"

"안 되나봐. 낡았네."

관객들이 술렁이기 시작하더니 하나둘 몸을 돌리기 시작했다.

"이럴 줄 알았어. 병원에서 공연은 무슨……."

지오가 짜증을 내며 자세를 풀었다. 현이는 아예 마이크를 바닥에 놓아버렸다.

바로 그때, 어디선가 맑은 피아노 소리가 들려왔다.

무대 뒤쪽에서 구주가 피아노로 〈Summer Dream〉을 연주하기 시작한 것이다.

'PD님?'

구주는 멤버들을 재촉하듯 반복해서 도입부를 연주하고 있었다.

'설마……?'

유진이 먼저 구주의 뜻을 알아차렸다. 유진은 나오지 않는 마이크를 음향 기사 쪽으로 굴려 보낸 후, 말 그대로 '라이브 공연'에 돌입했다.

[부드러운 저 파도 소리…….]

유진이 눈빛으로 신호를 보내자, 그 뜻을 알아차린 현이가 자연스럽게 자기 파트를 넘겨받아 노래를 불렀다. 유진은 음향 장비 쪽에서 기타 하나를 발견하곤 잽싸게 집어 들었다.

'하나, 둘, 간다!'

속으로 박자를 헤아린 후, 구주의 피아노 연주 위에 기타 연주를 얹었다. 거기에 현이와 리키의 즉석 비트 박스까지 곁들여지자, MR 반주 없이 훌륭한 밴드가 완성되었다. 지오는 평소보다 더욱 힘차게 댄스를 춰 보였다. 원래 〈Summer Dream〉 안무에는 없는 헤드 스핀까지 멋지게 해 보였는데, 마치 독무로 따로 편성해둔 것처럼 잘 어울렸다.

– 무대 위에선 무조건 즐기는 거야.

순간, 〈Mr. 칠드런〉의 머릿속으로 동시에 구주의 말이 떠올랐다. 구주가 말한 게 어떤 건지는 잘 모른다. 하지만 이 순간, 지금까지 뛰었던 어떤 행사보다도 무대가 재밌었다. 즐거웠다.

"자, 자! 무대는 지금부터 시작입니다!"

관객들이 뭔가 싶어 돌아보자, 지금이다 싶은 상식이 사람들을 다시 자리로 돌려보냈다. 이미 앞자리를 차지하고 앉은 이들도 있었다. 리듬에 맞춰 목발을 통통 튀기는 환자가 있는가 하면, 아픈 아들을 번쩍 안아드는 아버지가 있었다. 현이의 턴에 맞춰 휠체어를 턴 시키는 센스 만점 환자까지 있었다. 간호사들이 박자를 맞춰 손뼉을 치기 시작했다.

[Smile me tonight
언제라도 사랑을 보낼게
별과 별이 만나 너와 나를 맺어줬어
그러니까 웃어
Smile me tonight]

노래는 이윽고 모두가 합창하는 클라이맥스에 이르렀다. 리듬을 파악한 이들은 어느새 추임새까지 넣고 있었다.

〈Mr. 칠드런〉의 '제대로 된' 첫 번째 무대는 단숨에 관객들을 무대 속으로, 음악 속으로 끌어들였다.

"짜식들."

가슴을 졸이던 상식은 긴장이 풀려 자기도 모르게 찔끔, 눈물까지 흘려버렸다.

첫 번째 무대를 성공적으로 마친 〈Mr. 칠드런〉에겐 거칠 것이 없었다. 그것이 바로 '희망을 꿈꾸는 무대'라 이름 붙여진 〈Mr. 칠드런〉의 병원 순회공연 첫 출발이었다. 순회공연은 더더욱 탄력을 받았다. 서울, 대전, 대구, 부산의 대형 병원에서 공연 신청이 차례로 들어오더니, 〈Mr. 칠드런〉은 이내 전국을 떠돌며 병원에서 공연을 하는 바쁜 시간을 보내게 되었다.

"너 왜 그러고 있냐?"

"응? 아, 아니."

결국 회복 중인 은기가 입원해 있는 병원마저 참피온 뮤직에 〈Mr. 칠드런〉의 공연을 신청하기에 이르렀다. 유진은 선글라스에 모자를 뒤집어쓴 채, 주변을 경계하며 조용히 병원 안으로 들어갔다.

병원 앞 정원에는 간이 무대와 간이 객석이 넓게 자리 잡고 있었다. 그중엔 은기와 은서를 사이에 두고 청송과 미리도 앉아 있었다.

환자의 가족들이 주축이 되어 진행되는 행사로, 지금도 어느 환자 가족들이 무대 위에 올라 흥겹게 노래를 부르고 있었다. 청송과 미리가 심드렁한 얼굴로 무대를 보는 가운데, 은기와 은서는 신이 나서 박수를 치는 모습이 보였다.

"자, 어느새 가족분들이 준비한 모든 장기 무대가 끝났네요. 아쉬우시죠? 하지만 이대로 끝내지는 않습니다. 많은 분들이 기다리셨을 마지막 무대가 남아 있으니까요! 요즘 인터넷을 뜨겁게 달구는 희망을 꿈꾸는 무대! 〈Mr. 칠드런〉이 부릅니다, Summer Dream!"

MC가 내려가고 〈Mr. 칠드런〉이 대신하여 무대 위로 올라왔다.

"안녕하세요! 〈미스터~ 칠드런〉입니다!"

"와아아아아아!"

최소한 인터넷에선 슬슬 반응을 얻고 있는 〈Mr. 칠드런〉이었기에, 사람들의 시선을 붙들기에 충분했다. 객석에서 폭발적인 반응이 터져 나왔고, 환호성이 병원을 뒤덮었다. 구주에게 병원 공연에 대한 힌트를 주었던 두 소녀도 손을 꼭 잡은 채 열광적인 지지를 보내주었다.

유진은 에라 모르겠다 싶은 마음으로 마이크를 잡고 〈Summer Dream〉을 열창하기 시작했다.

"저저저, 저 늠이……."

그까짓 선글라스 하나를 낀다 해서 아비가 제 자식을 몰라

볼 리가 없었다. 청송은 놀란 눈으로 유진을 노려보고 있었다.

그날 저녁.

구주와 청송이 마주 앉아 있었다. 두 사람은 말없이 번갈아 가며 잔을 비웠다. 유진이 그 사이에서 진땀을 흘리며 눈치를 살폈다.

"저기……. 아부지."

"다시 노래 나부랭이나 할 거면, 아버지라고 하지도 마! 이 놈아!"

청송은 유진이 노래하겠다고만 하면 치를 떨었다. 과거 스타 뮤직의 연습생으로 들어갔다가 떨려 나온 이후엔 특히 더 그랬다. 청송의 눈에는 가수와 한량이 별반 다를 바 없어 보였다.

"근데 예전엔 장사가 꽤 잘됐나 봐요?"

구주가 청송의 빈 잔에 술을 채우며 다른 이야기를 꺼냈다. 그 말에 청송이 아련히 먼 곳을 바라보았다.

"그 옛날에는 여기도 김두한이랑, 장면 박사, 윤보선 대통령……. 아무도 먹고 간 적은 없지만, 이 동네 졸업식 이사철 대목은 꽉 잡고 있었으니까, 뭐……."

"와, 저 방망이는 꽤 오래된 것 같은데. 몇 년이나 됐어요?"

구주가 부엌 한쪽에 자리 잡은 홍두깨를 가리키자, 청송이 방망이랑 홍두깨도 구분 못 하냐는 듯 혀를 찼다. 덕분에 유진이 불쑥 끼어들었다.

"아, 저거요? 홍두깨예요. 한 26-7년 됐나?"

"이놈아, 저게 너보다 십 년은 더 된 네 형이다."

"술 떨어졌다."

청송이 유진의 머리를 쥐어박자 구주가 귓속말로 압박을 주었다. 유진은 머리를 감싸 쥔 채 엉거주춤하게 일어나 술을 가지러 갔다.

구주가 흰 짬뽕을 한 젓갈 들며 말했다.

"면발 좋네요."

"어디 면발만인가? 국물은 어떻고. 그렇게 뽀얗고 진하게 뽑아내려면 전라도 완도에서 서해안 타고 여섯 시간 달려온 해물로 또 여섯 시간 동안 우리고 볶아서……. 아무튼 저놈은 가수 안 시켜요! 색싯감을 구해 왔는 줄 알았더니 프로듀선지 뭔지……, 또 한 삼사 년이나 애를 백수로 만들려고……!"

고개를 끄덕이며 짬뽕 예찬론을 늘어놓던 청송이 흠칫하더니 학을 뗐다. 그리고 단호하게 말했다.

"쟤는 지 누나랑 달리 날 닮아서 요리를 잘해요. 저놈은 요리 시킨다니까!"

"네……. 그럼 아드님이 노래 잘하는 건 누굴 닮아선가요?"

"노래야 지 엄마가 잘했지! ……에잉."

먼저 간 아내가 떠올랐는지, 청송이 쓰게 소주잔을 들이켰다.

"그렇구나. 유진이가 노래 잘하는 거, 그게 어머님이 남겨주신 소중한 재능이었군요."

"……."

별 쓸데없는 걸 묻는다는 듯 구주를 노려보던 청송은, 그 말에 어딘가 누그러져서 다시 술잔을 기울였다.

"거, 술이나 드쇼."

"네, 아버님도……."

멀찍이서 소주병을 들고 오던 유진은 그 모습을 보고 씩 웃으며 중얼거렸다.

"저러다 잘하면 아버지랑 친구 해먹겠네, PD님."

"희망을 꿈꾸는 무대? 〈Mr. 칠드런〉?"

회의 테이블에 앉아 노트북으로 시청자 게시판을 확인하던 작가가 고개를 갸웃거렸다. 어디선가 들어본 거 같긴 했다. 작가는 동영상 링크를 타고 들어가 스마트폰으로 촬영된 〈Mr. 칠드런〉의 병원 무대 영상을 확인했다.

잠시 후엔 조연출이 함께 영상을 봤다. 조금 더 시간이 지나자, 황 PD가 영상을 봤다. 기어코 다음날에 이르러 CP까지 함께 영상을 보기에 이르렀다.

동영상 속 〈Mr. 칠드런〉에겐 즐거움이 있었다. 꿈이 있었다. 희망이 있었다. 그리고 관객과 그걸 공유하는 열정도 남달랐다. 자기들끼리 발이 맞지 않아 주먹을 휘두르던 〈Mr. 칠드런〉의 모습은 더 이상 남아 있지 않았다.

"……괜찮네."

CP가 미간을 좁힌 채 나지막이 중얼거렸다.

사희문은 참피온 뮤직 소속 가수를 무대에 세우면, 스타 뮤직 소속 가수들을 모조리 뺀다고 했다. 지금에 와서 진짜로 그러진 않겠지만, 어쨌거나 스타 뮤직에 찍히면 가요 프로그램 굴리기 힘들어진다. 신곡 발표는 모조리 타방송사에서 이루어질 거고, 스페셜 무대도 모조리 타방송사가 될 것이다. 무명 가수 하나 세우고 그 피해를 감수할 CP는 어느 방송국에도 없다.

무명 가수라면 말이다.

"괜찮겠지? 응? 너희들, 괜찮겠지?"

"형이 드셔야 되는 거 아니에요?"

유진은 상식이 주는 청심환을 받으며 되물었다. 상식만큼은 아니지만 유진도 긴장되기는 마찬가지였기에, 말만 그렇게 하고 청심환을 삼켰다. 유진은 문을 열고 나가 밖에 붙은 A4 용지를 확인했다.

〈Mr. 칠드런 대기실〉

보고 또 봐도 〈Mr. 칠드런〉의 대기실이었다. 그것도 어디 행사장 대기실이 아니라, 방송국 대기실이다. 심지어 가요 프로그램의 대기실이다.

"시간 됐어. 모여봐."

구주의 소집에 각자 마음을 추스르던 〈Mr. 칠드런〉 멤버들이 한데 모였다. 구주는 유진, 지오, 현이, 리키, 한 사람 한 사람과 시선을 마주하며 말했다.

"이미 너희들은 준비가 되어 있어. 스스로를 믿어. 자, 무대 위에선 어떻게 한다?"

"무조건 즐긴다!"

"OK! 〈Mr. 칠드런〉!"

"파이팅!"

평소보다 기합을 넣어 파이팅을 외치고 〈Mr. 칠드런〉이 무대를 향해 나아갔다. 구주와 상식은 이제 그들을 지켜보는 수밖에 없었다.

불이 꺼진 무대 위에 자리를 잡고 선 멤버들은 어둠 속에서 서로 눈빛을 교환했다. 이미 전국을 돌며 숱한 무대를 함께한 그들이다. 그것만으로도 서로의 긴장을 알 수 있었고, 그것만으로도 서로에게 힘을 북돋아줄 수 있었다.

관객들의 술렁임이 살짝 들려오긴 했지만, 멤버들은 서로의 숨소리를 들을 만큼 무대에 집중하고 있었다.

[3, 2, 1, Start!]

이어폰 너머로 들리는 황 PD의 신호와 함께 무대 테두리에서 폭죽이 쏘아졌다. 어둠 속에서 네 개의 스포트라이트가 〈Mr. 칠드런〉 멤버들을 비추었다.

"꺄아아아아아아악!"

동시에 사람들이 열광적인 함성을 질렀다. 목이 터져라 환호하고, 손에 든 풍선을 흔들었다. 직접 만든 플랜카드를 번쩍 들어 올렸다.

"유진! 지오! 현이! 리키!"

입을 모아 멤버들의 이름을 외쳐주었다.

두근, 가슴이 뜨거워졌다. 두근, 심장이 뛰었다. 유진은 가슴속 깊은 곳에서 무언가 뜨거운 기운이 왈칵, 올라오는 걸 느꼈다.

메인 부스에서 구주가 그런 〈Mr. 칠드런〉을, 유진의 얼굴을 바라보고 있었다.

9. Summer Dream

"자! 과연 이번 주 영광의 1위를 차지하는 건 어떤 노래일 까요?"

"〈시크릿〉에 이어 후속곡까지 1위를 노리는 〈원더 보이즈〉 의 〈너에게〉와, 새롭게 1위 자리에 도전하는 〈Mr. 칠드런〉의 〈Summer Dream〉! 지금 순위가 발표됩니다! 보여주세요!"

화면에 두 그룹이 큼지막하게 잡히고 그 아래로 그래프가 맹렬하게 차오르기 시작했다. 30초도 되지 않는 시간이 유진 에겐 30년처럼 느껴졌다.

음원 점수, 방송 점수, 현장 투표, 인터넷 투표 등 각종 항목 이 끝나는 순간!

줄곧 뒤쳐지던 〈Mr. 칠드런〉의 그래프가 마지막에 이르러 〈원더 보이즈〉를 제쳤다.

"〈Mr. 칠드런〉의 〈Summer Dream〉! 축하드립니다!"

축포가 터져 나오면서 양옆에서 꽃가루가 비처럼 쏟아졌다. 리키가 현이에게 와락 매달렸고, 유진이 지오를 끌어안으며 환호성을 내질렀다. 흠칫 놀라 밀쳐내려던 지오도 이내 환한 미소를 지으며 힘껏 주먹을 쥐어 보였다. 옆에 있던 다른 가수들이 멤버들에게 꽃다발을 안겨주었다.

멀찍이 메인 부스에선 상식이 구주를 부둥켜안고 펑펑 울었다. 구주도 뿌듯함을 감추지 못하는 표정으로 멤버들을 바라보고 있었다.

"이로써 〈원더 보이즈〉에 이어 〈Mr. 칠드런〉이 신인으로서는 두 번째로 연말 가요 대전 진출이 확정되었습니다! 소감 좀 말씀해주세요."

12월 31일 연말 가요 대전!

보드 판에 쓰여 있던 문구가 현실로 다가오는 시점이었다. MC가 마이크를 내밀자 리키는 지오에게, 지오는 현이에게, 현이는 유진에게 넘겨주었다. 유진은 머쓱해하면서도 모두의 마음이 담긴 마이크를 넘겨받았다.

"먼저 함께 무대에 서 있는 우리 〈Mr. 칠드런〉 멤버들, 정말 사랑하고요! 우리를 아껴주시는 팬 여러분, 고맙습니다! 그리고 참피온 뮤직의 자랑, 박상식 대표님과 오구주 PD님께 이 영광을 돌리고 싶네요."

유진이 멤버들과 상식, 구주를 차례로 바라보며 멘트를 날렸다. 따로 연습을 한 것도 아닌데 어째선지 말이 술술 나왔다. 아마도 진심이 담겨 있기 때문일 것이다.

"유진, 유진!"

열광적인 팬들은 수상 소감을 마친 유진의 이름을 부르며 박수를 쳤다.

"네! 앵콜 송으로 〈Mr. 칠드런〉의 〈Summer Dream〉, 함께 하면서 이 시간 마무리 짓도록 하겠습니다. 다음 주에 또 만나요!"

와아아아!!!!

터져 나오는 함성과 함께 화려한 MR 반주가 내려앉았다.

구주는 가만히 서서 흘러가는 강물을 내려다보았다.

구주의 손에는 오르골이 들려 있었다. 네팔까지 함께 갔다가 돌아와 트렁크와 함께 입수까지 한 녀석이었다. 트렁크가 물에 떠서 젖지는 않았지만.

─ 오 PD님, 이거 선물이에요. 보시면 아마 깜짝 놀랄걸요.

오르골 태엽을 감자 〈Summer Dream〉의 초안 멜로디가 잔잔하게 흘러나왔다. 댄스곡으로 편곡된 지금의 곡과는 또 사뭇 다른 느낌의 〈Summer Dream〉이었다.

– 에이, 또 웃지도 않으셔. 사람이 좀 감동도 먹고 그래 봐요! 내가 이거 제작 주문하느라 얼마나 힘들었는데! 두고 봐요, 제가 꼭 올해 안에 오 PD님의 그 사시사철 무표정을 꼭 무너뜨려드릴 테니!

장난기 어린 지훈의 목소리가 아직도 생생하게 들리는 것 같았다. 구주는 오르골을 바라보며 쓰게 웃었다. 지훈의 가족들이 뼛가루를 뿌리는 모습을 멀찍이서 바라보며, 철들고 나선 처음으로 끊임없이 오열했던 그때가 떠올라서였다.

지훈은 자신이 장담했던 것처럼 그 해 마지막 날, 구주의 무표정을 산산이 무너뜨리고 말았다. 말 그대로 산산이.

'네가 불렀던 이 노래……, 대한민국 안에선 못 들어본 사람이 드물 정도가 되었어.'

공식적으로 전파를 타고 가요 프로그램에서 1위까지 차지한 〈Mr. 칠드런〉은 그야말로 승승장구했다. 〈Summer Dream〉은 그야말로 대박, 〈Mr. 칠드런〉 역시 대성공이었다.

성공은 참피온 뮤직 사무실을 바꾸어놓았다.

월세를 내던 건물 자체를 사들여 새롭게 단장하고 증축까지 했다.

어느새 〈Mr. 칠드런〉 공식 팬클럽도 형성되었다. 사인회에 〈Mr. 칠드런〉이 단체로 맞춰 입고 나온 임복이 티셔츠는 팬들 사이에서 필수품으로 자리 잡아버릴 정도였다. 그 팬들이 Youtube에 〈Mr. 칠드런〉 동영상을 업데이트하면서 또 다른 팬들이 늘어났다. 팬의 증가는 음반 판매로 직결됐다. 덕분에 멤버들을 실어 나르던 작은 봉고차는 어느새 근사한 밴으로 바뀌었다. 밴 문짝은 벌써 열성 팬들이 남긴 낙서로 가득 찼다.

〈Mr. 칠드런〉은 가요 프로그램에서뿐 아니라 예능 프로그램에서도 블루칩으로 떠올랐다. 각각 사차원 남자, 나쁜 남자, 말 잘하는 남자, 귀여운 남자의 컨셉으로 무장한 유진, 지오, 현이, 리키는 자신들의 매력을 마음껏 뽐냈다.

그런데 정작 〈Mr. 칠드런〉 멤버들이 그토록 잘나가게 되자, 구주에겐 이상한 현상이 일어났다. 방송국, 공연장, 팬 미팅 등에서 멤버들이 환하게 웃는 모습을 볼 때마다 이따금 구주의 가슴속 한구석이 아리기 시작했던 것이다.

'이젠 네가 어떤 얼굴로 이 노래를 불렀는지, 떠올릴 수가 없어. 내 눈에 보이는 건……'

절망에 찬 지훈의 눈빛. 부서진 머리로 피를 쏟아내면서 식어가던 눈동자. 구주의 뇌리에 각인처럼 남아 있는 지훈의 모습은 그런 것이었다.

시간이 약이라는 말이 진실이길 바랐다. 시간이 흐르면 남는 것은 좋은 추억뿐이라는 말도 어느 정도는 사실이길 바랐다. 지훈을 생각할 때마다 가장 먼저 떠오르는 그 마지막 얼굴을 지우고, 지훈이 즐거워했을 때의 얼굴을 기억하고 싶었다.

하지만 그것이 바람일 뿐이라는 것쯤은 이미 처음부터 알고 있었다. 그런 만큼 더욱 더 붙잡고 있어야만 할 것 같았다. 뭐라도 해야 할 것 같았다. 그럼에도 구주의 마음속에서 한번 부서져 나갔던 그 뭔가는 결코 다시 고쳐지지도, 사라지지도, 심지어 희미해지지도 않았다. 그래서 구주는 확실히 알게 되었다.

이미 죽은 사람은, 산 사람이 뭘 해도 그저 죽은 사람이다.

이제는 이렇게라도 보내는 것밖엔 도리가 없었다. 더 이상 〈Mr. 칠드런〉에 지훈의 자리는 없다. 유진의 웃는 얼굴이 지훈의 그 마지막 얼굴을 떠올리게 해서는 안 된다.

"후우."

구주는 흘러가는 강물 위에 조심스레 오르골을 내려놓았다.

구주가 참피온 뮤직 사무실로 돌아왔을 땐 이미 한밤중이었다. 딱히 한 일도 없는데, 생각에 잠겨 마냥 강가를 떠돌았더니 시간이 벌써 이렇게 되어버렸다.

콜록콜록!

멤버들의 부탁으로 철거 안 하고 남겨둔 링 위에서 누군가 콜록거리는 소리가 들려왔다. 불을 켜보니 유진이 멀뚱히 서서 구주를 보고 있었다.

증축한 덕분에 멤버에겐 새로운 숙소가 있었지만, 유진은 자기 방보다 링 위에서 보내는 시간이 훨씬 많았다. 오늘도 평소대로 링 위에서 시간을 보내고 있던 모양이었다.

"어디 갔다 이제 와요?"

대답 대신 구주는 링 위로 올라가 유진의 이마를 짚었다. 불
덩이였다.

구주는 그대로 유진의 손목을 낚아채 2층 부엌으로 올라갔
다. 유진을 식탁 앞에 앉히고 분주하게 찬장을 뒤지며 나무랐다.

"아프면 전화를 하든가, 병원엘 가든가! 손이 없어, 발이 없
어? 네가 애야?"

걱정 때문인지 구주의 목소리에는 화가 난 기색이 완연했다.

"저 괜찮은데……."

"괜찮긴, 이마가 불덩이던데. 프로는 자기 관리도 일이야."

"죄송해요."

유진은 멋쩍게 웃으며 사과했다.

끝내 찬장 구석에서 쌍화탕 한 병을 찾아낸 구주는, 전광석
화와 같은 빠르기로 쌍화탕을 머그컵에 부어넣더니 전자레인
지에 돌렸다.

"저 건강해서 금방 괜찮아져요. 진정해요."

"헛소리 말고 얌전히 있어."

구주는 행여 유진의 몸에 무슨 일이 생길까 두렵다는 듯 긴
장한 상태였다.

땡!

전자레인지가 소리치기 무섭게 구주는 머그컵을 붙잡았다.

"아, 안 돼요!"

뜨겁다.

"엇!"

너무 급하게 집은 탓인지 머그컵에서 쌍화탕이 흘러나와 구주의 손을 적셨다. 그 바람에 구주는 머그컵을 놓치고 말았다.

쨍그랑! 머그컵이 구주의 발치에서 떨어져 산산이 깨어지고 말았다. 뜨거운 쌍화탕이 바닥을 엉망으로 만들었다. 구주는 순간적으로 당황하며 데인 손을 꾹 움켜쥐었다.

"어디 봐요!"

유진이 다가와 구주의 손을 붙잡았다. 피부가 빨갛게 부풀었다. 화상을 입은 모양이었다.

"유리 조각 밟지 않게 조심해요. 내가 치울 테니까 이렇게 수도꼭지 틀고 찬물로 손을 식히고 있어요."

"으응."

구주는 뻣뻣하게 굳어서 고개를 끄덕였다.

"그러게 쓸데없이 왜 안 하던 짓을 하고 그래요? 괜찮아요?"

유진은 걸레를 가져와 머그컵의 파편을 치우고 쌍화탕의 흔적을 지웠다.

"바보예요? 화상 입으려고 작정한 것도 아니고."

"까분다."

"가만있어요. 괜찮은가 보게."

유진은 찬물로 식히고 있는 구주의 오른손을 살펴보았다.

가벼운 화상이었지만, 이렇게 내버려 두면 쓰릴 것이다. 유진은 구급상자를 꺼내어 바셀린과 거즈를 찾아냈다.

"이리 줘요. 이렇게 안 하면 흉 져요."

상처 입은 곳에 바셀린을 바르고 거즈를 덮어씌웠다. 반창고를 붙이며 응급 처치를 마무리했다.

'자기 몸 간수는 제대로 못하면서······.'

구주는 그런 유진을 슬며시 내려다보았다. 〈Mr. 칠드런〉으로 데뷔를 한 후, 유진의 얼굴은 예전보다 훨씬 좋아 보였다.

"좋니?"

"좋긴 뭘 좋아. 사람 열나는데 귀찮게나 하고."

유진이 투덜거리듯 대꾸했다.

"아니, 요즘 말이야. 너 처음엔 TV 나와서 춤추고 노래하고 떠드는 거 딱 질색이랬잖아. 근데 요즘 너 좋아 보여."

유진은 요즘 진심으로 무대를 즐기는 걸로 보였다.

"뜬금없이 무슨 얘기예요?"

"그냥 말이나 해봐."

"······잘은 모르겠는데, 매번 무대 설 때마다 조명은 참 따뜻하더라고요. 그리고 내 눈앞에 보이는 사람들도 참 좋아요. 나를 바라봐 주니까."

유진이 쑥스러워하며 말하자 구주가 고개를 끄덕였다.

"뭐든 손길이 가면 더 좋아지듯, 눈길이 가도 그런 법이지."

잠시 생각하던 유진이 이내 씩 웃었다.

"근데 웬일이에요? 오늘따라 말 많으시네. 저한테 관심도 다 보이시고."

"헛생각하지 마."

변함없이 딱딱한 말투에 유진은 한숨을 내쉬더니 불쑥 한마디를 던졌다.

"고마워요, 저 계속 지켜봐 줘서."

예상치 못한 감사의 인사에 구주는 가만히 눈만 껌뻑였다. 유진은 그런 구주를 또 빤히 바라보았다.

"근데 재랑 진~짜 닮았다."

갑자기 유진이 구주의 등 너머를 가리켰다. 뭔가 싶어 돌아보니 유진이 가리키고 있는 건 베란다의 선인장이었다.

"보기엔 가시가 잔뜩인데, 저게 막상 만져보면 되게 여리더라고요. PD님이 딱 그런 사람이잖아요."

구주는 그렇게 말하는 유진을 멍하니 바라보았다.

"그래서 참 좋아요. 놀려 먹기가."

"까불지 마라."

구주는 인상을 찌푸리며 유진의 머리에 꿀밤을 한 대 먹였다.

〈Mr. 칠드런〉이 인기를 얻으면서 멤버들 각자의 인기도 상승했다. 〈Mr. 칠드런〉의 팬들 중에는 소속사인 챔피온 뮤직 건물까지 찾아와 선물을 건네주거나, 유진의 아버지 청송이 운영하는 청송루까지 찾아가 짬뽕을 먹고 오는 팬들도 있었다.

팬들이 늘어나면서 〈Mr. 칠드런〉이 무대에서 노래할 기회는 더욱 늘어났다. 정규 싱글 앨범에 담긴 곡뿐 아니라 특별 무대에 초청되어 다른 가수의 노래를 부르기도 했다.

오늘의 무대 역시 마찬가지였다. 〈Mr. 칠드런〉의 메인 보컬을 맡고 있는 유진이 주축이 되어 그날의 주인공 가수를 에스코트하는 역할이었다.

유진이 미리 연습해둔 노래를 부르며 관객석으로 천천히 걸어갔다. 조명도 유진을 따라 움직이더니 마침내 관객석 중앙에 앉아 있는 미오를 비추었다.

우와아아아!!!!!

유진이 미오에게 손을 내밀자, 관객들이 환호성을 질렀다.

유진은 쑥스러운 기색을 숨기고 미오를 무대 위로 에스코트했다. 자연스럽게 무대는 유진의 싱글에서 듀엣으로 이어졌다.

듀엣 곡 가사 속의 연인들처럼 유진과 미오는 다정해 보였다.

"〈Mr. 칠드런〉이 솔로냐? 왜 쟤만 저걸 해?"

이윽고 조명이 꺼진 무대 뒤에서 현이 투덜거렸다. 가요 프로그램에 초대받은 건 〈미스터 아이돌〉이다. 물론 다 같이 〈Summer Dream〉도 한 번 불렀지만, 오늘은 그 뒤에 유진의 솔로 곡이 이어지더니 이번엔 톱스타 미오와 듀엣을 불렀다.

다른 때와는 달리 유진에게 초점이 맞춰진 듯한 연출이었다.

"뭐? 이거 돌아가면서 하는 거 아니었어?"

리키가 눈을 휘둥그레 뜨며 현이를 돌아보았다. 그러자 지오가 말이 되는 소리를 하라는 듯 핀잔을 주었다.

"우리가 저걸 어떻게 하냐."

'이상한 일이야.'

구주 역시 무표정한 얼굴로 무대를 지켜보며 의문을 품었다.

〈미스터 아이돌〉의 주가가 올라갔다 하더라도 아직 첫 앨범에 불과하니 탑 스타 미오의 옆에 설 군번은 되지 못한다. 매일 모니터링을 하지만 미오 팬들이 유진과의 듀엣을 원한 것도 아니었다. 그런데 왜?

'힘이 있는 누군가가 따로 요청이라도 한 걸까?'

구주가 이미 어두워진 무대 위를 불안한 듯 올려다보았다.

방송을 마치고 짐을 챙겨 밴으로 향하는 유진 앞으로 차 한 대가 다가왔다. 돌아서 차를 피하려는데 익숙한 얼굴이 창문을 열고 고개를 내밀었다.

"바빠요?"

미오였다.

"네? 아니, 다들 저기서 기다리고 있거든요."

유진이 밴을 가리키며 말하자 미오가 살포시 웃었다.

"잠깐이면 되는데……."

"그럼 잠시만요!"

유진은 자신을 기다리고 있는 참피온 뮤직의 밴을 향해 먼저 가라고 손짓을 했다.

미오가 그렇게까지 말하니 더 이상 뿌리치는 것도 이상할 거 같아서였다. 스타 뮤직 소속 가수라는 사실은 알지만, 미오는 명실공히 대한민국의 간판스타인 데다 가수로서도 대선배다. 또 유진이 개인적으로 감탄하는 가수이기도 했다.

참피온 뮤직의 밴 운전석에 앉은 상식이나 다른 멤버들은 놀라고 있었지만, 유진은 미처 눈치채지 못하고 미오의 차에 올라탔다.

운전을 시작하면서 미오가 〈Summer Dream〉을 틀었다. 유진의 음색이 어색한 공기를 완화시켜주는 것만 같았다.

"이젠 힘들지 않아요?"

"네?"

"첫 리허설 무대, 저도 봤거든요."

"아아……."

무대에서 지오와 주먹다짐을 했던 첫 리허설 무대를 말하는 모양이었다. 그 당시의 일을 떠올리니 문득 부끄러워졌다.

"이젠 괜찮아요. 무대에 올라가는 것도 즐겁고……."

유진이 머쓱한 듯 머리를 긁적였다. 그러고 보니 첫 무대에 비하면 정말 많이 발전했구나 싶어 감개무량했다. 물론 그런 이야기를 대선배인 미오에게서 들으니 더 부끄럽기도 했지만……

"다행이에요."

"지오가 겉으론 쿨한 척해도 정이 많은 놈이거든요. 현이는 항상 분위기 띄워주려고 애쓰고요. 리키도 재미있는 놈이라……. 걘 평소에도 랩으로 말하는 거 아세요?"

유진이 저도 모르게 늘어놓는 말에 미오가 살짝 웃음을 터뜨렸다.

"아……. 죄송해요. 제 얘기만 했네요."

"아니에요. 유진 씨 이야기 재미있어요. 더 얘기해주세요."

그러는 동안에 차는 한강 둔치에 도착했다. 인적이 거의 없어서, 사람들의 눈을 피할 수 있는 곳이었다.

미오는 미리 준비해둔 캔 커피를 꺼내어 유진에게 건네주었다. 여기까지 오는 내내 미오는 유진의 이야기를 들으며 웃기만 했다.

문득 미오가 왜 자신을 이곳까지 데리고 왔는지 궁금해졌다.

"혹시 나…… 좋아해요?"

대뜸 유진이 입을 열었다.

아무리 구주가 단련을 시켜도 이놈의 눈치는 생기질 않았다. 하긴 그 덕에 사차원 이미지가 생기긴 했지만.

이러다 한 대 맞을까 싶었는데, 예상 외로 미오가 유진을 빤히 바라보며 되물었다.

"왜요? 난 좀 유진 씨 좋아하면 안 돼요?"

"……안 돼요. 우리 이러면 안 되잖아요."

당황하며 유진이 대꾸하자 미오가 쓴웃음을 지었다. 이유는 알 수 없었지만, 미오의 얼굴에선 슬픔이 느껴지기까지 했다.

"하지만 이미 전 좋아해요. ……팬으로."

미오가 덧붙인 마지막 말에 유진이 머쓱한 표정을 지었다. 하긴, 유진 역시 미오를 팬으로서 좋아한다. 연예인이라고 해서 같은 연예인의 팬이 되지 말라는 법은 없으니까. 이왕 이렇게 된 김에 다른 사람들에게 자랑이나 해야겠다는 생각이 들었다.

"아! 저기, 그럼 같이 사진 한 번만 찍어주세요."

"네? 아……, 그래요."

유진이 핸드폰을 든 손을 길게 뻗고 미오 옆에 어색하게 붙은 채 촬영 버튼을 눌렀다. 그러더니 황급히 떨어지며 궁색한 변명을 늘어놓았다.

"저희 조카가 미오 씨 팬이거든요. 아, 사진 보내드릴까요? 번호가……."

"지금 제 번호 따시는 거예요?"

미오의 한마디에 당황한 유진이 허둥지둥 말을 이었다.

"네? 아니, 저, 전혀 그럴 생각은……. 그, 아예 없었던 건 아니지만, 꼭 그러려고 한 건……."

"고마워요."

"아뇨, 아뇨. 뭘요. 제가 더 고맙죠. 사진도 찍어주시고."

유진은 어쩔 줄을 몰라 핸드폰을 매만지며 시선을 아래로 떨어뜨렸다. 미오가 그런 유진을 바라보았다.

잠시 동안 두 사람 사이에 침묵이 있었다. 미오가 먼저 정적을 깨고 조용히 입을 열었다.

"솔직히 처음엔 유진 씨를 보면서 너무 힘들었어요."

"힘들어요?"

"유진 씨를 보면 자꾸 지훈이가 떠올라서……."

예상 밖의 이름을 미오에게서 듣자 유진의 눈이 둥그레졌다.

"그런데 지금은 유진 씨가 있어서 그 노래를 들을 수 있다는 게 얼마나 다행인지 모르겠어요. 고마워요."

"무슨 노래요? 〈Summer Dream〉요?"

유진이 멍하니 되물었다.

"네. 지훈이가 오 PD님이랑 같이 만든 곡."

이 대답에 유진은 할 말을 잃었다.

이때, 두 사람은 서로의 말에 신경 쓰느라 수풀 뒤에 숨어 있는 그림자의 존재를 눈치채지 못했다. 그림자의 주인은 두 사람이 함께 있는 모습을 몰래 사진으로 찍었다.

사진을 찍은 건 상식이었다. 그는 곧장 돌아와서 구주에게 사진이 담긴 봉투를 건넸다.

"뭔데?"

"봐봐."

뭔가 싶어 꺼내보니 방금 상식이 찍어 온 유진과 미오의 사진이었다.

"심상치 않아 보여서 따라갔더니 역시나……."

미오의 차라고 덥석 올라탄 유진도 유진이지만, 유진을 데리고 한강으로 간 미오도 수상했다. 그래서 상식은 몰래 택시를 타고 두 사람을 따라갔던 것이다.

"이러다가 스캔들이라도 생기면 큰일이지. 구주야, 네가 뭐라고 말 좀……."

"쓸데없는 짓 하지 마."

"그래도 이건 아니지 않냐? 지훈이도 미오한테 휘둘리다 그렇게 된 거고……!"

"사진 잘 나왔네."

구주는 상식의 말을 끊으며 사진을 다시 봉투 속에 넣어 뒤로 던져버렸다. 지훈이와 유진은 다르다는 걸 알고 있어서였다.

힘이 넘치는 목소리를 지녔으나 감정만은 섬세했던 지훈.

똑같이 호소력 짙은 목소리를 지녔지만 눈치 없고 올곧기만 한 유진.

같은 자리에 있지만 유진과 지훈은 달랐다.

그리고 구주는 유진을 믿고 있었다.

같은 시각.

텅 빈 연습실에서 유진은 쉴 새 없이 샌드백을 두들기고 있었다.

파팡! 파파팡!

하지만 아무리 샌드백을 시끄럽게 두들겨도 미오의 목소리가 그 소리를 파고들었다.

－네. 지훈이가 오 PD님이랑 같이 만든 곡.

"하아, 하아."

유진이 숨을 몰아쉬며 벌렁 드러누웠다. 이미 흥건히 흘러내린 땀으로 옷이 몽땅 젖어버렸다. 이럴 거면 샤워는 왜 했는지 모르겠다.

머릿속이 복잡했다. 미오는 〈Mr. 칠드런〉의 리더였던 지훈과 아무래도 사귀었던 것 같고, 유진 자신이 부르는 지금 곡은 그 지훈이라는 사람과 구주가 같이 만든 곡이고…….

처음엔 헷갈렸지만, 지금 생각해보면 미오는 말하는 내내 유진을 보면서도 유진을 보는 게 아닌 듯했다. 마치 자신이 지훈이라는 사람의 영정 사진이라도 된 것 같은 기분이었다.

"아니. 이러니저러니 해도 '진짜' 〈Mr. 칠드런〉은 지금의 〈Mr. 칠드런〉뿐이지."

유진이 자기 자신을 위로하듯 중얼거렸다. 그렇게 한참 동안 천장을 바라보다가 고개를 돌려 구주의 작업실 쪽을 빤히 보았다.

"⋯⋯."

아무래도 한 번 직접 보고 싶었다. 유진은 자리에서 벌떡 일어나 성큼성큼 2층 작업실로 올라갔다.

작업실 한편에 자리 잡은 캐비닛. 예전 자료 같은 게 있다면 분명 여기 있을 것 같았다. 낡은 캐비닛의 비밀번호를 맞추는 건 그다지 어렵지 않았다. 구주의 전화번호, 생일, 참피온 뮤직 창립일 등, 생각나는 숫자를 얼추 맞추어 다이얼을 돌리자 어느 지점에서 덜컥, 걸리는 숫자들이 있었다. 비밀번호는 1, 2, 3, 1이었다. 12월 31일을 가리키는 숫자들.

'아무도 없지?'

유진은 괜히 뒤를 돌아본 후 캐비닛을 열었다.

캐비닛 안엔 회사 비품 박스가 차곡차곡 쌓여 있었다. 비단 참피온 뮤직 것만이 아니라, 3년 전 스타 뮤직 시절의 〈Mr. 칠드런〉에 관련된 것들도 있었다.

유진은 그 안에서 〈Mr. 칠드런〉이 찍은 브로마이드를 꺼냈다.

"푸핫! 이게 뭐야."

브로마이드 속에 당시엔 어땠을지 몰라도 지금 보기엔 유치하다 못해 창피한 옷을 입은 멤버들이 잔뜩 폼을 잡고 있었다.

부드러운 척 미소 짓고 있는 지오, 섹시해 보이려고 애쓰는 현이, 카리스마 있는 척하는 리키의 모습에 유진은 웃음을 터뜨리고 말았다.

그 중앙에 자리한 것은 구주와 함께 〈Summer Dream〉을 만들어낸 리더, 김지훈.

유진이 알지 못하는 그가, 지금 유진의 자리에서 미소 짓고 있었다.

'……내가 없던 시절의 〈Mr. 칠드런〉이라.'

지금은 가족처럼 여기는 멤버들이지만, 때때로 은근히 느껴지는 소외감이 있었다. 구주, 상식, 지오, 현이, 리키. 자신과 마찬가지로 3년 전까지 스타 뮤직 소속이었지만, 유진에겐 그들과 공유할 추억이 없었다.

'아직 아무도 없지?'

유진은 캐비닛을 내버려 두고 구주의 노트북 전원을 켰다. 구주의 노트북을 뒤지겠다는 건 아니었다. 그저 3년 전, 1기 혹은 원조라고도 부를 수 있는 〈Mr. 칠드런〉 자료가 인터넷에도 있나 찾아보고 싶어서였다. 의도야 어쨌건 오해의 소지가 다분한 현장이었기에 유진은 괜히 더 긴장해 주변의 소리에 귀를 기울인 후, 〈Mr. 칠드런〉이라는 문구를 인터넷 검색창에 넣고는 옛날 보도 자료를 찾아 헤맸다.

기대 받던 루키, 〈Mr. 칠드런〉! 데뷔 무대 공연 도중 리더

사망!

현장 진행 책임?! 프로듀서의 무리한 진행이 사고사를 불러.

하나같이 자극적인 타이틀을 달고 프로듀서인 구주에게 책임을 전가하고 있다.

'그래서 한동안 외국에 가 있었던 건가⋯⋯.'

〈Summer Dream〉을 함께 작업할 정도로 지훈을 각별하게 생각했다면 구주 역시 마음의 상처를 입었을 것이다. 괜스레 마음 한구석이 묵직해졌다.

'뭐⋯⋯.'

결국 유진은 인터넷 창을 껐다.

그리고 노트북을 끄려는데 문득 바탕화면 폴더들이 눈에 들어왔다. 음악 폴더, 영화 폴더, 옛날 영화 폴더⋯⋯. 물론 〈Mr. 칠드런〉에 관한 폴더도 있었다. 슬쩍 클릭해보니 〈Summer Dream〉 음원부터 시작해 멤버들의 스틸 컷과 유진의 오디션 영상, 스케줄 엑셀 표, 멤버들에 대한 정보가 정리된 엑셀 표 등이 있었다.

"두루미는 뭐야?"

유진은 그 안에서 또 하나의 폴더를 발견하곤 무심코 클릭했다. 폴더 안엔 3년 전 〈Mr. 칠드런〉에 관련된 파일들이 가득했다. 마찬가지로 〈Summer Dream〉 음원과 유진 대신 지훈이 자리한 멤버들의 스틸 컷, 제작 중이었던 뮤직 비디오와 메이킹 필름 영상……. 거기엔 당시 멤버들의 오디션 영상도 있었다.

이렇게까지 보고 나니 유진은 자신이 없던 시절의 〈Mr. 칠드런〉 오디션이 궁금해졌다. 그래서 호기심을 이기지 못하고 오디션 영상을 재생했다.

틀자마자 부끄러워하고 있는 지오의 모습이 보였다. 지금과는 전혀 다른 모습에 유진은 키득키득 웃어버리고 말았다.

"쿡쿡. 크크크쿡."

유진은 새어 나오는 웃음소리를 손으로 막았다. 크게 웃다가 멤버들이 나오기라도 하면 곤란하다.

이어서 똑 부러지는 모습의 현이가 나타났다. 분위기 메이커 역할을 하고 있는 현재 모습과는 전혀 달랐다.

거기에 여전히 한국말을 랩으로 하는 리키까지. 리키는 지금보다 더욱 해맑게 웃고 있었다.

그런 녀석들이 반주가 시작됨과 동시에 다른 사람으로 바뀌었다. 분명 지오, 현이, 리키는 연습생들 중에서 구주의 눈에 들어올 만한 반짝이는 무언가를 갖추고 있었다. 모니터 너머인데도 지오에게선 알 수 없는 카리스마가 느껴졌고, 현이의 브레이크 댄스는 유진의 시선을 단단히 붙들었다. 리키의 쫀득한 랩도 그것 하나로 하나의 음악을 이루고 있었다. 묘하게 우울했던 기분이 조금 풀리는 것 같았다.

반쯤은 감상하면서 반쯤은 흘려넘기던 유진의 손이 어느 순간 멈췄다. 지훈의 오디션 영상이었다.

[저 멀리 부드러운 파도 소리, Summer Dream…….]

지금보다 편곡이 조금 더 밋밋하고, 가사가 다르고 더 느렸
지만 기본 알맹이는 같았다.

보컬의 분위기, 보컬의 음색, 보컬의 창법. 다시 말해서 보
컬의 매력은.

유진은 화면 속 지훈의 모습에서 문득 자신의 오디션 모습
을 연상하고 말았다.

노래가 끝나자, 화면 속 구주와 지훈이 대화를 나누었다.

[엿 같아.]

[뭐라고요?]

[서툴고, 거칠고, 무식하고! 근데 나한텐 들리더라. 네 노래
가.]

[……네?]

[내가 너 노래하게 해줄게. 모든 사람이 네 노랠 들을 수 있
게. 너……, 나랑 하자.]

유진의 머릿속이 점차 하얗게 변해갔다.

'뭐야, 이건. 내가 지금 뭘 보고 있는 거지?

그 와중에 화면 속의 구주는 지훈을 보며 씩 웃었다. 유진은 구주가 어떤 때에 저런 표정을 짓는지, 잘 알고 있었다.

유진은 자기도 모르게 화면을 멈추었다.

입술이 가늘게 떨리고 있었다. 호흡이 버겁게 느껴졌다. 갑자기 한기가 느껴져, 유진은 잔뜩 몸을 웅크렸다.

10분, 20분……

마비된 듯한 유진의 주변으로 삐걱삐걱 시간이 흘러갔다.

얼마나 시간이 지난 걸까?

발걸음 소리가 들렸다. 보지 않아도 지금 들어온 사람이 구주라는 걸 알 수 있었다.

"왔어요……?"

질문하는 유진의 목소리엔 약간의 쇳소리가 섞여 있었다.

"너, 뭐 했어? 전화기 꺼져 있던데."

구주의 말엔 어딘가 유진의 속내를 떠보려는 뉘앙스가 담겨 있었다.

혼자 웅크리고 있는 유진에게 다가오던 구주가 걸음을 멈췄다.

"캐비닛 뒤졌어, 너?"

이어서 노트북 전원이 들어와 있는 걸 뒤늦게 확인했다. 그리고 화면 위에 멈춰 있는 지훈의 오디션 영상까지도.

잠시 뻣뻣하게 굳었던 구주는 성큼성큼 걸어가 화면을 끄고 노트북을 덮었다.

"나가!"

"왜요? 내가 그거 봐서 화났어요?"

유진이 자조 섞인 미소를 지었다.

구주는 애써 분노를 삭였다.

"너랑은 상관없어."

"아니요, 내가 보기엔 상관이 좀 있어 보이던데."

구주는 더 이상 대화하고 싶지 않았다. 이런 상황에선 제대로 된 대화가 이루어질 수 없다. 감정을 이기지 못해 본심과 다른 말만 쏟아내고 상처를 후벼 팔 뿐이다. 그렇게 되기 전에 이자리를 떠야 한다.

구주는 그런 생각에 몸을 돌렸다.

"……난 누구예요?"

그녀의 등을 향해 유진이 질문했다. 밖으로 나가려던 구주가 다시 유진을 돌아보았다.

"나는 김지훈이에요, 이유진이에요? 대체 김지훈은 당신한테 뭐예요?"

"뭐?"

"이렇게 하면 덜 미안해도 되니까? 그렇게 해서 김지훈이 못 한 거 이뤄주려고?"

"입 다물어!"

유진이 자리에서 벌떡 일어났다.

"네! 그래요! 내가 김지훈이에요! 노래할게요, 춤도 출게요!

당신이 시키는 건 뭐든 다 하죠! 그러다 죽어버리면 되는 거 아닙니까!"

짝!

뺨을 얻어맞은 유진의 고개가 획 돌아갔다.

구주가 이를 악물며 쥐어짜듯이 말했다.

"함부로, 함부로 말하지 마."

"……."

유진은 아랫입술을 깨물며 실소를 흘렸다.

"그럼, 왜 날 뽑았는데요? 내가 노래 부르는 게…… 김지훈이랑 비슷해서였던 거 아니라고 정말 말할 수 있어요?"

"닥쳐! 그래, 알고 싶어? 그 아이 대신 누군가 필요했고 거기에 네가 적당했어. 그게 다야. 됐어?"

그것 봐. 결국 이렇게 되지.

구주는 자기가 내뱉는 한마디 한마디가 자신의 가슴을 쑤셔대는 걸 느끼면서도 멈추지 못했다.

그 말을 끝까지 듣고 난 유진은 쓸쓸한 표정으로 고개를 들었다.

"사실 나……, 가수로, 〈Mr. 칠드런〉으로 그 사람 대신인 거, 그건 상관없어요. 근데 나요, 정말 견딜 수 없는 게 뭔 줄 알아요?"

유진의 눈동자 속에는 슬픔이 가득했다.

"그쪽한테 난 그냥 김지훈이기만 했다는 거, 나란 존재는 그쪽한테 없었다는 거……."

그 말을 듣는 구주의 모습은, 마치 굳어버린 밀랍 인형 같
았다.

언제 사무실을 뛰쳐나왔는지 유진은 기억하지 못했다. 기억
나는 것이라고는 사무실을 나올 때까지 굳은 표정으로 자신을
바라보던 구주의 얼굴뿐이었다.

유진은 어두운 거리를 목적지도 없이 걷고 있었다.

정신을 차리고 보니, 〈Mr. 칠드런〉 멤버들과 함께했던 숲의
무대에 도착해 있었다.

'사무실 나와서 온 곳이 결국 이곳이라니…… 우습다, 이
유진.'

유진은 공허한 웃음을 흘리며 징검다리를 건너 텅 빈 무대
위로 올라갔다. 〈Mr. 칠드런〉 멤버들과 함께 안무 연습을 하며
노래를 불렀던 기억이 났다.

이렇게 무대 위에 서 있을 때면 항상 같은 자리에서 지켜봐
주는 사람이 있었다. 하지만 지금 그 사람은 없다.

유진은 멍하니 무대 위에 서 있다가, 곧 그곳을 떠났다.

유진이 나간 후, 구주는 도무지 사무실에 남아 있을 수 없어 밖으로 나왔다.

걷고 나면 좀 나아질지도 모른다고 생각했기 때문이다. 그녀는 습관처럼 숲의 무대가 정면에서 보이는 벤치에 걸터앉았다.

여기서 항상 올려다보면 〈Mr. 칠드런〉이 있었다. 유진이 노래를 부르고 있었다.

노래 부르는 게 좋다며 환하게 웃던 유진.

그러나 지금 구주가 떠올릴 수 있는 유진의 얼굴은 금방이라도 눈물을 흘릴 것 같은 모습이었다.

혹시나 여기 오면 만날 수 있지 않을까 해서 와봤지만……, 유진은 없었다.

"하아."

구주는 고개를 들어 하늘을 보았다. 오늘따라 더욱 달빛이 싸늘하게 느껴졌다. 문득 추워진 구주는 몸을 움츠렸다.

우우우웅.

진동으로 해둔 구주의 핸드폰이 울렸다.

'혹시 유진?'

얼른 액정을 확인한 구주의 미간이 단숨에 일그러졌다. 액정에 나타난 '개새'라는 글자 때문이었다.

받을까, 말까.

"여보세요."

한참을 고민하던 구주는 결국 한숨을 내쉰 후 전화를 받았다.

스타 뮤직 대표 사희문의 사무실 내부에는 알 사람만 안다는 은밀한 밀실이 마련되어 있다.

　이곳에 초대되어 잘만 하면 데뷔는 보장된다는 말이 은밀히 떠돌 정도. 말 그대로 사희문의 하렘이나 다름없는 곳이었다.

　구주가 그 밀실에 발을 들였다.

　[자꾸만 망가져가~ 망가져가~]

　사희문은 밀실 안의 스테이지에서 노래를 하고 있었다.

　여자 연습생들이 백댄서인 양 그 옆에서 춤을 추고, 의자에 앉아 아양 떨며 박수 치는 현역 여자 아이돌들도 보였다.

　사희문이 부르고 있는 노래는 〈원더 보이즈〉의 대표곡 중 하나. 그가 무대 퍼포먼스 같은 동작까지 완료하며 노래를 끝내자, 여자 아이돌들과 연습생들은 기다렸다는 듯 폭발적인 박수와 환호를 쏟아냈다.

　구주는 자조적인 얼굴로 그 꼬락서니를 지켜보고 있었다.

　"자자, 오늘은 여기까지."

　사희문이 마이크를 내려놓고 턱짓하자 다들 허리를 90도로 숙이며 입을 모아 인사했다.

"수고하세요, 대표님!"

여자 아이돌들과 연습생들이 썰물처럼 밀실을 빠져나간 뒤에야 사희문은 구주에게 자리를 권했다.

"일단 거기 앉지?"

"무슨 용건이야?"

구주는 자리에 앉자마자 본론으로 들어갔다. 사희문은 들리지 않는다는 듯, 방금 부르던 곡의 한 부분을 흥얼거렸다.

"아, 나는 꼭 이 부분이 안 돼. 한 번 잘 안 되는 건 계속 안 돼. 그치?"

"……."

"예전에도 그랬지. 보는 건 잘하는데, 만드는 건 늘 오구주만 못했거든."

안 그래도 기분이 최저였던 구주는 벌떡 일어나서 나가고 싶었지만 꾹 참고 한 번 더 말했다.

"용건이 뭐냐고 물었어."

"로커를 아이돌로 만드셨더구먼. 역시 오구주야. 응."

사희문이 서류 뭉치 하나를 꺼내 구주의 앞에 툭 던졌다. 〈전속 뮤지션 계약 이전 각서〉. 구주는 힐끗 표지를 바라보고 다시 사희문을 보았다. 사희문이 입에 담배를 물었다.

"알지? 너랑 나랑 정면에서 붙으면 결과는 뻔해. 넌 그게 잘 안 되는 애지. 너는 나 못 이겨."

"그래서?"

"지금은 한창 잘나가지만, 〈원더 보이즈〉 오래 가기는 힘들어. 너도 알잖아? 온실 속의 화초 같은 느낌. 애들이 고생을 안 해서 그런지 뭔가 끈끈~한 그런 게 없어. 사실 노래도 좀 약하고. 유통기한 길어봐야 한두 해지."

그리고 찰칵, 라이터를 켜 담배에 불을 붙였다.

"이번에 우리가 밴드 하나 준비하고 있거든. 비주얼 락이라고 들어봤지? 내가 볼 땐 〈Mr. 칠드런〉이 딱인데."

깜빡깜빡.

구주의 핸드폰이 무음으로 반짝였다. 액정에 〈유진이〉라는 문구가 떠올랐지만, 사희문을 노려보고 있던 구주는 핸드폰을 보지 못했다.

그러는 동안에도 사희문은 길게 담배 연기를 내뱉었다.

"걱정 마. 내가 책임져. 걔들도 원래 다 내 새끼들이잖아. 안 그래?"

구주는 곧장 자리에서 일어났다. 더 이상 이곳에서 시간 낭비를 하고 싶지 않았다.

"상한가 쳤을 때 넘겨라. 그게 너나 〈Mr. 칠드런〉, 전부한테 좋아. 또 누구 하나 죽이고 나서 도망치지 말고."

우뚝. 사희문의 도발에 구주의 걸음이 멈췄다.

하지만 돌아보는 구주의 표정은 사희문의 예상과 달리 여유가 넘쳤다.

"〈Mr. 칠드런〉, 내가 한다고 했어. 넘겨줄 생각, 조금도 없어."

"호오."

사희문이 흥미롭다는 듯 어깨를 으쓱했다.

그것도 잠시, 구주가 밀실을 빠져나가기가 무섭게 사희문은 서늘한 눈으로 웃음을 흘렸다.

"오구주, 네가 왜 나한테 안 되는지 알아? 그게 다, 만드는 것보다 망가뜨리는 게 더 빠르다는 걸 몰라서 그런 거지. 그럼……, 어디 한번 해볼까?"

사희문은 주먹을 꾹 쥐었다. 입가에는 차가운 미소가 걸려 있었다.

10. 불협화음

　〈Mr. 칠드런〉 멤버들은 오후 일정을 마치고 잠시 휴식을 취했다. 가요 프로그램 일정이 남아 있었기 때문에 가뭄에 단비와 같은 휴식 시간이었다.

　상식이 머뭇거리더니, 소파에 누워 랩을 흥얼거리고 있는 리키를 조용히 휴게실 밖으로 불러냈다.

　"What?"

　"이거. 아무래도 너한테 보여줘야 할 것 같아서."

　상식이 편지 봉투 한 장을 리키에게 내밀었다. 편지 봉투에는 〈임복이에게〉라고 적혀 있었고 발신인은 없었다.

　"글 읽는 거 어려우면 내가 읽어줄까?"

　리키는 머리를 갸웃하면서도 마음 한구석에 있는 희망에 고개를 들었다.

어머니에게서 온 편지일지도 모른다는 생각이 든 것이다.

리키는 상식에게서 빼앗듯이 편지를 잡아채 방으로 들어갔다.

리키는 조심스럽게 편지를 열어보았다. 상식이 미리 뜯어보았는지, 봉투는 이미 열려 있었다.

아무 특징이 없는 흰 편지지가 펼쳐지며, 직접 쓴 글씨가 나타났다.

임복아.

TV에서 너를 볼 때마다 자랑스럽고 대견하다.

나를 그리워한 만큼, 더 많은 사랑을 받았으면 좋겠구나.

정말 보고 싶지만, 너를 버린 내가 너를 만나러 간다는 건 당치도 않다고 생각한다.

미안하다. 그래도 널 사랑한다.

–엄마가.

리키가 그토록 만나고 싶었던 엄마. 그 엄마는 만나자는 약속도, 사진도, 전화번호도, 심지어는 주소조차 남기지 않았다.

왜 보고 싶은데 만날 수 없다는 걸까. 왜 보고 싶은데 숨어버리는 걸까?

"한국말, 너무 어려워."

편지를 한없이 쏘아보던 리키가 힘없이 중얼댔다.

저녁 퇴근 시간이었지만 운이 좋았는지, 한강 다리 위를 달리는 〈Mr. 칠드런〉의 밴은 막힘없이 도로를 달리고 있었다. 경쾌한 밴의 움직임과는 대조적으로, 밴 안쪽의 공기는 평소와 달리 묵직했다. 모두가 유난히 침울한 표정이었지만, 그중에서도 항상 시끄럽게 떠들어대던 리키가 오늘따라 입을 꾹 다물고 있는 탓이 컸다.

"⋯⋯뭔 일 있냐?"

"엄마 편지 받았어."

현이의 걱정스러운 질문에 리키가 대답했다.

"진짜야?!"

리키가 엄마를 찾아 한국에 왔다는 사실을 모르는 멤버는 아무도 없었다. 리키의 '엄마 편지'라는 말에 유진과 지오가 조심스레 귀를 기울였다.

"잘됐네. 뭐라고 하셔?"

"대견하다고, 보고 싶었다고, 사랑한다고. That' it."

리키는 어깨를 으쓱였다. 현이는 리키의 대답에 놀란 토끼 눈을 했다.

"댓츠 잇? 그게 다야?"

"주소는?"

리키는 고개를 저었다. 덕분에 밴 내부의 분위기는 한층 더 어두워지고 말았다.

"내가 찾아줄 테니 걱정마라."

"……네."

운전대를 잡고 있던 상식이 가슴을 치며 단언했지만, 리키의 표정은 여전히 좋지 못했다.

"너무 기죽지 말고! 이제부터가 더 중요한 거거든. 스텝 바이 스텝, OK?"

현이가 애써 리키를 독려해봤지만, 리키는 검게 선팅된 차창만 조용히 바라볼 뿐이었다. 머릿속이 복잡한 것이리라.

'리키는 엄마 편지 받고 침울할 만한데……'

현이는 이어서 유난히 가라앉아 있는 유진과 지오를 살폈다. 말 그대로 멍 때리고 있는 유진의 얼굴 앞에서 손을 몇 번 흔들어 보였지만 반응이 없다. 아무래도 이쪽 상태 역시 리키 못지 않은 것 같다. 유진은 내버려 두고 지오로 넘어가기로 했다.

"형은 또 왜 그래? 인상 좀 펴라, 응?"

"후우. 뜨기만 하면 다 될 줄 알았는데."

"왜 또?"

지오가 이렇게 한숨을 쉴 때는 여자 친구와 문제가 있을 때뿐이다. 이를 눈치챈 현이 몸을 앞으로 바싹 당기며 조심스레 물었다. 지오가 양손으로 얼굴을 덮으며 머리를 기댔다.

"역시 그냥 친구로 지내잔다. 멀리서도 응원하겠다고. ……그걸로 끝."

지오의 마음이 왜 그리 무거웠는지는 그걸로 충분히 이해가 갔다. 현이 역시 마음이 한층 더 우울해지는 것을 느끼며 끄응 소리를 냈다.

성공하기 전엔 몰랐는데, 성공한다고 꼭 행복해지는 것만은 아닌 것 같았다. 연습생 시절을 생각하면 분에 넘치는 고민이겠지만……

"하긴, 나도 애 얼굴 못 본 지가 한 달 됐어."

멤버들의 기운을 북돋아 주려던 현이가 자기도 모르게 푸념을 늘어놓고 말았다. 문득 아들이 보고 싶어졌던 것이다. 세상이 좋아져서 영상 통화로 아들과 대화하고, 아내가 촬영한 동영상으로 아들이 재롱떠는 모습은 볼 수 있었다. 그러나 아들을 두 손으로 안아줄 순 없었다.

노래방에서 허구한 날 업고 있을 때는 어떻게든 밖으로 나갈 기회만 찾았는데, 지금 와서 보니 아이와 떨어져 있는 것보다 더한 형벌은 세상에 존재치 않을 듯한 정도였다. 심지어 아직 기혼이라는 걸 세간에 밝히지 않은 상태였기 때문에 현이는 마음이 더 무거웠다.

"애 독감 걸려서 응급실 갔다는데 난 못 갔어. 이게 말이나 돼? 네가 애라면 날 용서하겠냐?"

"No. Never."

창밖을 보고 있던 리키가 고개를 홱 돌리며 대답했다. 그 바람에 현이의 얼굴은 울상이 되었다. 지오 역시 크게 한숨을 쉬었다.

"야, 왜 이렇게 침울하냐?! 우린 잘나가고 있잖아. 오늘도 무대에서 즐겨보자고."

상식이 애써 멤버들의 기운을 북돋아 주려고 애써봤지만, 그럴수록 멤버들의 얼굴은 어두워질 뿐이었다.

"답답하다. 선팅이 짙어서 한강도 별도 잘 안 보여. 제기랄. 봉고 때는 안 이랬는데……."

지오의 말대로 밴 안에서는 바깥 풍경을 제대로 볼 수 없어서 답답했다. 멤버들은 모두 등받이에 몸을 기댄 채, 입을 꾹 다물고 말았다.

평소 같으면 뭐라 한마디 할 타이밍임에도 불구하고 구주는 말없이 창가에 머리를 기댄 채 가만히 있기만 했다. 마치 차 안에서 존재감을 지워버린 듯했다.

유진은 그런 구주가 신경 쓰여 미칠 지경이었다.

'그때 이후, 대화도 못 해봤네.'

지훈의 일로 한바탕 했던 날, 유진은 구주에게 늦게나마 전화를 했다.

하지만 구주는 전화를 받지 않았다. 그래서 유진도 구주를 멀리서 지켜볼 뿐, 더 이상 다가갈 수 없었다.

밴은 어느새 방송국에 도착했다.

〈Mr. 칠드런〉 멤버들은 환호하는 팬들을 뒤로하고 방송국

안으로 들어섰다.

황 PD를 비롯한 스태프들이 프로그램 사전 녹화를 위해 〈Mr. 칠드런〉을 기다리고 있었다. 〈Mr. 칠드런〉 멤버들이 대기실에 도착하자마자 녹화는 진행되었다. 멤버들이 무대에 오르고, 화려한 조명이 그들을 반겨주었다. MR 반주가 깔리고 지금까지와는 다른 복장을 입은 〈Mr. 칠드런〉이 춤을 추며 노래하기 시작했다.

"뭐야? 왜 저래?"

메인 조정 부스에 있던 황 PD가 무대를 보고 고개를 갸웃거렸다. 팬들이야 풍선, 피켓을 흔들며 오빠라고 외치느라 정신없었지만, 전문가인 황 PD는 대번에 오늘 무대가 이상하다는 사실을 깨달았다.

호소력 짙은 유진의 목소리에 묘하게 힘이 없었다. 마치 목표를 잃어버린 사람처럼 방황하는 눈빛이었다.

리더인 유진만이 아니다. 서브 보컬인 현이의 목소리에도 힘이 없었고, 동작은 물먹은 솜처럼 무거웠다.

지오의 춤은 예전처럼 리듬감이 없었다. 겉으로는 화려해 보였지만 감정을 잃어버린 인형이나 다름없었다. 순서대로 꺾고, 비틀고……, 로봇처럼 움직이고 있을 뿐이었다.

래퍼 리키의 랩조차 평소처럼 흥겹지 않았다. 쉴 새 없는 연습으로 인해 가사 실수가 없는 것이 다행이라면 다행이랄까.

지금의 〈Mr. 칠드런〉이 존재할 수 있었던 생기와 열정이 희미해진 무대였다.

황 PD 외의 스태프들과 다른 소속사 관계자들도 그 사실을 눈치챘는지, 군데군데 모여 수군대기 시작했다.

"컷!"

기어코 황 PD가 결단을 내리고 무대를 중단시켰다. 당연히 팬들 사이에서 불만이 터져 나왔지만, 곧 다시 한다는 스태프들의 설명에 단숨에 착한 팬으로 돌아왔다. 팬들은 〈Mr. 칠드런〉을 좀 더 오래 볼 수 있다면 그걸로 충분했다.

"왜 이래, 오늘? 자자! 분위기 정돈 좀 하고."

〈Mr. 칠드런〉 멤버들은 여전히 기운 없는 태도로 자기 자리로 돌아갔다. 멤버들의 표정을 보니, 다시 한다고 해서 될 문제는 아닐 것 같았다.

"잠깐 쉬는 게 낫겠어, 아니면 그냥 할래?"

황 PD는 결국 구주에게 물었다. 구주 역시 이 사실을 알고 있었던 듯, 오늘따라 유독 힘이 없는 멤버들의 모습을 면밀히 훑어보았다. 멤버들은 지쳐 있었다. 육체적인 피로가 아니라 정신적인 피로였다.

하지만 이대로 늘어지게 둘 수는 없었다. 쓴 소리 한마디를 해서라도 타이트하게 조여주지 않으면, 진정한 성공이 무엇인지도 알지 못한 채 낭떠러지로 떨어질 수도 있다는 생각이 들었다.

"아주 잠시만 시간을 줘. 바로 갈게."

"알겠어. 5분만 시간을 줄게."

"고마워."

이렇게 말하고 돌아서려는 황 PD의 핸드폰이 요란스럽게 울렸다.

"네, CP님. 지금 녹화 중이에요. 제가 나중에……. 네? 뭐라고요?"

전화를 받는 내내 황 PD가 불안한 눈으로 구주를 바라보고 있었다.

뭔가 불안했다. 사희문이 무슨 일이라도 저지른 것은 아닐까?

"큰일 났다, 구주야."

"무슨 일이야?"

"인터넷에……."

황 PD는 미처 말을 잇지 못했다. 구주의 얼굴에 불안감만이 커져갔다.

〈이유진 아이돌 폄하 동영상 파문!〉

번화가에 설치된 전광판에 큼지막한 연예 뉴스 타이틀이 박혔다. 오가던 사람들이 발걸음을 멈추고 전광판을 바라보았다.

[아이돌 그룹이요? 쓰레기까진 아니지만, 꼭두각시? 머리 텅 빈 애들이죠. 뭐, 그렇게 생각해요.]

화면 위로 스타 뮤직 오디션 당시 유진의 인터뷰 장면이 흘러가고 있었다.

화면 하단에는 '방송 3사, 〈Mr. 칠드런〉 무기한 방송 출연 정지 결정!' 이라는 내용의 타이틀이 흘러 지나갔다.

미오는 이동 중인 밴 안에서 이를 보고 있었다. 태블릿 PC 를 꺼내서 보니, 마침 대형 포털에 속보로 떠오른 제목들이 눈 길을 끌었다.

(속보)〈Mr. 칠드런〉 리더, 이유진. "아이돌, 꼭두각시다" 파문
(속보)〈Mr. 칠드런〉 이유진 아이돌 폄하 발언 파장.
(단독)〈Mr. 칠드런〉 아이돌 무시하는 문제 많은 아이돌. 그 진상은……?

미오는 인상을 찌푸리며 기사를 클릭해보았다. 기사들 중에 는 누군가가 올린 유진의 폄하 발언 오디션 비디오가 걸려 있 기까지 했다.

"……이상한데?"

미오는 고개를 갸웃거렸다. 그녀가 본 유진은 비록 눈치가

없긴 하지만, 이런 생각을 하고 있더라도 입 밖으로 함부로 내뱉을 사람은 아니었다. 물론 3년 전이었으니 철이 없어서 실수를 저질렀을 수도 있다. 그렇다 쳐도 의문은 남았다.

스타 뮤직의 오디션 영상은 극비리에 보관된다. 수많은 네티즌이 미오의 오디션 영상을 찾으려고 노력했지만, 아직까지 발견한 사람은 아무도 없었다. 그만큼 보안이 철저하다는 소리였다.

"대체 누가……."

게다가…… 방송 3사의 결정이 너무 빠르고 극단적이었다.

유진의 인터뷰 동영상이 몰고 온 파문은 생각보다 컸다.

음반 매장에선 〈Mr. 칠드런〉의 〈Summer Dream〉 판매가 거의 멈추다시피 했다. 〈Mr. 칠드런〉의 포스터가 붙어 있던 곳에 〈원더 보이즈〉의 포스터가 덧붙여졌다. 실망한 팬들은 〈Mr. 칠드런〉 팬 카페를 떠나갔다.

유진의 아버지가 운영하는 청송루도 결코 안전하지 않았다. 청송루는 벌써 며칠째 영업을 중단한 상태였고, 연예 기자들이 벌떼처럼 몰려들어 진을 치는 바람에 불편을 겪은 동네 주민들이 민원을 넣을 정도였다.

인터넷 포털 메인 또한 〈Mr. 칠드런〉이라는 단어는 뜨거운 감자나 다름없었다.

결국 〈Mr. 칠드런〉의 소속사인 참피온 뮤직에서 별도의 기자 회견을 갖기로 했다.

구주는 그간 참피온 뮤직의 개인 작업실에서 기사들을 살피고 있었다.

'이유진 아이돌 폄하 발언 파문! 이유진 탈퇴로 〈Mr. 칠드런〉 사건 일단락되나?' 라는 메인타이틀을 클릭해보니, 기사에는 함께 웃고 있는 구주와 〈Mr. 칠드런〉의 사진이 첨부되어 있었다.

등록된 지 얼마 되지도 않은 기사의 댓글이 벌써 1만 개를 돌파했다. 대부분은 〈Mr. 칠드런〉에 대한 욕설이었다. 간혹 팬들의 옹호도 있었지만 이미 기울어버린 여론을 뒤집기에는 힘에 부쳤다.

기사들을 보고 있노라니 기운이 빠졌다. 분명 이번 사건의 배후에는 사회문이 있을 것이다. 이 사실을 알고 있다 하더라도 그녀가 입증할 수 있는 방법은 없었다.

구주는 자신의 뺨을 양손으로 철썩 두드렸다. 이런 때일수록 정신을 바싹 차려야만 한다는 걸 알고 있었기 때문이다.

덜컹!

작업실 문이 열리며 유진이 안으로 들어왔다.

"잠깐 얘기 좀 해요."

"지금은 너랑 할 얘기 없어. 이제 곧 기자 회견이야. 일단 들어가 있어."

"아뇨, 난 지금 해야 돼요. 그러니까……."

"됐어."

구주가 차가운 목소리로 유진의 말을 끊었다. 마치 유진의 말은 들을 가치도 없다는 듯한 태도였다.

"……제가 정말 그런 말을 했을 거라고 생각하세요?"

"그런 건 몰라. 하지만 어떻게 해도 달라질 건 없어. 어차피 일어날 일이었고, 이미 일어난 일이니까."

"그게 무슨 뜻이에요?"

"말 그대로야. 너는 아직 모르겠지만 연예계엔 이런 일이 허다해. 기자, 팬들 모두가 오래전에 연예인이 자기 싸이나 블로그에 쓴 글도 찾아내어 이슈를 만들어내니까. 지금은 들어가 있어."

유진은 차가운 태도로 일관하는 구주를 바라보다가, 천천히 몸을 돌려 작업실을 나갔다.

사실 유진도 솔직히 오디션 인터뷰에서 자신이 진짜로 했던 말이 정확히 뭔지는 기억하지 못했다.

아이돌에 대해 회의적인 생각을 가지고 있었던 건 사실이고, 3년 전이라면 과격하게 말했을지도 모른다. 더불어 아무리 뚫어져라 봐도 동영상 속에 있는 건 유진 자신이었다. 그것만큼은 사실이었다.

'하지만……'

너는 그런 말을 할 애가 아니야. 그러니까 나는 너를 믿어.

그런 말을 듣고 싶었다. 어쩌면 구주는 유진의 말을 조금도 믿을 생각이 없었을지도 몰랐다. 그녀에게 중요한 것은 〈Mr. 칠드런〉이지 〈이유진〉이 아닐 테니까.

'후우~.'

유진은 깊이 한숨을 내쉬고 자신의 방으로 돌아갔다.

잠시 후, 참피온 뮤직의 연습실에서 〈이유진 아이돌 폄하 발언〉에 대한 기자 회견이 열렸다.

약속 시간이 되자 기자들이 연습실을 가득 채웠다. 그들은 잔뜩 날이 선 채 무대 위에 올라선 참피온 뮤직 관계자, 구주와 상식을 바라보았다.

구주는 사진 기자들의 플래시 세례를 받으며 덤덤히 마이크를 붙잡았다.

"본래 이유진 군은 인디에서 활동하던 밴드 지망생으로, 아이돌로 전향하기 이전에 문제의 인터뷰 영상을 촬영했습니다. ……이유를 막론하고 과거 철없던 시절의 불찰로 많은 팬들께 상처를 안겨드린 점, 관계자 여러분께 심려를 끼쳐 드린 점, 이유진 군을 대신해 다시 한 번 사과드립니다."

구주의 멘트가 끝나기가 무섭게 기자들로부터 질문이 쇄도했다.

"유진 군의 탈퇴설은 사실입니까?"

"사실이 아닙니다."

"이미 새로운 멤버 충원에 나섰다는 설도 있던데요?"

"설일 뿐입니다."

"그럼 멤버들의 과거 이력에 관한 건요?"

"……네?"

차분하게 기자들의 질문에 대답하던 구주의 눈동자가 처음으로 흔들렸다. 올 것이 왔다는 느낌이었다.

"지오 군의 폭력 사건과 리키 군의 불법 취업을 알고 계셨습니까? 폭력이야 말할 것도 없고, 리키 군이 취득한 F-4 비자는 주점에서의 유흥 행위 관련 취업 등을 제한하고 있는 걸로 알려져 있는데요……."

기자의 말을 계속되었다.

"그리고 현이 군은 사실혼 관계 여성이 있고 자녀까지 있다는 것을 확인했습니다. 혹시 이것도 알고 계셨습니까?"

옆 자리에 있던 기자가 현이와 현이의 아내, 아들이 함께 찍힌 사진을 들어 보였다.

"이게 모두 사실이라면 누구 한 명의 탈퇴가 아니라, 팀을 해체해야 한다는 여론에 대해선 어떻게 생각하십니까? 가요계가 무슨 갱생의 장도 아니고……."

"저기, 이봐요!"

기자가 슬그머니 말꼬리를 흘리며 내뱉은 말에 상식이 발끈해서 버럭 소리를 질렀다. 상식이 반응을 보이자 기자가 잘됐다는 듯 덧붙였다.

"요 근래, 가요계에 몰아친 아이돌 열풍으로 데뷔 그룹이 계속 늘어나는 추세입니다. 그로 인해 자질이 부족한 이들까지 무대에 서고 있습니다만, 사회적으로 아주 심각한 문제라고 보는데요. 이번 사태에 대한 회사 측의 명확한 입장을 좀 밝혀주시죠."

"네? 네, 그게, 저는……."

일목요연하게 치고 들어오는 기자의 공격에 상식이 식은땀을 흘렸다. 상식이 구주에게 도움을 요청하는 시선을 보냈다.

구주가 잠시 눈을 감고 생각을 정리한 후 입을 열었다.

"이번 사건으로 인해 많은 팬들께 심려를 끼쳐드린 점은 다시 한 번 사과드립니다."

하지만 그것만으로는 역시 부족했던 모양이었다.

"사과로 끝날 문제는 아니지 않나요?"

"지오 군의 사건은 데뷔 전에 있었던 일로, 이미 당사자와 이야기가 되어 협의가 이루어진 부분입니다. 실제로 먼저 싸움을 걸어온 쪽은 술 취한 손님 쪽이었습니다. 폭력 사건이라는 말은 어울리지 않는다고 봅니다. 리키 군의 유흥 주점 취업에 관해선 루머라고 판단됩니다. 리키 군은 양부모님이 돌아가신 이후 상속받은 자산을 정리해서 국내로 들어온 것이기 때문에, 굳이 유흥 주점에 취업을 할 필요가 없었던 것으로 압니다."

기자가 비꼬듯이 말하기가 무섭게 구주가 속사포로 말을 쏟아냈다. 기자 회견 내용을 노트북에 입력하던 기자들의 손이 바빠지기 시작했다.

"현이 군에 관해서는, 네. 알고 있었습니다. 그러나 아이돌이라고 해서, 사랑하는 사람과 함께 있는 걸 죄악이라고 볼 순 없다고 생각합니다."

그 말에 기자들은 자기들끼리 수군거릴 뿐, 아무도 발언하지 않았다.

아이돌이란 본래 우상을 가리키는 단어다. 한국 가요계에서 흔히 말하는 아이돌이라는 대명사도, 따지고 보면 본래 뜻에서 크게 벗어나지 않는다. 청소년들에게 큰 인기를 얻는 가수가 바로 아이돌 가수인 셈이다.

아이돌이 되기 위해선 어떤 자격도 조건도 필요하지 않다. 예전과 달리 군대를 다녀온 아이돌이 있는가 하면, 서른 줄에 접어든 아이돌도 있다. 가정이 있다고 아이돌을 하지 말라는 법은 없었다. 아이돌을 하지 말아야 하는 건 대중의 지지가 없을 때뿐이다.

구주는 짧게 심호흡을 한 후 다시 말을 이었다.

"하지만 저희 멤버들이 어떤 누구이든, 그 친구들에게 노래는 자신의 상처를 극복하는 수단이었고, 힘겨운 상황을 버티게 한 버팀목이었으며, 자신의 앞날을 꿈꾸게 한 희망이었습니다. 그리고 이 친구들이 부르는 노래를 통해 어딘가의 누군가는 이 친구들처럼 행복해지지 않았을까 생각하는데…… 아닐는지요? 이 친구들이 노래에 담았던 그 마음만큼은 여러분들도 한 번쯤 생각해봐 주셨으면 좋겠습니다."

그 말을 끝으로 구주가 자리에서 일어나 퇴장했다. 상식도 얼른 그 뒤를 따랐다. 카메라 플래시가 끈질기게 퇴장하는 두 사람, 정확히는 구주의 뒤를 쫓았다.

그리고 불이 꺼진 위층 작업실 구석에서는 〈Mr. 칠드런〉 멤버들이 각자 흩어진 채, 우두커니 기자 회견을 바라보고 있었다.

치이이이익-.

압력 밥솥이 요란하게 증기 배출을 시작했다. 시끄럽긴 하지만 이제 곧 밥이 다 된다는 고맙고 맛있고 즐거운 소리였다. 이윽고 새로 지은 밥과 찌개를 비롯, 푸짐한 요리들이 식탁 위에 펼쳐졌다. 하지만 이 먹음직스러운 음식을 보고도 참피온 뮤직 식구들 모두는 우중충한 얼굴을 하고 있었다. 다들 식욕이라고는 조금도 없어 보였다.

"자자. 중단이니 해체니 그런 말들 신경 쓸 거 없어. 일단 밥 맛있게 먹고, 그 다음엔 각자의 시간을 좀 가지면서……."

"각자의 시간? 손발 다 잘린 병신들끼리 이제 뭘 할 수 있겠어요?"

상식이 애써 웃으며 격려하려는데 지오가 툴툴거리며 그 말을 중간에 끊어버렸다.

"잠시 시간이 필요한 것뿐이야."

구주가 차분하면서도 단호한 어조로 대꾸했다.

"잠시? 얼마나?"

리키가 고개를 갸웃거리자, 현이가 피식 웃음을 터뜨렸다.

"그 잠시가 또 3년은 아니겠죠? 그래서 기다리면요?"

사실 구주도 그 기간이 얼마가 될지 단언할 수는 없었다. 현이의 말대로 3년이 될 수도 있었다. 유진과 친한 황 PD조차 이번에는 도와줄 수 없다고 못을 박고 나섰던 것이다.

그런 사실들을 모두 뒤로하고, 상식이 손가락을 튀기며 짐짓 활기차게 외쳤다.

"그래! 그러니까 해체니 중단이니 그런 게 아니라, 일종의 휴가! 휴가라고 생각하면 되겠다. 데뷔하고 한동안 바빴잖아. 이참에 재충전의 시간을 가지는 거지. 그동안 1위도 먹고 했으니 재충전할 때가 됐어. 응? 그동안 구주랑 나는 다음 앨범 새롭게 세팅해서 너희들 콜하면 되는 거고. 나 못 믿어?"

"믿긴 믿는데 전 그만할래요."

"지금 무너지면 그땐 진짜 끝이야. 몰라?"

고개를 내젓는 현이를 구주가 다그쳤다. 지오가 그런 구주를 보고 고개를 돌려버렸다.

"내 노래, 내 무대다 생각하고 열심히 하면 된다면서요. 근데 또 이 모양이네요. 더 비참해지기 전에 그냥 여기서 끝내죠."

그 와중에도 혼자 꾸역꾸역 식사를 마친 유진은, 빈 밥공기

옆에 수저를 가지런히 놓고 말없이 자리에서 일어났다.

"형, 어디 가?"

"깽판은 혼자 다 쳐놓고 이젠 빠지시겠다고?"

유진은 리키와 현이의 질문에도 아무 대답 없이 계단을 내려갔다. 문득 지오가 달려와 주먹을 휘두르는 건 아닌가 싶었지만, 다행히 지오는 가만히 입술을 깨물고 있을 뿐이었다.

"이유진!"

구주의 부름에 유진이 잠깐 발을 멈추고 섰다.

"난……, 난 너희를 다시 만나면서 어떤 일이 있어도 포기하지 않겠다고 다짐했어. 지금도 그 맘은 변치 않았고. 근데 너희들이 즐길 수 없다면, 그래서 더 이상 노래할 수 없다면……. 나 역시 아무것도 할 수 없어."

유진은 그런 구주를 잠시 바라보다가 결국 문을 열고 나가 버렸다.

지오와 현이도 자리에서 일어났고, 리키도 엉거주춤 그 뒤를 따랐다.

〈Mr. 칠드런〉 네 사람은 그렇게 뿔뿔이 흩어졌다.

구슬픈 소녀의 노래가 들려오는 카운터 바 한구석.

종탁이 영업도 미뤄둔 채, 모자를 푹 눌러쓴 사람과 소주를 기울이고 있었다.

"캬~! 얼마 만이냐. 라면에 소주!"

잔을 비운 종탁이 얼른 국물 한 숟갈을 떠마셨다. 뜨거우면서도 시원한 느낌에 절로 감탄사가 터져 나왔다. 영업 중인 바에서 라면에 소주라니, 평소라면 절대 안 할 짓이지만 오늘만큼은 구석에 숨어서라도 그렇게 먹어야 할 것 같았다.

이 조촐한 술상 차림이 종탁과 유진 두 사람의 원점이었으니까.

"넌 안 마시냐? 이제 몸 만드니 뭐니 그런 거 안 해도 되잖아."

"……."

유진이 말없이 소주를 입 안에 털어 넣었다. 종탁이 유진의 빈 잔을 채우며 중얼거렸다.

"아주 그냥 버라이어티하더라. 그래, 요즘 버라이어티가 대세긴 하지. 미혼부에 강제 출국 대상자에 폭력 전과자에……. 걔들 중엔 네가 제일 낫더라. 결국 너 피해자라니까?"

"맞는 말이라곤 미혼부 하나뿐이야. 그것도 죄는 아니고."

"그래. 그건 그렇다 쳐도, 그 여자는 죄지. 너 인마, 그 여자가 너 갖고 논 거야."

"그만해."

불똥이 멤버들로도 모자라 구주에게까지 튄 결과였다. 물어

뜰을 사냥감을 찾아 눈에 불을 켠 기자들은, 말도 안 되는 음모설을 기사처럼 써대며 구주를 괴롭혔다.

종탁은 연거푸 잔을 비우며 말을 이었다.

"처음부터 의도하고 판을 짰더만? 기획적인 세팅이니, 루저 마케팅이니 말이 많더라."

"그만하라니까."

짓씹듯 말하는 유진의 목소리에 종탁은 기가 차다는 듯 웃었다.

"왜. 그 여자 욕하니까 듣기 싫냐?"

"그만하라고 했지!"

유진이 자리를 박차고 일어나 종탁의 멱살을 틀어쥐었다. 그래도 종탁은 물러나지 않았다.

"그래, 나는 그만한다! 그만해! 근데……. 근데 왜 넌 병신처럼 제대로 해명도 못 하고, 그렇다고 인정도 안 하면서 멍청하게 그냥 있는 건데?"

종탁의 외침에 유진은 멱살을 쥐고 있던 손에 힘을 풀고, 자리에 풀썩 앉았다.

"……면이라도 건져 먹어. 퍼진다."

종탁이 이내 흥분을 가라앉히며 툭 던지듯 말했다. 유진은 그저 또 소주를 들이켰다.

딸랑-.

"어서 오세요."

출입구 종이 울리는 소리에, 종탁이 반사적으로 영업용 스마일을 지으며 손님을 맞이했다. 그러다 갑자기 유진의 어깨를 툭툭 쳤다.

뭔가 싶어 유진이 돌아보니 방금 들어온 손님이 가만히 유진을 보고 있었다. 그 손님은 유진의 정체를 간파했지만 열성 팬이나 극성 팬은 아니었다.

"PD님……."

구주는 대답도 하지 않고 유진에게서 두어 칸 떨어진 곳에 자리를 잡았다.

때마침 바에 남아 있던 마지막 손님이 계산을 하고 바를 나갔다. 두 사람의 분위기가 심상치 않았던지, 종탁은 소주와 라면을 챙겨선 신속히 카운터로 대피했다. 결국 바 안에는 두 사람만이 남았다.

구주는 한참 동안 말없이 테이블만을 바라보고 있었다.

"……뭐부터 말하면 좋을까."

한참을 침묵하던 구주가 겨우 입을 열었다.

유진은 여전히 시선을 앞에 둔 채로 대꾸하지 않았다.

"그래. 그땐 너희들 하나하나가 아니라, 그냥 〈Mr. 칠드런〉 생각밖엔 없었어."

"그런 얘기는 이제 중요하지 않아요."

"노래는…… 중요해. 사람들한테 네 노래 들려주는 거, 꿈이라며."

꿈. 아련한 그 단어에 유진의 입가엔 씁쓸한 미소가 걸렸다.

"꿈은 이뤄지지 않는다면서요. 이젠 뭐 꿈조차 아니지만."

유진은 천천히 고개를 내저으며 자리에서 일어났다.

구주는 바를 빠져나가는 유진을 미처 잡지 못했다. 그제야 자신이 들고 온 CD를 물끄러미 내려다볼 뿐이었다.

유진이 바를 나가고 한참 후에야 구주 역시 바를 나섰다. 결국 또 이렇게 뒤를 쫓을 뿐, 진심은 엇갈리기만 했다.

저벅저벅.

작은 발자국 소리가 들렸다.

"음?"

뭔가 이상한 느낌에 구주가 뒤를 돌아보았다. 방금 전부터 누군가 따라오고 있는 것 같았다. 어쩐지 오싹한 느낌이 들었다. 무의식중에 뒤로 한 걸음 물러나는데, 익숙한 소녀가 숨바꼭질하듯 웅크리고 앉아 있는 것이 아닌가?

"은서?"

"헤헤. 들켰다."

은서는 구주를 올려다보며 히죽 웃고 있었다. 구주는 허리를 굽혀 은서와 눈높이를 맞추었다.

"왜 따라왔어?"

"삼촌 따라왔는데, 삼촌이 저 아저씨에게 맡기고 그냥 가버렸어요. 아저씨는 지금 자고 있고요."

아저씨? 유진과 함께 술잔을 기울이던 종탁을 말하는 듯싶었다. 카운터 보는 사람이 자도 되나? 뭐 손님도 없었으니 괜찮겠지.

그보다 은서를 이대로 내버려 둘 수는 없을 것 같았다.

"집까지 데려다줄게. 뭐 좀 마실래?"

"바나나 우유!"

구주의 질문에 은서가 냉큼 대답하며 일어났다.

구주는 은서의 손을 잡고 편의점으로 들어가, 바나나 우유를 두 개 사서 사이좋게 나눠 들었다.

"뭐 안 좋은 일 있어요?"

근처 벤치에 앉아 바나나 우유를 마시다 말고 은서가 물었다. 구주는 빨대에서 입을 떼며 피식 웃었다.

"왜?"

"얼굴에 쓰여 있기에, 제가 그냥 읽었어요. 울 엄마가 애들은 싸워야 큰댔는데, 어른들은 왜 다 컸는데도 늘 싸울까요?"

"그러네. 참 바보 같다."

쪼로록. 바나나 우유는 벌써 바닥을 드러내고 있었다.

"내가 알려줄까요? 싸우지 않는 방법? 먼저 손 내밀고 안녕하면 돼요."

은서가 구주를 향해 손을 내밀었다. 구주는 담담히 은서의 손을 맞잡았다.

"난 오늘 처음으로 손 내밀었는데, 그 사람이 또 찔려버렸어. ……난 선인장 비슷한 거거든."

쓸쓸한 미소와 알 수 없는 말에 은서가 고개를 갸웃거리다가 와락 구주의 품에 안겼다. 언제나 담담하던 구주의 눈에 어느새 이슬이 맺혔다.

"왜 그래요? 아파요?"

"아냐. 하품해서 그래."

"졸려요?"

"어, 졸리네. 이제 좀 쉬고 싶어."

"이번엔 내 어깨 빌려줄게요."

은서가 히죽 웃으며 보란 듯이 어깨를 툭툭 쳤다. 그 말에 구주는 그만, 작고 여린 은서의 어깨에 살포시 기대고야 말았다.

중년 사내가 공원 벤치에 앉아 신문을 읽고 있었다.

'후속 곡도 대박! 〈원더 보이즈〉 음원 차트 4주 연속 1위!'

머리와 옷의 상태를 보아 노숙자는 아니었지만, 기사를 읽는 그에겐 노숙자를 방불케 하는 초라함이 깃들어 있었다. 천천히 신문을 내리자 쓸쓸한 얼굴의 상식이 나타났다.

"다들……. 휴가는 잘 지내고 있냐."

이젠 신문에서도 〈Mr. 칠드런〉에 대한 이야기는 찾을 수 없었다. 멤버들과는 벌써 며칠째 연락이 되지 않고 있다. 구주조차 상식과 연락을 끊었다. 추워진 날씨만큼이나 상식의 마음도 꽁꽁 얼어붙었다.

지오가 클럽에서 병나발을 불며 몸을 흔들었다. 지오의 주변엔 여러 여자들이 모여 그와 함께 어울려 춤을 추고 있었다.

시끄러운 소리와 리듬에 맘껏 몸을 흔들면 언제나 그랬듯 모든 걸 잊을 수 있을 줄 알았다. 하지만 이번만큼은 쉽지 않았다. 문득 정신을 차리고 보면 〈Summer Dream〉 중간에 추는 독무를 연습하고 있었다.

"제길, 아아아아악!"

갑갑한 마음을 참지 못하고 발작하듯 내지르는 지오의 목소리에, 주변에서 흥겹게 춤을 추던 여자들이 당황해서 물러났다.

멀찍이서 그런 지오를 바라보다가 돌아서는 이가 있었다. 지오에게 이별을 선언한 여자 친구였다.

"괜찮아?"

"당연하지!"

아내의 걱정 어린 질문에 현이가 기운차게 대꾸했다. 하지만 현이는 어딘가 영혼이 빠져나간 것만 같았다. 그렇지 않고서야 기분 전환 삼아 노래하겠다고 들어가서 다섯 시간 동안 틀어박혀 있진 않을 거다. 깍두기로 속을 달래며 소주를 들이붓진 않을 거고, 다섯 시간 내도록 〈Summer Dream〉만 부르지도 않을 거다.

"일억 개의 별 속에서 만난 우리 두 사람, 이런 사소한 우연이······."

아이를 업은 아내는 그런 현이를 안타깝게 바라보다가, 급기야는 자신도 소주를 까고야 말았다.

상식이 흥신소를 통해 찾아준 주소가 맞는다면, 분명 이곳에 어머니가 살고 있을 것이다.

리키는 대문 앞을 어슬렁거리다 겨우 결심을 내린 듯, 힘겹게 초인종을 눌렀다.

[누구세요?]

하지만 인터폰에 불이 들어오기가 무섭게 후다닥 전봇대 뒤로 숨어버렸다. 조금 뒤, 대문이 열리고 사십 대 중반의 여인이

나와 주위를 두리번거렸다.

'엄마……'

얼굴조차 기억이 나지 않았지만 여인에게서 낯익은 향기가 났다.

리키의 어머니는 뭔가를 기대했다 실망한 얼굴로 한숨을 푹 쉬고는, 다시 문 안으로 들어갔다.

'나, 엄마 보고 싶어.'

하지만 어머니는 너무 미안해서 리키를 볼 수 없다고 했다.

지금은 리키도 어머니에게 너무 미안했다. 〈Mr. 칠드런〉은 거의 해체 위기니까. 가수로 성공할 수도 있었는데, 또다시 주저앉고 말았으니까.

'엄마 미안.'

어머니를 숨어서 바라보던 리키가 허탈함에 쓴웃음을 지었다.

하늘에서 눈이 떨어지기 시작했다. 며칠 전부터 청송루는 영업 재개를 했지만 전보다 장사가 되지 않았다. 동네 사람들이 수군거리며 더는 청송루에서 음식을 시켜 먹지 않으니 어찌할 도리가 없었다.

"안 바빠서 다행인 거 같기도 하네요."

오늘은 유진의 어머니 기일이었다.

청송루가 한가한 덕에, 홀 한가운데 흰 짬뽕 한 그릇이 놓인 제사상이 차려져 있었다. 제사상을 가운데 두고 왼쪽 식탁에선 미리와 은서가 탕수육을 먹고 있었다. 오른쪽 식탁엔 유진과 청송이 앉아 있었다.

바빴다면 이렇게 제사상을 차리고 가족들과 함께 시간을 보낼 수 있을 수 없었을 것이다. 청송은 문득 최근 몇 년 동안 제대로 상을 차린 적이 없었다는 걸 깨달았다.

"근데 넌 뭐 할 거냐, 이제. 얼굴 다 팔아먹고 할 거라도 있겠냐?"

"홍두깨 대대손손 물리라면서요."

"그 얼굴을 해서 요리하면 그 요리 참 맛나것다."

"네?"

유진이 고개를 들자, 청송이 턱을 괸 채 시선을 다른 곳에 두며 말했다.

"이놈아, 뭐든지 웃는 얼굴로 해야 돼. 그래야 요리도 맛나고 다 잘되는 게야. 네가 웃으면서 만들어야 그 요리를 먹는 사람도 웃고 맛있게 먹고, 알겠냐? TV 나와선 곧잘 웃더니만……."

"아버지……."

지난 몇 달 동안 귀에 못이 박힐 정도로 들었던 어떤 여자의 말과 아버지의 말이 겹쳐졌다.

덜컥.

때마침 가게 문이 열리며 누군가가 안쪽으로 들어왔다.

"죄송하지만 오늘 영업은 끝났……."

청송이 차분하게 말하다가, 벌떡 일어나는 아들의 모습에 말을 멈추고 말았다.

모자를 푹 눌러쓴 여성을 얼핏 보고 구주인가 싶어 일어났던 유진은 당황하고 말았다.

"안녕하세요."

구주는 아니다. 하지만 그보다 더 의외의 손님, 미오였다.

"갑자기 찾아와서 놀라셨죠?"

"솔직히 그렇죠."

"조용한 곳에서 잠깐 얘기할 수 있을까요?"

유진은 미오를 뒷문 공터로 안내하고선 김이 모락모락 나는 믹스 커피 한 잔을 건네주었다.

"이거라도 한 잔 하세요."

"고마워요."

공터 아래로 보이는 작은 교회에선 사람들이 부르는 성탄절 노래가 흘러나왔다. 침울한 표정으로 일관하는 유진과 달리 그들의 목소리에는 설렘과 기쁨이 담겨 있었다.

"무대에서 볼 때랑은 달라 보여요. 아니, 달라……진 건가?"

"아뇨. 이게 원래 제 모습일 거예요."

유진이 씁쓸한 표정으로 대꾸했다. 미오는 교회를 가만히 바라보며 말했다.

"노래 부르는 게 가장 유진 씨다운 것 같은데."

"처음부터 어디 나다운 게 있기나 했나요. 그저 단지 누구의 대신, 제2의 누구, 그냥 그러다 만 거죠. 그냥 전 거기까지였던 것 같아요."

스스로 허공에 내뱉은 말이 심장으로 돌아와 날카롭게 박혔다. 한 모금 들이킨 커피가 유난히 쓰게 느껴졌다.

"팬으로서 얘기할게요. 유진 씨는 노래 부르는 모습이 참 잘 어울려요. 지훈이 자리에 들어가긴 했지만, 유진 씨에겐 유진 씨만의 목소리라는 게 있었으니까요. 다시 무대에서 그 모습을 보고 싶어요."

"미오 씨……."

"나는요. 또다시 누가 그렇게 반짝이는 모습을 잃는 게 싫어요."

미오의 눈동자가 유난히 그리움을 담고 있었다. 유진은 그 그리움의 대상이 지훈이라는 사실을 어렵지 않게 깨달을 수 있었다.

"오 PD님께 제 이야기 들었어요? 지훈이랑 제가 연인 사이였다는 거."

"아뇨. 전 그냥…… 잘은 몰라요."

"그래요?"

미오는 담담히 자신과 지훈에 대한 이야기를 하기 시작했다.

미오가 지훈을 만난 것은, 그가 연습생으로 활동하고 있을 때였다. 연습실에서 홀로 노래하고 있는 지훈의 모습에, 미오 쪽에서 먼저 말을 걸었다고 했다.

음악을 사랑하고, 노래를 하는 두 사람이 사랑에 빠지기까지는 그리 오래 걸리지 않았다. 지훈은 음악에 대한 열정 외에는 순수하고 맑고, 섬세하기까지 했다.

지훈이 〈Mr. 칠드런〉으로 성공하여 듀엣 무대를 갖는 것이 두 사람의 꿈이기도 했다.

하지만 비밀리에 지켜온 두 사람의 사랑은, 스타 뮤직의 대표인 사희문에게 들키고 말았다. 두 사람이 다정하게 포옹하고 키스를 나누는 모습이 CCTV에 잡힌 것이다. 영상을 얻은 경비원이 사희문 대표에게 전해주었다고 한다.

당시 미오는 일본으로 진출할 준비를 하고 있었다. 여자 가수에게 연애를 비롯한 스캔들은 치명적이다. 청순한 이미지로 팬들의 사랑을 받고 있는 미오라면 더욱 그랬다. 상대가 '연습생'이라면 더욱 그러했다.

"일도 하고 사랑도 하시겠다?"

사희문이 가소롭다는 웃음을 머금으며 물었다.

그 앞에 선 미오와 지훈은 고개를 푹 숙인 채 아무 말도 하지 못했다. 사희문은 구주를 향해 시선을 돌렸다.

"미오, 얘가 지 노래를 이제 노래방에서나 부르고 싶은 모양이다. 구주야. 오 PD! 어떻게 할까? 넌 알고 있었다며?"

두 사람에게 정식으로 들은 일은 없었지만, 구주는 어렴풋이 눈치채고 있었기 때문에 아무 말도 하지 못했다.

"네가 보기엔 어울리니, 얘들이? 그렇진 않겠지, 누가 봐도 그럴 거야. 왜냐고? 격이 틀리거든! 김지훈, 넌 아직 데뷔도 안한 주제에 대단하구나. 대형 스타 해외 진출 전에 스캔들 터뜨려서 다 조져놓을 능력도 있고 말이야. 응?"

사희문의 날카로운 추궁에 미오와 지훈의 어깨가 한껏 움츠러들었다.

"아이돌이면 아이돌답게 자기 몸 얼마나 비싸게 팔아먹을까를 궁리해야지, 멍청하게 똥물에 뛰어들려고 그래?! 너희, 마지막 기회야! 앞으로 너희 둘! 보지도, 말하지도, 한 공간에서 숨도 쉬지 마! 알았어?!"

결국 보다 못한 구주가 그 사이로 나서며 입을 열었다.

"대표님, 일단 애들 얘기부터 들어보시고……."

"아뇨. 그러실 필요 없어요."

미오가 떨리는 눈빛으로 앞으로 나섰다. 미오는 마른침을 한 번 삼키고 입을 열었다.

"그냥 몇 번 만난 것뿐이었고, 이제 그럴 일…… 없을 겁니다."

끝에 가서는 결심이 섰는지 단호한 목소리로 바뀌어 있었다. 그런 미오를 바라보는 지훈의 얼굴에 절망감이 들어찼다.

어쩔 수 없는 일이었다. 미오에겐 연애를 할 자격이 없었다.

그녀가 무대에 서기 위해서는, 계속 노래하기 위해서는 스캔들 하나 없는 가수로 남아야만 했다. 그녀는 그런 타입의 아이돌이었으니까.

미오는 그 후로 지훈과 단 한 마디도 하지 않았다.

지훈은 절망했고, 며칠 후에 진행된 〈Mr. 칠드런〉의 데뷔 쇼 케이스 무대에서 뛰어내렸다.

유진은 입을 다문 채 미오의 이야기를 경청했다. 어렴풋이 짐작은 했지만 당사자에게 직접 들으니 또 느낌이 달랐다.

요즘 연예인들은 옛날과는 달리 자신의 애인을 팬들에게 공개하고 인정받아서 공식적인 연인 사이가 되기도 한다. 하지만 해외로 진출하기 직전인 유명 가수와 신인 아이돌 그룹 리더가 연인이라는 선언을 하기엔, 연예계는 결코 녹록하지 않았다. 특히 3년 전이면 더욱 더 그랬다.

청순한 이미지였던 미오는 팬들로부터 버림받을 가능성이 컸고, 지훈은 미오를 이용하여 인기를 얻은 낙하산 아이돌이라는 이미지가 남았을 것이다. 아니, 어쩌면 그렇게 되기 전에 사희문이 지훈이라는 위험 요소를 손수 잘라냈을지도 모른다. 그래서 미오는 지훈과 헤어지기로 결심했을 것이다.

"그날, 지훈이가 뛰어내리는 모습을 두 눈으로 직접 봤어요.

그 후론 눈을 감을 때마다 지훈이가 뛰어내리는 모습을 보곤
해요. 수백 번, 수천 번, 수만 번……."

그게 얼마나 끔찍한 일일지, 유진은 상상조차 하기 싫었다.
그저 문득 떠오르는 생각이 있었다. 구주도, 혹시 그랬던 것은
아닐까.

"그런데도 내가 사희문을 왜 저주할 수 없는지 알아요?"

"……모르겠어요."

유진은 정말이지 알 수가 없었다. 저주하고 저주해도 모자
랄 판국에, 미오가 왜 여태껏 스타 뮤직에 남아 노래를 부르는
지, 왜 아무 일도 없었다는 듯 사희문의 말을 따르는지 이해할
수가 없었다.

사희문이 생각을 조금만 달리했어도 괜찮지 않았을까? 타
인에 의해 이별을 강요당해 헤어진다면, 상처 입는 당사자들은
뭐가 된단 말인가.

"지훈이한테서 노래를 빼앗고, 지훈일 그렇게 만든 건 사실
나니까요. 모든 건 내가 선택했으니까……. 그런 나를, 나는 용
서할 수 없으니까요."

"미오 씨……."

지나친 자책이다. 마음속으로 그렇게 단언했지만 유진은 차
마 그런 말로 미오를 위로할 수 없었다. 미오는 3년이 지나도
록 아파하고 슬퍼해왔다. 그래서 더는 함부로 말할 수 없었다.

"유진 씨가 노래하지 않으면, 나처럼 또 누군가가 자신을 용

서할 수 없을지도 몰라요."

　"누군가……."

　"유진 씨를 위해서. 그리고 그 사람을 위해서…… 다시 노래할 순 없어요?"

　미소를 지으며 말하는 미오의 눈가는 이미 촉촉이 젖어 있었다. 그 표정에 유진은 가슴이 먹먹해지는 것을 느꼈다.

　하지만 알았다고, 그러겠노라고, 노래하겠다고 대답할 수는 없었다.

11. 12월 31일

12월 31일.

2011년의 마지막 날이 왔다.

그리고 지훈의 기일이자 〈Mr. 칠드런〉의 마지막 날이기도 했다.

구주는 링 위에서 한참 동안 서서, 보드 판에 큼지막하게 쓰여 있는 〈12月 31日〉을 들여다보았다. 꿈은 이루어지지 않아서 꿈이라고 했던가? 누가 한 말인지 몰라도 기가 막힌 말이었다.

'이 링에서 참 많은 일들이 있었지.'

유진과 지오는 누가 더 오랫동안 물구나무서기를 하나 내기했다. 현이는 복서 흉내를 내며 스파링을 했다. 리키는 프로레슬러 흉내를 내며 랩을 연습했다. 이곳에서 만들었던 추억들이 〈Mr. 칠드런〉을 이루고 있었을 것이다.

그 때문일까. 참피온 뮤직 사무실에는 이보다 번듯한 무대와 연습실이 있었지만, 멤버들은 약속이라도 한 것처럼 방송국 가기 전 마지막 연습만큼은 늘 이 링 위에서 했다.

'이젠 마지막이구나.'

그렇다. 이젠 이곳에 오를 일이 없을 것이다. 구주는 링 아래로 내려와 미리 싸두었던 트렁크를 들었다. 바로 그 트렁크였다.

"음?"

트렁크를 들고 나가려던 구주가 문득 베란다의 선인장을 발견했다. 전에 보았던 때와는 뭔가 다른 느낌이 들어, 베란다로 나가 보았다.

구주는 선인장을 자세히 보고 눈을 동그랗게 떴다. 가시와 가시 사이로 작은 꽃이 피어 있었다. 선인장 꽃이 이렇게 예쁠 줄은 몰랐다. 선인장에게도 이렇게 부드러운 부분이 있었나. 그렇게 생각하며 구주는 한참 동안 생각에 잠겼다.

— 근데 쟤랑 진~짜 닮았다.

— 보기엔 가시가 잔뜩인데, 저게 막상 만져보면 되게 여리더라고요. PD님이 딱 그런 사람이잖아요.

유진의 말대로 자신이 선인장과 닮았다면…… 어쩌면 저 선인장 꽃처럼 예쁘고 부드러운 면이 있을지도 모른다.

하지만 이미 기다릴 만큼 기다렸다. 이젠 기다리는 것도 지쳐버렸다.

유진은 오지 않았다.

이제 그는 더 이상 노래를 하지 않을 것이다. 그만큼 상처받고 절망했으니까.

그래서 구주는 떠나기로 했다. 앞으로 〈Mr. 칠드런〉과 유진을 만날 일은 없을 것이다.

"저 독종. 이러고 가면 나 죽었단 소식이나 들려야 오겠지?"

술에 취해 소파에 늘어진 채 아까부터 구주를 지켜보던 상식이 툭 내뱉었다. 날이 날인지라 상식 역시 센티멘털해졌던 모양이었다.

"으이구, 운도 지지리 없지. 야, 기왕 이렇게 된 거 우리 삼세 번 안 할래? 아니지, 〈Mr. 칠드런〉만 꼭 하란 법 있나? 그래, 요새 걸 그룹 괜찮다. 막 일본 진출도 하고, 응? 좋지 않냐? 세팅은 내가 다 할 테니까……."

"안 해. 노래하면서 또 누가 상처받는 거, 이젠 싫어."

상식의 말을 자르고 구주가 단언했다. 상식이 상체를 일으키며 한숨을 푹푹 내쉬었다.

"지가 누굴 걱정해. 매번 제일 아파하고 짐 싸는 건 오구주, 너 아냐? 그래, 관두자. 관둬. 야, 근데……. 잘못한 것도 없으면서 왜 자꾸 어딜 가, 가길? 너 아주 상습적이다."

"가야 할 이유 같은 건 없는데, 여기 있을 이유도 없어졌거든."

구주가 트렁크 손잡이를 쥐는 걸 보고 상식이 소파에서 벌떡 일어났다.

"야. 너 진짜 가냐? 가면 끝이다! 끝이랬다?"

"미안하고, 고마웠어."

구주는 그 말을 마지막으로 참피온 뮤직을 나섰다.

종탁의 바는 제법 크리스마스와 연말 분위기가 났다. 제법 근사한 트리도 갖춰놓았고, 주렁주렁 달린 전구가 형형색색 빛을 발했다. 그 덕분에 오늘따라 손님도 많았다. 하긴 연말 특수조차 누리지 못한다면 종탁은 보증금 빼서 나가 살아야만 했을 것이다.

"야. 루돌프가 표정이 뭐 그러냐? 그럴 거면 나가서 썰매나 끌든가."

산타 분장을 하고 가짜 수염을 쓰다듬으며 기분을 내던 종탁이, 대조적으로 축 늘어진 루돌프 유진을 보며 기어코 잔소리를 했다.

"올해도 마지막인데 기념 삼아 한 타임, 보컬 어때? 돌아온 〈이유 없는 반항〉으로! 어떠냐, 응?"

이번엔 애써서 분위기를 띄워보았지만, 유진은 묵묵부답.

"그래, 관두자. 노래 틀지, 뭐."

종탁은 카운터로 들어가 CD꽂이를 살폈다. 연말에 어울리는 노래는 수도 없이 많지만, 그렇기 때문에 선곡자의 센스가 빛을 발하는 순간이었다. 종탁은 전체적인 손님들의 분위기를 슥 훑어 파악하고, 발랄한 분위기에 어울리는 팝 스타들의 크리스마스 캐롤 CD를 골랐다.

"엥?"

그러던 중 라벨이 없는 CD 하나가 눈에 들어왔다.

"이건 뭐야?"

종탁은 이어폰을 연결해 CD를 잠깐 재생해보았다. 몇 초가 채 지나기도 전에 종탁의 눈이 휘둥그레졌다. 종탁은 테이블 정리 중이던 유진을 힐끗 바라보고는, 이어폰이 아닌 스피커로 CD를 다시 재생했다.

디링.

감미로운 피아노 소리가 났다. 그와 동시에 유진의 눈이 번쩍 뜨였다.

"이건……."

전주만 듣고도 이 곡이 뭔지 알아차렸다. 유진이 자신을 돌아보자, 종탁은 가볍게 어깨를 으쓱여 보였다.

스피커에서 흘러나오는 곡은 〈그리워〉.

하지만 유진이 혼자 만든 그 곡이 아니었다.

보다 세련되면서, 보다 감성적인 느낌이 덧씌워져 있었다.

[듣고 있지, 이유진? 네 노래 멋대로 만졌다고 화나서 그냥 뚝 꺼버리지나 않았으면 좋겠다. 그러기엔 아마 내 노래가 너무 훌륭할걸.]

그 위로 깔리는 구주의 음성에 가게 손님들도 귀를 쫑긋했다. 그렇잖아도 선글라스 낀 알바생 어디서 본 거 같지 않으냐며 숙덕이던 사람들이, '이유진'이라는 익숙한 이름에 침을 꿀꺽 삼켰다.

[이유진. 너랑 멤버들이랑 함께하면서, 네 노래를 들으면서……. 나, 힘든 시간이 언제였는지도 모르게 행복했어. 그래서…… 두려웠다. 나 때문에 네가 노래할 수 없게 된다면, 좋았던 만큼 그 시간들이 도로 아파질까봐. ……유진아, 다시 노래할 수 없겠니?]

이쯤 되면 아무리 바보라도, 홀에 멍하니 서 있는 알바생이 〈Mr. 칠드런〉의 보컬이자 리더, 유진임을 알아챌 것이다. 유진은 가게 손님들의 시선을 한 몸에 받으면서도 석상이 된 것처럼 한 발자국도 움직이지 않았다.

이윽고 구주의 노래가 시작되었다.

[어젠 또 너를 만났어.

매일 밤 꿈속에 날 떨리게 하는……
해맑은 웃음은 여전히 빛나고
여전히 못난 날 부끄럽게 하는……
그리워, 그리워

슬픈 마음속에 꿈을 깨었을 때
앙상한 마음만 남겨져 있군요
숱한 거짓 속에 무뎌진 진실과
그 가면 너머에 채워진 눈물이 이제……
그리워, 그리워]

자신이 쓴 가사였지만, 구주가 부르는 〈그리워〉는 또 다른
느낌이었다. 가사 하나하나가 유진의 마음에 부드럽게 와 닿았
다. 가사에 담긴 구주의 감정이 유진의 상처를 보듬어주고, 새
살이 나도록 치유해주는 것 같았다.

"짜식."

유진을 바라보는 종탁의 눈시울이 붉어졌다.

훌쩍거리는 종탁을 유진이 바라보았다. 종탁은 자기도 모르
게 고개를 끄덕였다. 유진은 루돌프 복장을 벗어 카운터로 던
지고 있는 힘껏 달려 나갔다.

쾅!

대부분의 집기가 빠져나가고 링 하나만 덜렁 남은 참피온 뮤직 사무실 문이 덜컥 열렸다.

유진은 숨을 몰아쉬며 주변을 두리번거리다가, 깜짝 놀라 내려오는 상식을 발견했다.

"형! 대표님! PD님, PD님 어디 있어요? 애들은요?"

"어?"

갑자기 들이닥친 유진의 모습에 상식은 어리둥절한 표정으로 대꾸했다.

"애들은 휴가고, 구주는 공항에……."

"공항? 인천 국제공항?!"

유진이 들어올 때만큼이나 빠른 속도로 뛰쳐나갔다.

"유진아, 이유진!"

뒤늦게 정신을 차린 상식이 유진의 이름을 불러댔지만, 유진은 이미 쿵쾅 소리를 내며 아래로 내려가고 있었다.

"가만, 지금 날 대표님이라 불렀나?"

무슨 일로 돌아왔는지 모르지만, 지금에라도 대표님 소리 한 번 들으니 괜히 마음이 뭉클해졌다. 상식이 홀로 서서 눈물을 흘리고 있는데, 문을 두들기는 소리가 들려왔다.

"저기……. 오구주 씨, 계신가요?"

언제 온 건지 퀵서비스 배달원이 문 앞에 서 있었다.

"어? 아, 네. 구주는 지금 없고요. 제가 직장 동료. 아니, 직장 상사인데요."

"그럼 이거 받으시고 사인 한 장만 해주세요."

"네."

상식은 1층으로 내려가 하얀 봉투를 건네받고 사인을 해주었다. 봉투에는 발신인은 없고, 참피온 뮤직 오구주 PD님이라고만 적혀 있었다. 궁금해진 상식이 봉투를 뜯어보니 USB 하나가 달랑 들어 있었다.

"뭐지?"

구주 앞으로 온 물건이었지만 구주는 이미 한참 전에 공항으로 떠났다. 당장 달려간다 해도 이걸 건네줄 수 있는 가능성은 거의 없었다. 더구나 달려가서 전해주기까지 해야 할 물건인지 확신도 의욕도 들지 않았다. 문자야 남겨놓겠지만, 속세와의 단절을 위해 해외로 출국하는 오구주의 성격으로 보아 핸드폰은 이미 꺼버렸을 것이다.

"그러니까 할 수 없이 내가 봐야겠다."

상식은 2층으로 올라가 자신의 데스크 탑에 USB를 꽂았다. USB에는 '무제'라 이름 붙은 동영상 파일 하나와 '밀실'이라는 이름의 폴더가 하나 있었다.

"이건 또 뭐야?"

상식이 동영상을 무심코 클릭하니 유진의 스타 뮤직 오디션 당시의 영상이 흘러나왔다.

"대체 이건 또 무슨 경우람. 놀리려고 보냈나, 젠장."

상식이 인상을 찌푸리며 동영상을 닫으려다 움직임을 멈췄다. 뭔가 달랐다. 우선 동영상 재생 시간부터가 다르다. 상식은 긴장해서 동영상에 집중했다.

[아이돌 그룹이요? 저는 시켜줘도 못 하죠. 별로 하고 싶은 마음도 없고요.]

유진의 첫 마디 말부터가 다르다. 이어지는 영상은 사희문의 질문과 유진의 답이었다.

[아이돌 그룹의 노래 표절에 대해 어떻게 생각해요? 난 쓰레기라고 보는데.]

[쓰레기? 음. 쓰레기까진 아니지만 좀 비겁한 행동이죠. 와, 면접 같아서 진짜 어렵다. 근데 누가요?]

유진은 눈을 둥그렇게 뜨며 반문했다. 사희문은 유진의 반응을 체크하면서 여유롭게 말을 이었다. 가수 지망생들의 인성을 체크하기 위한 면접에서 많이 볼 수 있는 유형의 문답이었다.

[이 바닥엔 그런 친구들이 참 많죠. 작곡가에게 곡을 받으면서 자기 곡에 대해 제대로 알지도 못하고, 주는 대로 부르고 춤추고…….]

[그런 애들은 꼭두각시? 뭐, 머리 텅 빈 애들이죠. 영혼을 채우려고 음악을 해야 하는 거 아닌가?]

[잘 알았어요. 수고했습니다. 다음!]

동영상은 거기까지였다. 상식은 시뻘겋게 달아오른 얼굴로 다시 한 번, 동영상을 재생해보았다.

이제 확실해졌다. 사희문은 스타 뮤직 오디션 영상을 교묘하게 편집하여 유진을 깎아 내린 것이었다. 실로 사희문다우면서도 질 낮은 방법이었다. 그 때문에 〈Mr. 칠드런〉이 방송 3사에서 퇴출되지 않았던가.

"ㅎㅎㅎㅎㅎㅎ, 그랬다 이거지?"

상식이 음흉하게 웃으며 이번에는 '밀실' 폴더를 열었다.

안에는 사희문의 하렘을 찍은 다량의 사진과, 사희문의 주도 아래 방송사 간부들을 접대하는 아이돌 및 연습생들을 찍은 CCTV 동영상까지 담겨 있었다. 상식도 알고 있는 스타 뮤직 내부의 은밀한 공간, 사진 촬영이 금지되어 있는 공간이 어떻게 이렇게 담겨졌는지 모를 일이었다.

확실한 건, 스타 뮤직 내부에 있는 누군가가 사희문의 비리를 폭로하고 싶어한다는 것이었다.

"사희문. 너 이제 죽~었어!"

상식이 비장한 얼굴로 인터넷 창을 열었다.

한 해의 마지막 날. 방송국은 연말 가요 대전 준비로 한창 북적이고 있었다.

올해 1위를 차지한 유명 가수들을 한 자리에서 만나볼 수 있는 자리인 만큼, 한 치의 소홀함도 용서할 수 없었다. 관객석, 무대 세팅, 조명을 점검해야 했고 매니저를 통해 가수들의 컨디션을 점검해야 했다. 만에 하나 제시간에 못 오는 가수가 있으면, 순서를 변경해야 하는 경우도 있을 수 있으니까.

특히 연말 가요 대전을 진두지휘 중인 황 PD는 눈썹이 휘날리도록 바빴다. 저것들 외에도 체크해야 할 부분이 한두 가지가 아니었다.

막 조명을 체크하라고 지시를 내리고 있는데, 누군가가 황 PD의 앞에 나타났다.

"응?"

갑자기 나타난 남자가 황 PD의 손을 덥석 붙들었다. 트로트 가수 신인인가 싶어 가만히 돌아본 황 PD는 깜짝 놀랐다. 상식이 단단히 각오한 얼굴을 하고, 바빠서 눈 돌아가기 직전인 황 PD를 끌고 갔다.

"바, 박 대표님. 왜 이래요? 헉!"

상식은 로비가 내려다보이는 곳까지 황 PD를 끌고 가더니,

갑자기 난간 위로 올라섰다. 두 사람이 있는 곳은 1층 로비보다 두 층 위로, 중앙이 뚫린 형태의 건물이라서 충분히 추락사할 수도 있는 상황이었다. 그 모습에 놀란 황 PD가 상식의 손을 다시 붙잡았다.

"네가 그 손 놓으면, 나 죽는다! 내 말 들어줄 거야, 안 들어줄 거야?!"

"아, 형! 정말 왜 그래요? 이러지 말고 일단 내려와서……!"

상식은 황 PD의 필사적인 이끌림에 난간 위에서 내려오자마자 무릎을 꿇고 절박하게 외쳤다.

"황 PD! 아니, 용수야! 형 한 번만 살려줘라."

그러더니 재킷 안주머니에서 USB를, 아까 받은 그 USB를 꺼내 황 PD 손에 쥐어주었다.

"지금, 지금 당장 그거 확인해라. 꼭! 내가 10분 뒤에 다시 전화할 테니! 너 전화 안 받으면 나 차도로 뛰어들 줄 알아!"

그리곤 다시 바쁘게 밖으로 뛰쳐나갔다.

황 PD가 아무리 바빠도 지금의 상식만큼은 아니었다.

그로부터 두 시간 후.

방송국 앞에는 레드 카펫이 길게 깔려 있었다.

좌우로는 각종 팬들이 모여 성황을 이루었다. 시간이 흐르자, 연말 가요 대전의 주인공들이 차례차례 등장했다. 그때마다 팬들이 우레와 같은 함성을 질러냈다. 그렇게 가요 대전의 열기가 한창일 무렵, 〈원더 보이즈〉의 에스코트를 받으며 미오가 입장했다.

우와아아아아아!

함성이 절정에 이르렀을 때, 또 한 대 밴이 도착했다.

"막 새로운 팀이 도착했는데요. 어떤 팀인지 한번 가까이 가 보겠습니다!"

리포터가 기운차게 외치며 카메라 팀과 함께 밴 가까이로 이동했다. 이쯤에서 리포터는 밴 옆구리의 낙서를 보고 뭔가 이상한 걸 눈치챘어야 했다. 최소한 뒷문이 아니라, 운전석이 열릴 때라도 말이다.

"참피온 뮤직 대표 박상식입니다. 〈Mr. 칠드런〉이요."

상식이 당당하게 마이크 앞에 서며 말했다.

참피온 뮤직, 〈Mr. 칠드런〉! 리포터가 뜨악한 표정을 지었지만, 상식은 물러나지 않았다.

이 자리에 올 자격을 힘겹게 손에 넣었지만, 논란에 휩싸이면서 흐지부지 지워져버린 〈Mr. 칠드런〉. 그 소속사인 참피온 뮤직의 대표가 갑자기 가요 대전 레드카펫 현장에 나타난 것이다.

그 시각, 리키는 한 카페에서 사십 대 여인, 어머니의 앞에 앉아 있었다. 어떻게 전화번호를 알았냐고 하니까, 리키의 번호를 상식에게서 받았다고 했다.

어머니는 오랫동안 리키를 바라보고 있기만 했다.

뭐라고 말이라도 하고 싶었다. 문득 리키는 유진의 말이 떠올랐다. 말이 하기 힘들면 랩으로 하라고, 그러면 잘할 수 있을 거라고 했던 얘기가.

"엄마, 나 기억 나, 임복이~. Oh, 코흘리개 막내 아들~ 가수 됐어~. 엄마 찾고 싶……."

리키가 랩을 멈췄다. 어머니가 일어나 리키의 손을 꼭 잡았기 때문이다. 어머니는 말없이 임복이를 끌어안았다.

그때였다. 카페 한쪽에 있는 작은 TV에 상식의 모습이 나타난 것은.

화면 속 상식은 의연하게 말을 잇고 있었다.

[이유진 군은 결백합니다! 폄하 관련 동영상은 조작된 것으로 밝혀졌으며, 현재 원본 동영상을 인터넷에서 찾아보실 수 있어요. 그러므로 〈Mr. 칠드런〉은 오늘 당당히 무대에 설 것을 약속드립니다.]

"임복아."

어머니가 처음으로 리키의 한국 이름을 불렀다. 자신의 것과 닮은 어머니의 눈동자가 리키에게 어서 가보라고 말하고 있었다.

"Okay!"

리키는 그 한마디와 함께 어머니를 한 번 더 끌어안고는 카페 밖으로 나섰다.

같은 시각, 아기를 업고 카운터에서 TV를 보던 현이의 표정이 시시각각 변하기 시작했다. 뭔가 울컥하다가도, 그럴 줄 알았다는 듯 피식 웃음을 터뜨렸다.

[아, 그렇군요. 그럼 〈Mr. 칠드런〉 멤버들도 지금 이 자리에 와 있나요?]

화면 속에선 리포터가 다시 상식에게 마이크를 내밀었다.

[지오야! 현이야, 리키야! 얘들아, 어서 와라! 늦지 않았다!]

"자기야."

현이의 아내가 다가가 현이의 어깨에 고개를 댔다. 노래방은 자신에게 맡기고 어서 가보라는 뜻이었다.

"고마워. 사랑해."

아내와 아들에게 한 번씩 키스를 남기고 현이 역시 노래방 밖으로 나갔다.

같은 시각, 원룸의 쓰레기 더미에 틀어박혀 자고 있던 지오가 TV에서 자기 이름이 나오는 소리를 듣고 끔뻑 눈을 떴다. 그러자 어울리지 않는 턱시도 차림의 상식이 황당하게도 레드카펫에 서서 인터뷰를 하고 있는 게 아닌가.

지오는 단숨에 잠이 확 깨버렸다.

[마지막으로 멤버들에게 한 말씀만 해주세요.]

[너희들 핸드폰 다 꺼놨더라? 차 밀리니까 강변 말고 88……. 아니지. 지하철 타고 오는 게 빠르겠다. 꼭 와라! 아직 늦지 않았어! 너희들 PD랑 리더를 믿어!]

그 말을 끝으로 상식은 정중하게 큰 절을 올리고 퇴장했다.

지오는 주섬주섬 옷을 챙겨 입고 원룸을 나섰다. 무표정했던 지오의 얼굴에 모처럼 미소가 떠올랐다.

같은 시각, 방송국 앞.

"들었냐?"

"들었어."

"온 보람 있냐?"

"온 보람? 완전 있지!"

상식의 레드카펫 습격을 라이브로 목격한 여고생 4인방이 서로 눈빛을 교환했다. 임복이 티셔츠를 입고 있던 그녀들은 무사가 검을 뽑듯, 품에서 스마트폰을 뽑았다.

곧장 상식의 블로그에 접속해 유진의 인터뷰 원본 동영상을 확인하고는, 자신들의 블로그와 SNS에 퍼 가기 시작했다. 이어서 자신들이 운영진으로 있는 〈Mr. 칠드런〉 공식 팬 카페에도 동영상을 올리고, 함께 오려다가 오지 않은 사람들에게 직접 메시지를 작성해 보냈다.

구주가 몸을 실은 공항 전철이 인천 국제공항을 향해 거침 없이 내달리는 동안, 유진은 스쿠터를 타고 질주하고 있었다. 서울 시내는 꽉 막혀 정체되어 있었지만 유진의 스쿠터는 경주 마처럼 장해물들을 피해 쌩쌩 달렸다.

"제발······."

구주는 이번에 가면 영원히 돌아오지 않을 것이다. 그녀가 하늘을 날지 않길 바라고 또 바라면서 달리기를 한참 후.

유진은 드디어 도달한 공항 앞에 스쿠터를 버리듯이 던져두 고 뛰어 들어갔다.

여기저기 늘어서 있는 수속 대기 줄을 일일이 확인하며 뛰 어다녔지만, 이놈의 인천 국제공항은 지지리도 넓어서 터무니 없이 힘에 부쳤다.

사실 유진이 있는 곳에선 카운터를 벗어나 출국장으로 향하 는 구주가 보이질 않았다.

"어디야, 대체 어디냐고."

중층 난간 위로 올라가 출국장을 훑었지만 구주를 발견할 수 없었다. 대신 유진의 눈에 다른 게 눈에 들어왔다.

확성기를 들고 일본 여고생 단체 관광객을 인솔하는 가이 드! 원더풀 관광의 치프 가이드였다.

유진은 한달음에 밑으로 내려가 치프의 확성기를 뺏었다.

"뭐, 뭐야? 유진이?"

유진은 치프의 질문에 대답도 않고 버튼을 눌러 사이렌을 울렸다. 치프를 비롯한 주변 사람들이 화들짝 놀라 비명을 지르며 귀를 막고 뒤로 물러섰다. 사이렌을 끄자, 거짓말처럼 주위가 조용해졌다.

유진은 크게 심호흡을 하고 노래를 시작했다.

[어젠 또 너를 만났어.
매일 밤 꿈속에 날 떨리게 하는⋯⋯]

자신만의 노래가 아닌 구주가 함께 만들어준 〈그리워〉였다.

[해맑은 웃음은 여전히 빛나고
여전히 못난 날 부끄럽게 하는⋯⋯
그리워, 그리워]

뜬금없이 들려오는 노래에 사람들이 무슨 행사인가 싶어 유진의 주위로 모여들기 시작했다. 낯익은 얼굴과 목소리에 사람들이 웅성이기 시작했다. 유진은 주변 상황에 개의치 않고 계속해서 노래를 불렀다.

출국 로비 맨 끝에 서 있던 구주가 무언가에 이끌린 듯 멈추어 섰다.

저 멀찍이 사람들이 모여 있는 게 보였다. 하지만 구주가 있는 위치에선 그곳에서 무슨 일이 일어나는 건지 알 수 없었다. 그 시끄럽던 사이렌조차 들리지 않는 거리다. 공항 소음은 그 모든 소리를 차단하기에 충분했다.

[슬픈 마음속에 꿈을 깨었을 때
앙상한 마음만 남겨져 있군요]

그런데 거짓말처럼 구주의 귓가에 희미하게 유진의 목소리가, 유진의 노래가 들렸다. 그 노래는 점점 더 크게, 주변의 모든 소음을 물리치고 구주를 감싸 안는 것 같았다. 구주는 노랫소리가 들려오는 방향을 향해 돌아섰다. 자기도 모르게 트렁크를 끌고 달리기 시작했다.

[숱한 거짓 속에 묻혀진 진실과
그 가면 너머에 채워진 눈물이 이제……
그리워, 그리워]

이윽고 구주는 인파를 뚫고 유진에게로 다가갔다.

노래를 마친 유진은, 몰려든 사람들 속에서 구주의 모습을 발견했다.

유진의 시선이 한곳에 머물자, 이미 청중이 되어버린 여행객들도 그쪽에 누가 있다는 사실을 눈치채고 하나둘 옆으로 비켜서기 시작했다.

이윽고 유진과 구주 두 사람은 마주 서서 서로를 바라보고 있었다.

"들렸어요? ……들리는구나. 정말."

"누가 썼는지 듣기 좋더라? 편곡이 좋아선가."

눈가에 고인 눈물을 흘릴 것 같던 유진이, 구주의 농담에 피식 웃었다. 구주도 유진을 바라보며 실소를 흘렸다. 그때 유진은 구주 너머의 큰 TV 모니터에서 가요 대전 오프닝을 보고 화들짝 놀랐다.

"어? 느, 늦었다! 잘 썼어요, 치프!"

노래에 대한 화답으로 사람들과 함께 열심히 박수를 치고 있던 치프에게 유진은 확성기를 돌려주었다. 그리고 그대로 구주의 손을 잡아끌며 공항 밖으로 달려 나갔다.

그런데 늠름하게 유진과 구주를 기다리고 있어야 할 스쿠터가 온데간데없었다.

"어? 내 스쿠터!"

"여기 그냥 세워뒀어?"

"그게 급해서……."

공항을 빠져나온 유진이 허둥거리며 변명했다. 누가 훔쳐간 건지, 공항에서 주차 위반으로 회수해 간 건지 알 수 없었다. 확실한 건 지금 분실물 센터까지 갈 시간이 없다는 점이었다.

"택시라도……."

빵빵-!

택시 승강장 쪽으로 구주를 끌고 가려는데, 관광버스 한 대가 클랙슨을 울리며 유진과 구주에게로 다가왔다. 유진에게도 구주에게도 익숙한 원더풀 관광의 관광버스였다.

치익, 버스 문이 열리자 직접 핸들을 잡은 치프가 두 사람을 불렀다.

"늦었다며? 오래 안 걸리는 데면 태워줄게."

유진은 구주와 눈짓을 교환하고는 큰 소리로 외쳤다.

"치프 형! 방송국! 달려요!"

그 순간부터 유진과 구주는 일본 여고생들 틈에 끼인 채 방송국을 향해 내달렸다.

"꺅~!"

치프는 인적 없는 비포장도로를 질주했다. 막힐 대로 막힌 대로를 타느니, 다년간의 가이드 생활로 꿰고 있는 치프만의 비포장도로를 통해 방송국으로 향하겠다는 것이었다. 좁고 가파른 고개를 달리는 버스는 유원지 놀이기구보다 더 스릴 넘쳤다. 일본 여고생들은 눈을 꼭 감고 즐거운 비명을 내지르느라 정신이 없었다.

그 와중에 홀로 뻣뻣하게 질린 구주가 안전벨트도 모자라 손잡이까지 꼭 쥐고 있었다. 유진은 그런 구주의 손 위에 살며시 자신의 손을 포갰다.

현이는 노래방을 뛰쳐나와 골목길을 꺾어 내달렸다.

골목길을 빠져나온 지오는 추리닝 차림으로 지하철을 날 듯이 뛰어내렸다.

지하철 계단을 단숨에 뛰어오른 리키가 숨이 턱까지 찬 채 방송국으로 전력 질주했다.

그러는 동안에도 〈TV 가요 대전〉의 참가 가수들은 하나씩 자신의 노래를 마쳤다. 무대 분위기는 한껏 무르익었다.

"아직입니까? 더 이상 미룰 수도 없어요. 앞으로 5분! 그때까지 안 되면 자료 화면으로 나갑니다."

"5분? 어떻게 좀 더……."

상식이 초조한 듯 시계와 황 PD를 번갈아보며 애원했다. 하지만 초조한 건 황 PD도 마찬가지였다.

쾅!

"늦어서 죄송합니다!"

대기실 문이 열리고, 지오가 숨을 헐떡이며 안으로 들어섰다. 상식이 웃는 건지 우는 건지 알 수 없는 얼굴로 지오에게 달려갔다.

"인마, 왜 이렇게 늦었어! 늦으면 문자라도 하나 날려주든가!"

이어서 지오의 양옆으로 현이와 리키가 얼굴을 불쑥 내밀었다.

"늦어서 죄송합니다!"

상식의 표정은 이제 9할이 울음으로 바뀌어버렸다.

"하여간 너희는 이런 날까지 지각을 해야 속이 시원하지?"

상식이 코를 훌쩍이며 말했다. 그런 상식에게 다가오며 황 PD가 물었다.

"한 명이 안 보이는데?"

"괜찮아, 걔는 연락됐어. 오고 있다고."

상식이 자신 있게 말하자, 황 PD는 안도의 한숨을 쉬더니 대기실을 나섰다.

〈Mr. 칠드런〉의 무대 세팅을 확인하기 위해서였다.

"진짜 연락은 됐어요?"

지오가 양복으로 갈아입으며 묻자, 상식은 고개를 축 늘어뜨렸다. 그럼 그렇지, 하고 지오가 가볍게 혀를 찼다.

"올까?"

리키가 모니터를 바라보며 물었다.

무대 순서는 이미 맨 마지막으로 미루어둔 채였다. 그리고

지금 〈Secret〉을 부르기 시작한 〈원더 보이즈〉의 무대 다음이
바로 〈Mr. 칠드런〉의 〈Summer Dream〉 차례. 이걸 놓치면 라
이브로 무대에 서기는 완전히 틀린 노릇이었다. 〈원더 보이즈〉
의 무대는 슬슬 클라이맥스를 향해 서서히 고조되고 있었다.

"와."

현이가 단호하게 확신하며 고개를 끄덕였다. 리키가 함박웃
음을 지으며 돌아보자, 이번엔 자신 없는 목소리로 덧붙였다.

"오긴 오는데 어째 끝나야 올 것 같아. ……형, 지금 뭐 해
요?"

주섬주섬 유진의 재킷을 입던 상식이 움찔하며 뒤로 물러
섰다.

"그래도 만약이란 게 있으니까 머릿수는 채워야지."

별안간 모니터 너머에서 함성과 갈채가 터져 나왔다. 〈원더
보이즈〉의 무대가 끝난 것이다. 이제 남은 건 관객들의 박수가
가라앉는 것과, MC가 〈원더 보이즈〉와 나눌 간단한 인터뷰 타
임뿐이다.

"준비는 됐지? 응?"

상식이 떨리는 목소리로 멤버들을 독려하며 앞으로 나서자,
지오가 인상을 찌푸렸다.

"뭐가 응이에요?"

유진 대신 상식을 내세워 무대로 올라가자고? 어디 소속사
대표처럼 본인이 댄스 가수 출신이어서 현직 가수들보다 더 춤

을 잘 춘다면 모를까, 상식은 무리다. 상식적으로도 무리다. 방송 5초도 못 타고 〈Mr. 칠드런〉 강제 해체된다.

덜컹!

또 한 번 대기실의 문이 열리며 구주가 나타났다.

"왔구나!"

화색이 된 상식의 외침과 동시에, 구주의 뒤를 따라 유진이 함께 들어왔다.

구주와 유진을 발견한 멤버들의 입가에 환한 미소가 번졌다. 상식은 얼른 입고 있던 양복을 벗어서 유진에게 건네주었다. 상식과 현이, 리키가 우르르 달려들어 순식간에 유진을 벗기고 의상을 갈아입혔다.

"서둘러."

구주는 옆에서 재촉하면서 무대 쪽을 살폈다.

"거 참. 아, 아아아. 아아아아아~."

유진은 헛기침을 하며 넥타이를 매곤 가볍게 목을 풀었다. 벽에 기대고 있던 지오가 불쑥 다가와 유진의 넥타이를 붙잡았다. 지오가 잔뜩 인상을 쓴 채, 틀어진 넥타이를 고쳐 매주는 것이 아닌가. 지오의 갑작스런 행동에 유진이 움찔 놀라고 말았다.

"제대로 하는 게 노래 말고 뭐야? 진짜……, 비뚤어졌잖아, 형!"

"형? ……쿡쿡. 너나 잘하세요, 지오야."

지오에게 처음으로 형이란 소리를 듣자, 유진이 억지로 웃음을 참으며 지오의 넥타이도 고쳐 매주었다. 그러자 지오가 쳇, 혀를 차며 고개를 돌렸다. 쑥스러워하는 지오를 보고 현이와 리키도 서로를 마주 보며 히죽 웃었다.

준비는 끝났다. 이젠 〈Mr. 칠드런〉의 무대만이 남았다.

"무대 위에선 무조건 즐겨. 오늘 너희들이 할 일은 그것뿐이야. OK? 〈Mr. 칠드런〉!"

"파이팅!"

〈Mr. 칠드런〉이 구주와 상식의 독려 속에 결의에 찬 시선을 교환하고, 힘차게 구호를 외쳤다.

유진은 대기실을 빠져나가기 직전, 뒤를 돌아보았다. 구주가 힘차게 고개를 끄덕이며 유진을 향해 미소를 짓고 있었다.

불이 꺼진 무대에 피아노 연주가 잔잔하게 깔렸다. 〈Summer Dream〉이었다. 자료 화면으로 끝날 줄 알았는데 반주가 흘러나오자, 객석이 술렁이고 있었다.

찰칵, 무대 위에 조명이 들어왔다. 유진을 중심으로 〈Mr. 칠드런〉이 숙연히 서 있었다.

[안녕하세요. 〈Mr. 칠드런〉 이유진입니다.]

유진이 앞으로 나오며, 조용한 가운데 입을 열었다.

[제가 아까 오다가 생각을 해봤는데요. 저는 밴드 출신이었고, 원래 제가 추구하던 음악은 이런 게 아니었습니다.]

특별히 설치된 부스에 앉아 유진의 발언에 주시하던 사희문은, 기가 막힌다는 얼굴로 실소를 흘리고 말았다. 아이돌 폄하 발언을 인정하는 듯한, 심지어 지금도 굽히지 않는 듯한 발언에 야유를 보내는 관객들도 있었다.

MC가 난처한 눈짓을 보냈으나, 황 PD가 그대로 가라는 사인을 보냈다.

"뭘 그대로 가! 아니, 쟤들은 왜 온 거야!"

"CP님, 이 무대에 이 황용수의 PD, 인생을 걸겠습니다. 5분만 지켜봐 주십시오."

뒤늦게 합류한 CP가 펄쩍 뛰자, 황 PD가 강단 있게 그를 붙잡으며 말했다. 황 PD가 그렇게까지 나오자 CP도 움찔하며 뒤로 물러서고 말았다.

[하지만 그게 어떤 음악이든, 부르는 제가 즐겁고…… 들어주는 여러분이 행복해진다면, 그게 정말 훌륭한 음악이라는 걸

예전에는 몰랐습니다.]

대기실에서 쉬고 있었던 미오가 모니터를 보며 살며시 미소를 지었다. 올해엔 새 앨범을 낸 지 아직 몇 주 되지 않아서, 〈TV 가요 대전〉에 미오는 축하 공연으로만 참가했던 참이었다.

[제게 그걸 가르쳐준 한 사람을 위해 돌아왔습니다.]

유진은 잠시 무대 아래를 내려다보았다. 객석 어딘가에서 구주가 언제나처럼 뻣뻣한 포즈, 무심한 표정으로 바라보고 있을 것만 같았다.

[그리고 여러분들이 허락해주신다면 〈Mr. 칠드런〉 멤버들과 함께 다시 노래를 들려드리고 싶습니다.]

유진이 손을 들어 올리자, 줄곧 반복되던 전주가 끝나고 본격적인 〈Summer Dream〉 연주가 시작되었다.
멤버들이 저마다 차분하게 대형을 갖추고, 유진이 앞으로 걸어 나왔다.

[부드러운 저 파도 소리 그보다 더 좋은 건 너의 목소리
한 발만 더 다가와 나와 함께 달려보자 우리 꿈꾸던 그곳으로

포근한 이 바람 소리 나를 찾아주는 익숙한 목소리
꿈처럼 달콤하게 그보다 더 행복하게 네가 있어 난 웃고
있어]

이어서 지오가 턴을 돌며 유진과 위치를 바꾸었다. 예전엔
지오가 스타트를 끊으면 유진이 이어받았지만, 연습을 거듭한
끝에 데뷔할 땐 두 사람의 순서가 자연스럽게 바뀌어 있었다.

[Summer dream 영원히
달콤한 그 멜로디
Feel your dream 너와 나
이렇게 함께 가자
때론 아파도 괜찮아 쓰러져도 괜찮아
내가 있잖아
영원히 함께할 Summer dream]

노래와 함께 시작된 실시간 집계 그래프의 막대는 아직 저조
했다. 관객들의 반응도 미적지근했다. 임복이 티셔츠를 입은 여
고생 4인방의 노력은 아무런 빛도 발하지 못하는 것만 같았다.
하지만 멤버들은 사람들의 반응에 동요하지 않았다. 지금은
그저 무대를 즐기고 진심을 다할 뿐이었다.

[저 빛나는 별처럼
I'm gonna shine oneday
승리의 그날 위해 난 오늘도 꿈을 향해
나는 포기하지 않아
절대 멈추지 않아
수천 번 쓰러져도
다시 일어나는 Warrior]

지오가 뒤로 들어가면 자연스레 현이가 앞으로 나왔다.
절제된 동작의 브레이크 댄스를 선보이며 현이는 속삭이듯
노래를 불렀다.

[뜨거운 태양처럼 너와 나 꿈만큼 빛나는 별처럼
조금만 힘을 내 나와 함께 달려보자 우릴 부르는 그곳으로
Summer dream 영원히
달콤한 그 멜로디
Feel your dream 너와 나
이렇게 함께 가자
때론 아파도 괜찮아 쓰러져도 괜찮아
내가 있잖아
영원히 함께 할 Summer dream]

다음은 리키의 화려한 랩 차례였다. 리키는 벌써부터 웃으며 무대를 즐기고 있었다.

[Lets take it to the top
두 눈을 감고 상상해봐
끝없이 펼쳐진 바다처럼 꿈을 펼쳐봐
It's gonna be okay
울지 말고 힘내
우리에겐 기다리고 있어 밝은 미래]

각자의 파트가 끝나고 네 사람은 하나가 되어 입을 모아 노래했다.

[Summer dream 영원히
달콤한 그 멜로디
Feel your dream 너와 나
이렇게 함께 가자
때론 아파도 괜찮아 쓰러져도 괜찮아
내가 있잖아
영원히 함께할 Summer dream]

부스에서 내려다보던 사희문이 어느 순간, 고개를 갸웃거렸다. 객석의 공기가 변했다. 뭔가 이상했다. 주변을 둘러보니, 텅 비어 있던 〈Mr. 칠드런〉의 객석에 하나둘씩 사람이 들어차기 시작했다.

여고생 4인방을 중심으로 한 〈Mr. 칠드런〉의 팬들이 뒤늦게 도착해 모여들기 시작한 것이다.

"사! 랑! 해! 요! Mr. 칠드런!"

"유진! 지오! 현이! 리키! 유진! 지오! 현이! 리키!"

간주에 맞춰 응원하는 팬들이 어느새 〈Mr. 칠드런〉의 객석을 가득 메우고 있었다. 그것으로 끝이 아니었다. 객석을 지나 양옆 계단에 자리 잡은 팬들도 있었다. 팬들의 응원과 더불어 화려함이 불붙은 〈Mr. 칠드런〉의 그래프가 지금까지보다 더 빠르게 상승했다.

그리고 그 순간.

비록 가요 대전 객석에 함께하진 못했지만 그렁그렁해진 눈빛으로 TV를 보는 이들이 있었다.

리키의 어머니는 쇼 윈도우의 TV앞에 서서 시선을 돌리지 못했다. 그녀는 리키가 나올 때마다 활짝 웃었다.

현이의 아내는 아들과 함께 가요 대전을 시청하는 중이었다. 노래 부르러 왔던 손님들이 카운터 앞에 옹기종기 모여 앉아 TV를 보며 〈Summer Dream〉을 따라 불렀다.

조용히 거리를 걷던 지오의 전 여자 친구는 벤치에 자리를 잡고 앉았다. DMB 화면에선 가요 대전이, 지오의 댄스가 한창이었다.

은기의 병실 TV도 채널이 고정된 지 오래였다. 연말을 함께 보내기 위해 모여든 유진의 가족들은 지금 이 순간을 유진과 함께 보내고 있는 것 같았다.

객석의 반응도 점차 뜨거워졌다. 〈Mr. 칠드런〉의 진심이 무대 위의 관객들에게로, 그리고 브라운관을 보고 있을 시청자들에게로 전해졌다.

그 모습을 보고 있던 사희문은 불쾌한 표정을 감출 수 없었다. 그래프도 그래프지만, 〈원더 보이즈〉의 무대보다 더 후끈하게 달아오른 관객들의 반응을 보고 있노라니 화를 참을 수 없었다.

"이게 무슨……."

사희문이 원하는 건 당장, 무슨 짓을 해서라도 〈Mr. 칠드런〉을 무대에 서지 못하게 하는 것이었다. 개념도 없는 것들이 이제 더 이상은 설치지 못하도록.

사희문이 벌떡 일어섰을 때.

"대표님!"

사희문의 비서가 황급히 부스로 들어와 사희문에게 귓속말을 전했다.

"뭐, 뭐라고?"

사희문의 얼굴이 하얗게 질리면서, 누가 올세라 무섭게 얼른 자리를 떴다.

　노래는 끝났다.
　짧은 정적 뒤에 폭발적인 박수와 환호성이 따라왔다. 그 덕분에 MC들의 진행에 한동안 차질이 있을 정도였다.
　하지만 유진에겐 아무런 소리도 들리지 않았다.
　'수고했어.'
　객석 한쪽에서 그렇게 말하는 듯한, 촉촉한 눈동자로 자신을 바라보는 구주의 모습만이 눈에 들어올 뿐이었다. 난생 처음 보는 구주의 표정, 금방이라도 눈물을 흘릴 것 같은 그 모습을 바라보며 유진이 해맑게 웃었다.
　그렇게 2011년, 〈Mr. 칠드런〉의 마지막 무대가 끝났다.

12. Happy Together

2012년 늦은 봄. 〈Mr. 칠드런〉은 새로운 앨범을 발표하면서 대형 사인회를 했다.

유진이 작곡하고 구주가 작사한 새 음원은 음악 차트 1위에 올라가는 기염을 토했다. 덕분에 초여름 내내 멤버들은 전국 순회공연을 다녀야만 했다. 예능 프로그램에서의 초청도 다시 끊임없이 이어졌다.

그 이후에도 〈Mr. 칠드런〉 전부가 눈코 뜰 새 없이 바빴지만, 유진이 보기엔 다들 예전처럼 초조해하진 않았다. 리키는 한 달에 두어 번씩 시간을 내서 엄마와 만나는 시간을 가진다고 했다. 현이는 혼인 신고를 마치고 세 가족이 단란하게 살아갈 새 집을 계약했다. 현이 부인은 노래방 CEO의 자리를 이어받아 당당한 여주인이 되었다.

지오는 확실하게는 모르겠지만 전 여자 친구와 연락을 하고 있는 것 같았다. 가끔 모니터링을 해주는 것 같은데, TV 프로그램에 나갈 때마다 유독 복장과 스타일에 신경을 쓰는 것을 보면 전 여자 친구를 의식하고 있는 모양이었다.

상식은 챔피온 뮤직을 크게 증축하고 다른 연습생들을 키우기 시작했다. 이젠 제법 연예 기획사의 대표다워 보였다.

그리고 어느새 가을이 지나 겨울에 이르러 있었다.

"우리가 만난 지도 벌써 1년이 훌쩍 넘어버렸네요."

"그랬나?"

유진의 말에 구주가 대충 대답하며 밴의 문을 열었다. 오늘따라 지오와 현이, 리키의 모습이 보이지 않았다. 유진이 물어보니 먼저 이벤트 현장에 가 있겠다고 했는데, 어딘지도 자세히 가르쳐주지 않았다. 키득키득 웃었던 걸 보면 무슨 꿍꿍이가 있는 것 같은데…….

유진은 의아해하며 조수석에 올라탔다.

"근데 우리 지금 어디 가요?"

"소아암 환자 기금 마련 이벤트 현장."

"어째 오랜만인 거 같네요, 이벤트 공연."

지난 두 달 가까이, 유진은 다음 앨범을 준비한다는 명목으로 스튜디오에 갇혀 살다시피 했다. 이번엔 제각기 솔로 곡 하나씩과 유진이 직접 쓴 곡도 넣을 예정이라서 준비할 것들이 엄청 많았다. 도무지 앨범 하나에 왜 열일곱 곡이나 넣어야 하느지 모르겠지만, 덕분에 최근 유진은 예능 프로그램 출연이나 외부 활동을 거의 못 하고 있었다.

"아, 오늘 부를 건 2집 곡들이야."

"알았어요. 그런데 오 PD님, 저 밴드는 언제 시켜줄 건데요?"

지금의 〈Mr. 칠드런〉도 좋지만 아직도 유진은 가끔씩 과거처럼 밴드 활동을 하고 싶을 때가 있었다. 각본대로라는 느낌을 던져버리고 무대에서 뛰노는 듯, 그때그때의 분위기에 맞추어 밴드 멤버들과 '지금'을 만들어간다는 느낌이 그리워서였다.

"몰라. 너 하는 거 봐서."

"뭘 하는 걸 봐서요? 도대체 언제?"

유진이 장난처럼 대꾸하자 구주가 퉁명스레 받아쳤다.

"그럼 사희문이 비주얼 락 시켜준다고 할 때 하지 그랬어."

"됐어요. 사희문 대표 어떻게 됐는지 뻔히 아시잖아요."

연말 가요 대전 시상식 이후 얼마 지나지 않아, 스타 뮤직 사희문 대표의 비리가 드러났다. 상식이 올린 오디션 동영상 원본과 접대 동영상은 Youtube를 통해 일파만파로 퍼졌고, 관련된 스타 뮤직의 연습생 하나가 이를 고발하고 나서면서 사건이 점점 커져 한동안 메인 포털의 뉴스 칸을 사희문 대표의 이름으로 도배했을 정도였다.

사희문 대표는 결국 검찰에 소환, 송치되었다. 함께 얼굴이 드러난 방송 3사의 고위 관리인들 또한 몸살을 앓아야만 했다.

그 결과 스타 뮤직의 아성엔 금이 갔고, 연습생들은 자발적으로 스타 뮤직을 나왔다. 상식에게 USB를 줘서 비리를 고발한 게 누구인지는 밝혀지지 않았지만, 사실 구주와 유진은 그 사람이 누구일지 짐작하고 있었다.

"암 환자 기금 마련이라고 하니까 병원 순회공연 생각나요. 처음에는 왜 거기서 공연을 해야 하나 했는데……."

은기는 이제 완전히 건강해져서 집으로 돌아왔지만, 소아 병동에서는 아직도 많은 아이들이 병마와 싸우고 있으리라.

"당분간 초심으로 돌아가서 병원 순회공연 도는 것도 괜찮겠는데요? 사람들 행복해하는 모습도 참 보기 좋았는데."

구주가 운전대를 잡은 채로 피식 웃었다.

"그래. 굳이 밴드는 하지 않아도 다른 사람은 행복하게 해줄 수 있어."

"어, 그건 아니죠. 전 욕심쟁이라서 다른 사람들뿐 아니라 저도 행복해지고 싶거든요."

유진이 그렇게 말하고는 같이 웃었다.

어느새 밴은 병원 주차장에 다다랐다. 유진은 구주를 따라 지하 주차장을 통해 엘리베이터를 타고 올라갔다.

병원 홀에 준비된 무대 객석엔 많은 수의 환자는 물론, 외부에서 온 팬들이 모인 채 공연이 시작되길 기다리고 있었다. 유진은 대기실을 통해 무대를 올려다보았다.

'〈Mr. 칠드런〉+〈이유 없는 반항〉 2012 Winter Special,

〈해피 투게더〉!'

　그렇게 쓰인 현수막 밑에서, 익숙한 얼굴들이 유진을 맞이했다.

　각각 드럼과 기타를 들고 있는 준석과 명하가 〈Mr. 칠드런〉의 지오, 현이, 리키와 함께 기다리고 있는 것이 아닌가!

　"형! 귀농한 거 아니었어요?"

　"이유 있는 반항 좀 하고 있다."

　명하는 고향으로 내려가 농사는 짓고 있지만, 구주의 도움으로 연습을 계속할 수 있었다고 한다.

　"저도 회사 다니면서 틈틈이 연습했어요. 우리 앨범 내고 나면 전향하죠, 뭐."

　준석 역시 회사를 다니면서 드럼을 놓지 않았던 모양이었다.

　"야야, 유진이는 우리 리더야!"

　"맞아. 맞아!"

　현이가 리더를 빼앗기지 않겠다는 듯 베이스 줄을 퉁기며 앞으로 나서자, 리키 역시 추임새를 넣었다. 지오는 아무래도 좋다는 듯 마이크를 노려보고 있었는데, 눈빛을 보아하니 보컬 자리가 제법 탐나는 모양이었다.

　그뿐만이 아니었다. 얼마 전에 스타 뮤직과 계약을 해지한 미오가 전자 피아노 앞에 앉아 있었다. 미오는 내년부터 참피온 뮤직에서 활동하기로 한 상태였다.

　"오늘 하루, 잘 부탁해요."

"저, 저야말로 잘 부탁할게요."

유진이 머리를 긁적이며 미오에게 인사했다.

"어떻게 된 거예요?"

대기실에서 무대를 보고 있던 구주에게 유진이 당황한 기색을 감추지 못하고 물었다.

"저기 써 있네. 윈터 스페셜, 특별 밴드 〈해피 투게더〉. 왜, 못 하겠어?"

"아뇨! 해요, 할게요!"

구주의 제안에 유진은 가슴이 뛰는 것을 느끼며 얼른 대답했다.

"자, 3분 전이다. 준비해. 순서는 2집 6번, 10번; 14번, 17번, 그리고 〈그리워〉다."

유진은 그제야 왜 2집 앨범을 준비하는 데 그렇게 많은 곡들이 필요했는지 깨닫게 되었다. 어쩐지, 밴드로 하면 딱 좋을 곡들이네 싶더라니.

유진은 기가 막히기도 하고 고맙기도 했다. 이번 깜짝 이벤트는, 틈만 나면 밴드 타령을 하던 유진에 대한 구주의 커다란 선물이자 작은 복수 같았다.

실실 웃다가 무대 위로 올라가려는 유진을 보고, 구주가 슬며시 손을 내밀었다.

"준비됐지?"

"물론이죠."

구주의 손을 꼭 잡으며 유진이 힘 있게 대답했다.

〈Mr. 칠드런〉과 〈이유 없는 반항〉, 미오가 한 무대에 서는 자리. 처음으로 맞추어보는 즉석 무대가 될 것이지만, 유진에게는 어쩐지 잘되리라는 확신이 있었다.

첫 번째 곡명은 〈Happy Together〉였다.

1판 1쇄 인쇄 2011년 10월 25일
1판 1쇄 발행 2011년 10월 31일

각본 · 각색 라희찬, 이규복, 조효민
소설 박이정

발행인 김성룡
펴낸곳 도서출판 가연
주소 서울시 금천구 가산동 371-50 에이스하이앤드 3차 1407호
구입문의 02-858-2217
팩스 02-858-2219
신고 2011년 6월 30일 제2011-54호

ISBN 978-89-966824-1-7 03810